中國語言文字研究輯刊

二四編
許學仁 主編

第 7 冊

音韻學辭典編撰研究

李秋霞 著

花木蘭文化事業有限公司

國家圖書館出版品預行編目資料

音韻學辭典編撰研究／李秋霞 著 -- 初版 -- 新北市：花木蘭
文化事業有限公司，2023〔民 112〕
目 2+230 面；21×29.7 公分
（中國語言文字研究輯刊 二四編；第 7 冊）
ISBN 978-626-344-243-6（精裝）
1.CST：聲韻學 2.CST：詞典
802.08 111021975

ISBN-978-626-344-243-6

中國語言文字研究輯刊
二四編 第 七 冊 ISBN：978-626-344-243-6

音韻學辭典編撰研究

作　　者　李秋霞
主　　編　許學仁
總 編 輯　杜潔祥
副總編輯　楊嘉樂
編輯主任　許郁翎
編　　輯　張雅淋、潘玟靜　美術編輯　陳逸婷
出　　版　花木蘭文化事業有限公司
發 行 人　高小娟
聯絡地址　235 新北市中和區中安街七二號十三樓
　　　　　電話：02-2923-1455／傳真：02-2923-1452
網　　址　http://www.huamulan.tw 信箱 service@huamulans.com
印　　刷　普羅文化出版廣告事業
初　　版　2023 年 3 月
定　　價　二四編 9 冊（精裝）新台幣 30,000 元

音韻學辭典編撰研究

李秋霞 著

作者簡介

李秋霞，女，1979 年生人。山東安丘人，青島農業大學國際教育學院副教授。主要從事漢語音韻學研究、國際中文教育研究。曾主持省部級科研項目 2 項，發表漢語音韻學論文 10 餘篇、國際中文教育論文 10 餘篇。

提　要

　　漢語音韻學研究的蓬勃發展為音韻學辭典的日臻完善奠定了堅實的基礎。音韻學辭典編撰研究對梳理漢語音韻學學科體系、普及漢語音韻學知識、賡續冷門絕學傳統文脈具有重要意義。

　　本書在綜合比較多種工具書的漢語音韻學術語體系、詞條立目、釋文內容、編撰特點等基礎上，分析辭典在構建音韻學術語框架、撰寫詞條釋文等方面的問題和特色。提出了音韻學辭典編撰應遵循的總原則、立目原則、釋文原則以及辭典編撰規範問題，以期豐富漢語音韻學專科辭典編撰理論，為音韻學辭典編撰工作提供參考。

　　漢語音韻學辭典編撰的總原則：以漢語音韻學學科理論體系為依據構建音韻學術語框架，統領全部音韻學術語、理論和學說詞條。術語框架是對漢語音韻學事實和學科體系進行探索和梳理的成果。

　　漢語音韻學辭典的立目原則：重視音理詞目、音變詞目、理論學說類詞目；大量收錄音義著作、亡佚著作；廣泛吸收海內外學者的重要研究成果。

　　漢語音韻學辭典的釋文原則：有源必溯、兼收並蓄。尤其注意術語異稱的處理、術語和釋文的溯源、釋文的準確性等。

　　漢語音韻學辭典編撰規範：包括音韻學術語的規範和辭典內容的規範。詞目應標注漢語拼音和英語譯名；釋文應標明資料來源、參考文獻和撰寫人姓名；釋文體例要保持一致；設置豐富、科學的檢索系統。

第 1 章　緒　論

1.1　研究對象及方法

1.　研究對象

本書以 20 世紀初至今國內外收錄漢語音韻學詞條（音韻學術語、理論和學說、著作、人物或其中幾項內容）的四十餘種辭書、著作、論文等為研究對象，探索音韻學辭典的編撰原則及其相關問題，以期為新的音韻學辭典編撰工作和漢語音韻學研究提供參考。

辭典的編撰工作需要遵循一定的編撰原則。「在長期的實踐中，人們逐漸摸索出詞典編撰的一些原則和方法，使之成為詞典編撰的基本慣例，……包括總體原則、收詞原則、立目和注音原則、義項處理原則、詞典釋義原則等。無論詞典的類型如何，功能如何，用戶如何，其編撰過程都在不同程度上受這些基本原則的制約。……對於專科辭典而言，最重要的結構元素是詞目詞及其釋義。」〔註1〕對於音韻學辭典而言，術語框架結構、立目情況、釋文內容是研究的重點。因此，本書主要探討音韻學辭典術語的框架結構、音韻學辭典的立目、音韻學辭典的釋文及其他相關問題。

20 世紀以來，隨著音韻學理論的發展與音韻學學科建設的完善，諸多音

〔註1〕章宜華、雍和明，當代詞典學〔M〕，北京：商務印書館，2007：182、203。

韻學著作、期刊對音韻學領域的術語、理論和學說等從不同角度進行了深入研究。其中既有對傳統音韻學理論的繼承，也有基於現代音韻學理論的創新。前人深入而廣博的研究使諸多重要但表述模糊或尚未引起重視的音韻學術語、理論和學說得以表意顯豁並引起學界重視。為適應漢語音韻學的發展趨勢，滿足教學和研究需要，上個世紀初至今近一百年的時間，學界湧現出諸多較集中地收錄漢語音韻學詞條的工具書或著作。所收音韻學詞條數量少則幾十，多則上千，不同程度上反映了某一階段漢語音韻學的學科發展成果和學術見解。下面對部分工具書或著作加以簡要介紹。

20 世紀 20 年代，葉長青《文字學名詞詮釋》（上海群眾圖書公司，1927）收錄文字學名詞 500 餘條，按筆劃順序排列，「蒐集前言往籍，排比詮釋」。其中收錄漢語音韻學術語近 150 條，編撰時嚴格遵循「首貴徵實，劃絕虛造。次求簡明，俾便瞭解」的原則，力求考據精確且釋義簡明。這種學術精神在今日也值得發揚。

20 世紀 70 年代，收錄音韻學名詞的辭典只有一本《語言文字學名詞解釋》（又名《辭海‧語言文字分冊》）（復旦大學語言研究室編，商務印書館；上海辭書出版社，1978）。這部辭典收錄的音韻學詞目規模雖小，但是對後來音韻學辭典卻產生了極其重要的影響。該分冊收錄音韻學詞目 158 條（術語 87 條，人物 33 條，著作 38 條），雖然也不是專門的音韻學辭書，但獨特的「術語＋人物＋著作」的編排模式為後來諸多辭書借鑒。

進入 80 年代，收錄音韻學詞條的工具書數量增多。《語文知識千問》（湖北人民出版社，1983）由劉興策、邢福義等編著。在「古代漢語」下設「音韻」部分，有設問 60 餘條，涉及音韻學術語、音韻學基本理論學說。《簡明語文知識辭典》（湖北人民出版社，1983）由王鳳主編，古代漢語部分由李思惟撰稿。辭典將音韻學與訓詁學、文字學等統一收錄於「古代漢語」之下，含音韻學名詞術語、著作、人物 40 餘條，釋文比較簡明。《語文知識詞典》（河北人民出版社，1984）由河北師範學院《語文知識詞典》編寫組編寫，是一部以語言、文學一般知識為主要內容的專科性辭書。詞典將語言、語音、音韻、文字、詞彙、語法等學科的名詞術語並列，收錄漢語音韻學術語、著作、人物近 100 條。《簡明語言學詞典》（內蒙古人民出版社，1985）由王今錚、王鋼等編寫，按音序排列現代漢語、古代漢語、語言理論等最基本、最常用的名詞術語，也收

錄了中外語言學家和著作，釋文通俗淺近，但音韻學部分未單列。上述幾部辭書以普及語言學知識為目標，收錄的漢語音韻學詞條規模較小，均在 100 條以內，立目也均為基本、常用的音韻學術語。《辭海·語言學分冊》（上海辭書出版社，1987）由許寶華、吳文祺、胡裕樹主編。「音韻學」部分共收錄術語 100餘條，在 1977 年《辭海·語言文字分冊》基礎上增加了 10 餘條詞目，將「重紐」「梵漢對音、漢藏對音」等列入。《中國大百科全書·語言文字卷）》（中國大百科全書出版社，1988）的「漢語音韻學」部分由俞敏主編，邵榮芬副主編，楊耐思、謝紀鋒為編寫成員。收錄音韻學術語、著作、人物 120 餘條，每個詞條後均附有作者署名。從框架結構到釋文的撰寫都反映了當時漢語音韻學研究的最高水平，有極高的學術價值。《古代漢語知識辭典》（四川人民出版社，1988）由向熹主編並編寫音韻學部分。「音韻」部分包含基本術語、理論和學說、著作、人物近 300 條。《古漢語知識辭典》（武漢大學出版社，1988）由羅邦柱主編，「音韻學」部分執筆人為唐志東。共收錄術語、理論和學說、專著、人物近 400 條。與以往辭書相比，首次在附錄部分集中列出「三十六字母分類表」「三十六字母古今讀音對照表」「中古以來韻部演變對照表」「古今四聲演變表」「常見古入聲字表」等與正文相關的資料，極大地方便了讀者查閱和學習。

　　90 年代收錄音韻學詞條的辭書近 20 部。《中學語文教學手冊》（北京教育出版社，1990）由劉全利主編，在「古代漢語」的「語音」部分收錄音韻學術語 20 條，各條釋文少則 200 字，多則 700 字。《傳統語言學辭典》（河北教育出版社，1990）由許嘉璐主編，音韻學分支負責人為謝紀鋒，撰稿人為黃易清、龍莊偉、聶鴻音、施向東、謝紀鋒、尉遲治平。辭典共收錄音韻學術語、人物、著作近 2400 條，規模較大，但未單獨成卷。《簡明古漢語知識辭典》（陝西人民出版社，1990）由郭芹納、胡安順、劉靜、劉樂寧主編，單列「音韻」部分，由劉靜編寫。收錄音韻學術語、理論和學說、著作、人物近 300 條，釋文簡明。《中國語言學大辭典·音韻學卷》（江西教育出版社，1991）由陳海洋總主編，鄭張尚芳、李新魁審訂。馮蒸為音韻學卷主編，丁鋒為音韻學卷副主編，郭力、哈平安、黃富成、龍莊偉、麥耘、楊劍橋、朱曉農為音韻學卷編寫成員。共收錄音韻學術語、理論和學說、著作、人物等近 1100 條。《古代漢語教學辭典》（嶽麓書社，1991）由周大璞主編，音韻學部分編寫人為沈祥源。「音韻學」

部分收錄術語和學說、著作、人物 200 餘條。《音韻學辭典》（湖南出版社，1991）將《傳統語言學辭典》的音韻學部分單獨成冊，編為漢語音韻學專科辭典。辭典由曹述敬主編，副主編為謝紀鋒，編者仍為尉遲治平、施向東、聶鴻音、龍莊偉、黃易清、謝紀鋒，是第一部以「音韻學」命名的專科辭典。《實用中國語言學詞典》（青島出版社，1993）由葛本儀主編，殷煥先審訂，音韻學部分編寫人為曹正義。共收錄音韻學基本術語、著作、人物近 300 條。《語言學百科詞典》（上海辭書出版社，1993）由戚雨村、董達武、許以理、陳光磊任編委，音韻學部分未單列，收錄術語、著作、人物近 270 條。該辭典區別於以往辭典之處在於附錄部分有詞條的英漢對照表，音韻學術語的英譯名稱首次出現於辭典中。《中華小百科全書·語言文字卷》（四川辭書出版社，1994；四川教育出版社，1998）由張普主編，「音韻學」編寫人為尉遲治平。收錄音韻學術語、人物、著作近 200 條。條目目錄分層次列出，繼承了《中國大百科全書·語言文字卷》的目錄特點。《王力語言學詞典》（山東教育出版社，1995）由馮春田、梁苑撰稿，收錄音韻學術語理論、人物、著作近 500 條，音韻學部分未單列。《語文百科大典》（國際文化出版公司，1996）由鄭振濤主編，馮蒸擬定音韻學術語詞條。「音韻」部分收錄音韻學術語、著作、人物 300 餘條。《漢語知識詞典》（警官教育出版社，1996）由董紹克、閆俊傑主編，所有詞條按音序排列，未單列「音韻學卷」。《古漢語知識詳解辭典》（中華書局，1996）由馬文熙、張歸璧編著，音韻學部分撰寫人為張柏清、高福生。辭典將「音韻學」與文字學、訓詁學、語法學等並列，收錄了術語、理論、著作、人物，釋文比較詳細。《敦煌學大辭典》（上海辭書出版社，1998）由季羨林主編，只收錄敦煌文獻中的音韻學詞條，數量雖不多，但釋文科學、準確，並在詞條後附上作者署名。《語言文字詞典》（學苑出版社，1999）由駢宇騫、王鐵柱主編，音韻學部分撰寫人為馮蒸。詞典繼承了《中國語言學大辭典》音韻學卷的詞目編排體系，但是增收新詞目近 60 條。

　　21 世紀以來，收錄漢語音韻學詞條較多、特色比較明顯的有楊劍橋著的《實用古漢語知識寶典》（復旦大學出版社，2003；2008），王德春、許寶華主編的《大辭海·語言學卷》（上海辭書出版社，2003），陳新雄、竺家寧等編著的《語言學辭典》（三民書局，1989；2005），唐作藩主編的《中國語言文字學大辭典》（中國大百科全書出版社，2007），許嘉璐主編的《傳統語言學辭典》

（第二版）（河北教育出版社，2010），全國科學技術名詞審定委員會公布、語言學名詞審定委員會編審的《語言學名詞》（商務印書館，2011）。

臺灣學者蔡宗祈的《聲韻學名詞彙釋》（臺灣私立東海大學中文研究所碩士，指導教師：方師鐸，1979），溫知新、楊福綿合編的《中國語言學名詞彙編》（學生書局，1985），王立達編譯的《漢語研究小史》（商務印書館，1959）等都是漢語音韻學辭典編撰研究的重要參考資料。王立達將中國語學研究會編寫的《中國語學事典》（東京江南書院，1958）部分內容進行編譯並整理為《漢語研究小史》。《中國語學事典》對中國古代漢語音韻研究作了簡要介紹，並涉及蘇維埃時代、俄羅斯和日本明治前後的漢語音韻學研究。「中國語學研究會」後改名為「中國語學會」，將《中國語學事典》重新編輯並更名為《中國語學新辭典》（日本光生館，1969）。壽明《中國語學新辭典簡介》對該書的音韻學部分詞條進行了評介。指出該辭典對詞目的解說，不只是純客觀地作些介紹，有些詞目還專門有「評價」一項內容。如在「《切韻》」一條中寫道，「評價：關於《切韻》方言的性質，有多種說法。唐李涪非難其為吳方言，但陸法言不是吳人，八個共同編集者中，有北方人，也有南方人，所以這種非難是不適當的。它其實是南朝末年鄴都到洛陽標準的讀書音體系，南朝江南的讀書音也大致是同一性質的。」〔註2〕又如對「《江氏音學十書》」條的評價是：「江有誥所說雖是獨自研究的，但同王念孫等諸家所說有很多相同之處，可知著者研究水平之高。」〔註3〕此後日本音聲學會編寫了《音聲學大辭典》（日本三修社，1976），國語學會編寫了《國語學大辭典》（東京堂出版社，1980）。此外，美國學者 David Prager Branner 的《*The Chinese rime tables：linguistic philosophy and historical-comparative phonology*》（《漢語韻圖：語言哲學與歷史比較音韻學的研究》，John Benjamins Publishing Company，2006）是一本論文集，後附音韻學術語、人名、著作列表，多為國內其他辭典所未見，也具有重要的參考價值。

綜上所述，收錄音韻學術語、理論和學說、著作、人名詞目的語言學辭典、準辭典以及非語言學辭典數量甚為可觀，內容豐富。從各個維度反映了某個階段漢語音韻學的研究成果。探索這些辭典的編撰經驗及其存在的問題，將有利於新的音韻學辭典的編撰工作。

〔註2〕壽明，中國語學新辭典簡介〔J〕，國外語言學，1981（3）：63～64。
〔註3〕壽明，中國語學新辭典簡介〔J〕，國外語言學，1981（3）：63～64。

2. 研究方法

本書主要使用對比分析法、實證分析法、個案分析法、文獻考證法對辭典的音韻學術語框架、詞條立目、釋文內容等進行綜合研究，發掘既有音韻學辭典的編撰特色，揭示目前音韻學辭典在術語框架、立目和釋文等方面存在的問題，總結音韻學辭典編撰經驗，探索音韻學辭典編撰的特殊規律。

1.2　研究綜述

目前集中探討音韻學辭典編撰問題的成果為數不多，主要包括三方面內容：一是音韻學辭典編撰的理論探索；二是專科辭典編撰中音韻學詞條的釋義方式研究；三是對部分音韻學辭典的專門評介。

音韻學辭典編撰的理論探索始於馮蒸的一系列文章：《論漢語音韻學的發展方向——為紀念李方桂先生而作》〔註4〕《關於〈漢語音韻學辭典〉編撰中的幾個問題》〔註5〕《音韻學名詞術語的性質與分類——〈漢語音韻學辭典〉的編撰》〔註6〕《論音韻學辭典的編撰原則與創新——〈中國語言學大辭典〉和〈語言文字詞典〉音韻學詞目表分析》〔註7〕等。這些文章探討了音韻學專科辭典編撰涉及的特殊問題：漢語音韻學學科體系和音韻學辭典框架結構的構建、漢語音韻研究方法的討論、傳統音韻學名詞術語的清理和解釋，音韻學術語詞目的選擇原則及範圍，「學說」與「理論」的處理，新研究成果的吸收以及罕見義項的處理，音韻學術語的性質和分類，音韻學辭典編撰的原則以及音韻學辭典的創新等。內容涵蓋音韻學辭典宏觀框架的構建和音韻學術語名稱、釋文等微觀內容的規範，從整體到局部，拉開了音韻學辭典編撰研究的序幕。

辭典中音韻學詞條的釋義方式研究主要是蘇寶榮的《專科辭典的語言釋義和概念釋義》〔註8〕。該文以《辭海》1979年版的個別音韻學詞條為例，討

〔註4〕馮蒸，論漢語音韻學的發展方向——為紀念李方桂先生而作〔J〕，湖南師範大學社會科學學報，1988（2）：81～84。

〔註5〕馮蒸，關於《漢語音韻學辭典》編撰中的幾個問題〔J〕，江西師範大學學報，1988（2）：37～43。

〔註6〕馮蒸，音韻學名詞術語的性質與分類——《漢語音韻學辭典》的編撰〔J〕，辭書研究，1988（2）：62～71。

〔註7〕馮蒸，論音韻學辭典的編撰原則與創新——《中國語言學大辭典》和《語言文字詞典》音韻學詞目表分析〔J〕，漢字文化，2014（5）：30～43。

〔註8〕蘇寶榮，專科辭典的語言釋義和概念釋義〔J〕，辭書研究，1991（4）：12～17。

論專科辭典中的語言釋義和概念釋義的關係以及如何妥善處理二者關係等問題。主要分析了「平水韻」「佩文韻府」「聲母」「陰」「陽」等詞條的具體釋文並提出了撰寫建議。「語言釋義」和「概念釋義」對於廓清音韻學術語的內涵與外延、明確詞條所指很有啟發意義。

專門評介音韻學辭典的成果，主要有楊劍橋《評兩本語言學辭典》〔註9〕、朱聲琦《一部簡明的漢語音韻學史──讀〈音韻學辭典〉》〔註10〕、慧生《從兩本傳統語言學辭典談起》〔註11〕、陳滿華《評〈中國語言學大辭典〉》〔註12〕等。上述文章在評介辭典時一併糾正訛誤並提出編撰建議。楊文對《傳統語言學辭典》《音韻學辭典》兩部辭典的收詞範圍、釋義源流、條目釋義、人物學說等進行了詳細分析，建議補充最新研究成果、平衡詞條釋文規模。朱文肯定了《音韻學辭典》材料的豐富性、內容的可讀性、編排的合理性，同時糾正了部分釋義的訛誤之處。慧生肯定了這兩部辭典的特色之處，並在楊文基礎上指出《音韻學辭典》應收未收的重要音韻學人物並建議人物介紹篇幅應儘量均衡。陳滿華《評〈中國語言學大辭典〉》在介紹辭典吸收新成果的具體情況時指出，桑紹良的籍貫由零陵改為濮州就是及時吸收了耿振生的新成果；並對「上口字」「洪音」的釋義缺陷進行了辨析和更改。

目前尚未見到國外學者有關音韻學辭典編撰的研究成果，僅見有部分辭典或論文集收錄了漢語音韻學詞條。日本有四部辭典《中國語學事典》《中國語學新辭典》《音聲學大辭典》《國語學大辭典》收錄漢語音韻學詞條；美國有一部論文集《*The Chinese rime tables : linguistic philosophy and historical-comparative phonology*》（《漢語韻圖：語言哲學與歷史比較音韻學的研究》）收錄音韻學術語、人名、著作。其中，日本學界豐碩的漢語音韻學研究成果對音韻學辭典編撰具有較高的學術價值，具體可參考李無未《日本漢語音韻學史》（商務印書館，2012），該書首次全面展現了日本漢語音韻學史的面貌，是國內外第一部全面整理、評介日本漢語音韻學研究成果的著作，可豐富漢

〔註9〕楊劍橋，評兩本語言學辭典〔J〕，辭書研究，1993（2）：124～126。

〔註10〕朱聲琦，一部簡明的漢語音韻學史──讀《音韻學辭典》〔J〕，江蘇教育學院學報，1996（2）：97～98＋90。

〔註11〕慧生，從兩本傳統語言學辭典談起〔J〕，辭書研究，1997，（01）：131～132。

〔註12〕陳滿華，評《中國語言學大辭典》〔J〕，中國語文，1996（4）：314～319。

語音韻學辭典內容。

　　不論是基於漢語音韻學學科的發展，還是基於專科辭典編撰理論的完善，上述成果均體現了學者們在繼承前人成果基礎上勇於探索和大膽創新的精神，為後人系統探索音韻學辭典編撰問題開闢了道路。隨著音韻學研究「不斷的進步和超越」〔註13〕和海內外音韻學學術交流的增加，我們要「學習外國學術界的成果和方法、理論，又要努力用自己的研究成果來為全人類語言學作出貢獻，豐富語言學的方法理論庫，樹立中國音韻學在國際歷史語言學上的地位。」〔註14〕在這一時代背景下，音韻學辭典亦應該「與時俱進，向讀者提供學術界的近若干年新的可靠的研究成果，適當摒棄過時的或不夠善美的內容。」〔註15〕

1.3　研究價值及創新之處

1. 研究價值

　　音韻學辭典的編撰絕不是詞條的簡單編輯和雜亂堆砌，而是有章可循、有法可以的，這個「章、法」就是音韻學辭典的編撰原則。綜觀音韻學界以往的研究，關於音韻學術語、理論和學說等的個案研究居多，而從辭典學、學科體系和學術史的角度對音韻學辭典加以關注的研究比較少。當前的音韻學史論著也很少將音韻學辭典的成果囊括其中，音韻學辭典編撰研究尚未引起學界的足夠重視。

　　隨著音韻學研究成果的不斷豐富，現有音韻學辭典已不能全面、及時反映音韻學發展成就和滿足學界需要，一部新的音韻學辭典亟待問世。但目前尚未見到關於音韻學辭典編撰原則及相關問題的探討。因此本書試圖在一定程度上彌補國內外關於音韻學辭典編撰理論研究的遺缺，以期對音韻學的學科發展和專科辭典的編撰研究具有一定的方法論意義和實際應用價值。

〔註13〕麥耘「漢語音韻學研究 70 年」〔C〕，劉丹青《新中國語言文字研究 70 年》，2019年 11 月，中國社會科學出版社。

〔註14〕麥耘，立足漢語，面向世界——中國語言學研究理念漫談〔J〕，語言科學，2006（02）：62～65。

〔註15〕魯國堯，呼喚《音韻學辭典》新版，兼論「階段總結」〔J〕，古漢語研究，2018（3）：92～96。

2. 創新之處

（1）提出音韻學辭典編撰的總原則

　　總原則就是辭典要以音韻學學科理論體系為依據構建音韻學術語的框架結構並統領全部音韻學術語、理論和學說詞條。該原則基於三部辭典的音韻學術語框架結構而提出。這三部辭典是：《中國大百科全書・語言文字卷》《中國語言學大辭典・音韻學卷》（後來《語言文字詞典・音韻學卷》的術語框架與此一致）和《語言學名詞》。

　　《中國大百科全書・語言文字卷》「漢語音韻學」的術語框架結構依據「古音學、今音學、等韻學、北音學」的音韻學學科體系構建，層次分明的術語詞目表就是這一體系的成果。詞目表層次清晰，框架結構體系完整，兼具科學性、系統性，開創了依據漢語音韻學學科體系構建音韻學辭典術語框架的新局面，推動了漢語音韻學學科的發展，在音韻學辭典編撰歷史上具有里程碑式意義。

　　《中國語言學大辭典・音韻學卷》（《語言文字詞典・音韻學卷》）的術語框架結構依據馮蒸提出的漢語音韻學學科體系構建。該體系共包括三部分：「總論」「分論」「方法論」，各部分下再分小類。其中「分論」部分是主體，下設「音理篇、音史篇、資料篇、音韻學史篇」，每篇之內再設子目，體現出「綱—目—子目」的層次性特點，收錄很多有特色的理論和學說詞目及豐富的音韻學術語。其音韻學術語框架不同於《中國大百科全書・語言文字卷》，是音韻學辭典編撰的一種新模式，結構更嚴整，層次更分明。

　　《語言學名詞》沒有音韻學詞目分類目錄，正文詞目編排以「總論、音類分析和等韻學、用韻分析和今音學、語音通轉和古音學、音類演變和對音」的框架結構編排。該體系繼承《中國大百科全書・語言文字卷》，又吸收《中國語言學大辭典・音韻學卷》設立音變詞目的特色，在二者基礎上構建新的術語框架結構，形成音韻學辭典編撰的第三種模式。

　　目前除三部辭典之外，其餘辭典均未構建術語框架表。三種編撰模式體系各異，特色鮮明，三部辭典在學界亦產生廣泛影響。因此，音韻學辭典應該貫徹以音韻學術語框架體系來統領全部音韻學術語的總編撰原則。

（2）提出音韻學辭典立目原則

原則一：音理詞目和理論學說類詞目應作為音韻學辭典的重要組成部分。

原則二：音變詞目應佔據音韻學辭典一定比重。

原則三：音義著作、亡佚著作應該大量收錄。

原則四：音韻學辭典應及時吸收海內外最新研究成果，具備與時俱進意識。

（3）提出音韻學辭典釋文原則

原則一：有源必溯。即溯源要徹底，完整而準確，充分體現辭典的知識性。

原則二：兼收並蓄。即觀點不主一家，客觀而精練，充分體現辭典的科學性。

1.4　本書結構

本書共 5 章。

第 1 章為緒論部分，介紹本書的研究對象及方法、研究現狀、研究價值及創新、行文結構安排等。

第 2 章討論音韻學辭典總編撰原則——構建術語框架結構。在分析和比較《中國大百科全書·語言文字卷》「漢語音韻學」、《中國語言學大辭典·音韻學卷》和《語言學名詞》「音韻學」的術語框架結構基礎上，明確《中國大百科全書語言文字卷》「漢語音韻學」的術語框架結構對後來音韻學辭典術語框架結構的深遠影響。並針對其他辭典音韻學術語框架結構特點和存在的問題提出音韻學辭典編撰的總原則——以音韻學學科理論體系為依據構建音韻學術語的框架結構。

第 3 章探討音韻學辭典的立目問題。比較和分析現有辭典音韻學詞目的收錄現狀、三部重要辭典的音韻學詞目收錄範圍及立目特點，提出新的音韻學辭典的立目原則：增加音理、音變詞目，大量收錄音義著作和亡佚著作，重視收錄海內外最新成果等。

第 4 章探討音韻學辭典的釋文問題。包括異稱的處理、釋文的溯源、解釋的準確性等。針對現有辭典在釋文方面存在的問題，提出釋文的撰寫原則：有源必溯、兼收並蓄。

第 5 章探討音韻學辭典編撰的規範化問題。包括音韻學術語的規範化和音

韻學辭典編撰的規範化。音韻學術語的規範化要重視對異名術語的處理，重視
現代語音學理論在術語命名和術語闡釋中的重要作用。音韻學辭典編撰的規範
化包括為詞目標注漢語拼音和英語譯名、保持釋文體例的一致、設置合理的檢
索系統等。

第 2 章　音韻學辭典總編撰原則研究
——構建術語框架結構

2.1　音韻學辭典術語框架結構的含義

要明確音韻學辭典框架結構的含義，首先需要瞭解辭書學的「框架結構」及其相關術語的含義。據《語言學名詞》（94 頁），辭典的「框架結構」「宏觀結構」「微觀結構」分別解釋如下：

框架結構 frame structure，megastructure

按照辭書設計方案勾畫出的擬編辭書的結構布局或構架。包括宏觀結構和外部信息結構兩個部分。

宏觀結構 macrostructure

與「微觀結構」相對。辭書整體結構的主幹部分。按一定排檢方式對辭書所收錄全部詞目進行的布局和編排。旨在方便用戶快捷地查閱所需信息。

微觀結構 microstructure

與「宏觀結構」相對。辭書詞目的內部信息組織方式。按一定格式提供詞頭所蘊含的信息，一般包括（詞形）拼寫、注音、詞類、詞法、句法、標籤、釋文、注釋、例證、派生詞、同義詞、反義詞、

成語、熟語、諺語、詞源、插圖、參見，以及用法說明和語義辨析等。

從這三個術語的釋文可以看出，「框架結構」是辭書的整體結構布局，「宏觀結構」是辭典「框架結構」的主幹部分，反映了某部辭典全部詞目的編排體系。辭典以宏觀結構為綱，以微觀結構為目。關於宏觀結構在辭典中的地位，章宜華、雍和明著的《當代詞典學》曾有過詳細闡述：「詞典正文是詞典的核心內容。只要看一看詞典正文的大體結構，人們就會很容易地發現有兩條軸線縱橫貫穿其中，將詞典信息組成一個個詞條，並將它們編織成連貫的整體。縱軸線是宏觀結構，橫軸線是微觀結構。宏觀結構構成了詞典正文的脊柱，微觀結構則是依附在這個脊柱上的一個個詞條。……詞典的宏觀結構是實現詞目編排的體系。」〔註1〕

對於音韻學辭典而言，辭典的「框架結構」應該有更具體的所指。這和音韻學學科的特點密切相關。音韻學發展歷史悠久，存在大量難懂的術語以及學術價值重大且亟待整理的音韻學理論和學說。諸多學者、學派對這些術語、理論和學說的理解角度與解釋方式並不完全相同。作為傳播學科知識的重要平臺，音韻學辭典應該對這些詞目進行重點梳理。挖掘詞目之間的內在聯繫並確立編排體系，明確詞目的具體含義並進行精確而清晰地描述。這也是衡量音韻學辭典專業水平的重要標準之一。至於人物和著作，雖然也是辭典正文的組成部分，但各辭典的釋文大同小異，詞目編排也不外乎音序、筆劃或朝代順序。因此術語、理論和學說應該作為音韻學辭典的重要內容，其編排框架也應該是音韻學辭典編撰研究的主要內容之一。

綜上所述，結合學科知識特點和音韻學詞目的編排現狀，本書對音韻學辭典的術語框架結構進行如下界定：音韻學辭典的術語框架結構主要是指辭典中的音韻學術語、理論和學說詞目的編排結構，該框架結構的直觀反映就是音韻學詞目目錄表。

音韻學辭典術語框架結構的構建具有三重意義：第一，彰顯音韻學辭典編撰者從事學術研究的嚴謹性。辭典框架的構建源於編者對學科體系的全面把握和專業知識的透徹理解，只有秉持嚴謹的治學態度，才能致力於探究如何構建

〔註1〕章宜華、雍和明，當代詞典學〔M〕，北京：商務印書館，2007：51～52。

體現學科特點的辭典框架，探究各個詞目在整個框架中的類屬。第二，體現音韻學辭典編撰工作的規範性。詞目的收錄不是隨意為之，而是依託於辭典框架結構進行取捨和增改。辭典框架是綱，術語、理論和學說是目，綱舉目張，有理有序。第三，反映學界探索音韻學學科發展的自覺性。同屬音韻學學科的術語、理論或者學說，個體之間往往存在著某種或顯或隱的聯繫。對詞目之間的內在聯繫進行深入挖掘並使之顯豁，這個過程本身就是對音韻學專業知識的爬梳，是對音韻學學科發展脈絡和發展方向的探索。因此，構建音韻學辭典框架關乎到辭典的專業水平和學科的未來發展。

　　作為一部音韻學專科辭典，其讀者對象主要是從事音韻學研究的專業人員，兼及少數其他行業者。從辭典功能屬性來看，在共時層面上應當具有普及和提高音韻學專業知識的現實功能；在歷時層面上應當具有為音韻學學科的發展和理論學說的創立提供契機的潛在功能。因此音韻學辭典的框架結構必須是一個能夠全面承載學科專業知識的開放系統。在這個系統中，辭典對音韻學事實進行描寫和解釋，對專業知識進行組織，而音韻學術語、理論和學說詞目的編排體系就是這個知識生產的最終成果，是音韻學學科專業知識的集中呈現。也就是說，學科知識的系統性要求音韻學辭典的術語框架結構具有系統性。因此，構建音韻學辭典的術語框架結構是編撰高質量音韻學辭典的首要任務。在具備系統性的框架結構之下設置目錄，並按照該目錄表編排，能更好地發揮音韻學辭典的功用。

　　音韻學辭典術語框架結構的系統性是學科術語系統性的反映，是學科理論體系的反映，是學界對音韻學事實進行探索和總結的結晶。近年來辭書界關於辭書現代化的思考也印證了構建音韻學辭典術語框架結構的重要意義：「辭書是人類的知識庫，辭書編撰其實就是對人類長期積澱的文化的梳理。知識庫建設是長期的積累過程。首先應當根據科學的知識分類系統，建立知識庫的主題框架與細目；然後廣泛搜集相關知識，依照知識庫的框架與細目進行整理分類。一個良性的知識庫，還應便於更新，建庫者或使用者可將新知識及時載入庫中，使知識庫隨時代的進展而不斷充實發展。」〔註2〕音韻學辭典的編撰過程就是建設學科知識庫的過程，知識庫的框架就是辭典的術語

〔註2〕李宇明，龐洋，關於辭書現代化的思考〔J〕，語文研究，2006（3）：7。

框架。辭典對術語的分類是通過確立主題順序而實現的，而這些「主題」就是音韻學學科術語、理論和學說詞目所屬的類別，是辭典框架結構的組成單位。某一主題之下聚集若干音韻學術語、理論和學說詞目，這樣若干個微觀系統組成音韻學學科術語的宏觀系統。具有系統性的辭典框架有助於讀者明晰音韻學術語、理論和學說詞目在學科體系中的地位和歸屬，避免將音韻學辭典編成沒有系統性的術語合集。因此，按照某一體系設計的音韻學辭典術語框架既可保證辭典的可讀性，又體現出辭典編撰的規範性。

辭典正文中的術語、理論和學說最好按照詞目目錄表進行編排，以便於讀者既可以通過該目錄一覽術語、理論和學說的收錄全貌，又可以通過正文的釋文內容把握詞目之間的內在聯繫。如果正文不按照由框架結構統領的目錄進行編排，而是按照詞目首字的漢語拼音順序或者筆劃順序編排，辭典就應在正文前或後設立一個目錄表，為讀者呈現詞目間的關係。如《中國大百科全書・語言文字卷》的正文是按照詞目首字母的漢語拼音順序編排，但在正文前設置的音韻學詞目框架表為讀者展現了詞目之間的層次關係：

等韻 ……………………………………………………51
五音（見等韻）…………………………（412）51
喉音 …………………………………………………212
牙音（見等韻）…………………………（437）51
舌音（見等韻）…………………………（336）51

這在收錄音韻學詞目的辭典中是一種創新，也為後來的音韻學辭典詞目的分類提供了重要參考。

總之，音韻學辭典的術語框架結構指音韻學術語、理論和學說詞目的編排框架，是音韻學辭典編撰應遵循的總原則，是否具有科學的術語框架結構是衡量辭典編撰水平的重要標準之一。

2.2 現有工具書音韻學術語框架結構

2.2.1 工具書音韻學術語框架結構概覽

本小節以 31 部工具書為分析對象（著作中的名辭表、海外辭典、研究生論文、名詞彙編、音韻學問答和專題性內容等，因為其中的音韻學部分編排體例

與語言學辭典、準辭典有較大差異，暫不作為音韻學術語框架分析的研究對象。分別是：《中國音韻學研究・名辭表》《中國語學事典》《中國語學新辭典》《音聲學大辭典》《國語學大辭典》《聲韻學名詞彙釋》《中國語言學名詞彙編》《語文知識千問》《中國文化語言學辭典》《20 世紀中國學術大典・語言學》），依據辭典出版的時間順序，分析其音韻學詞目的框架結構。

我國較早系統性收錄音韻學名詞的辭典是《文字學名詞詮釋》，全書共收錄文字學名詞 542 條，音韻學名詞 132 條，約占全書內容近四分之一。正文前沒有詞目分類目錄，也沒有任何形式的索引，正文均按筆劃順序編排。雖未收錄人物和著作詞目，術語編排亦無框架結構而言，但已反映出學界系統地探索音韻學術語的研究意識。

真正對後來音韻學辭典編排模式產生深遠影響的是 20 世紀 70 年代的《語言文字學名詞解釋》。該辭典收錄音韻學名詞 158 條（術語 87 條，人物 33 條，著作 38 條），雖非專門的音韻學辭典，但其首創的「術語＋人物＋著作」的編排模式對此後辭典編排音韻學詞目產生了重要的影響。該分冊包括語言學、語音學、詞彙學、語法學、修辭學、文字學、音韻學、訓詁學、中國語言、世界語言、中國語文學家、中國語文著作、外國語言學家及語言學流派等十三類，共收詞目 1004 條；所收主要是比較習見的名詞術語，過於專門、冷僻的不收。「音韻學」部分有單獨詞目表，詞目排列順序主要從編寫及查閱方便考慮（《辭海・語言文字分冊》凡例）。音韻學術語收於「音韻學」中，音韻學人物收於「中國語文學家」之中，音韻學著作收於「中國語文著作」中。該辭典的編撰框架為此後諸多辭典所借鑒。本書有約 30 部語言學辭典按照這種編排模式收錄語言學科的各分支詞目。具體到音韻學分支詞目，多數語言學辭典將音韻學術語、理論和學說置於「音韻學」部分，而將音韻學人物和音韻學著作與其他語言學分支學科的人物和著作集中編排。

《簡明語文知識辭典》是一部普及語文基礎知識的小型工具書，分為古代漢語、現代漢語、文學常識等共七個部分。收錄慣用的名詞術語和基本概念、具有重要影響的人物和著作。（《簡明語文知識辭典》前言）該辭典沒有詞目分類目錄，音韻學術語部分未單獨列出，而是將音韻學術語、人物和著作詞目與文字學、訓詁學詞目一起收錄於古代漢語部分，所有分支學科詞目全部按照詞目首字筆劃順序編排。

　　《語文知識詞典》是一部以語言、文學的一般知識為主要內容的專科性辭書。包括文字、語音、音韻、文字、詞彙、訓詁、語法等學科的一些名詞術語和古今中外的部分著作、著作者等。（《語文知識詞典》前言）正文前有音序詞目表，正文內容不分類別，按照詞目首個漢字的音序排列。正文後附有「詞目分類索引」，涵蓋十個部分。其中第一部分「語言文字」下面再分「語言、語音、音韻、文字……語言學家、語言學著作」共十個子目。在該詞目分類索引中，音韻學術語收於「音韻」子目之下，音韻學人物和著作分別收於「語言學家」和「語言學著作」之下。

　　《簡明語言學詞典》收錄語言學教學和研究中最基本、最常用的名詞術語以及中外的部分語言學家和著作，涉及語音學、詞彙學、音韻學、訓詁學、語法學等學科。正文詞目按照《漢語拼音方案》字母表順序排列，屬同一漢字字頭的詞目排在一起。（《簡明語言學詞典》說明）正文之前是詞目音序目錄，沒有各分支學科的詞目分類表。音韻學術語、人名和著作未單獨編排。

　　《辭海‧語言學分冊》是對 1978 年版《辭海‧語言文字分冊》的重新修訂。包括總類、語音學、語法學、音韻學……人物、著作等十二個部分。所收主要是比較習見的名詞術語，過於專門、冷僻的不收。分冊按學科和類別分類編排，前面刊有分類詞目表。所分類別，僅從便於查檢考慮。（《辭海‧語言學分冊》凡例）比較舊版的立目，新版音韻學術語詞目增加近二十條，人物和著作略有增加。從編排模式上來看，音韻學術語仍收於「音韻學」中，音韻學人物和著作收於「人物、著作」中。

　　《中國大百科全書》是我國第一部大型綜合性百科全書，全書各學科的內容按照各自學科的體系、層次，以詞目的形式編寫。（《中國大百科全書‧語言文字卷》凡例）《中國大百科全書‧語言文字卷》是其分卷之一，正文前列有分類目錄，正文亦按照該分類目錄順序編排。「漢語音韻學」部分由俞敏主編，目錄包括術語、著作、人物三大部分。其中術語詞目的排列清晰地反映出術語編排的系統性和術語之間的層次關係。依託於音韻學學科體系構建的術語框架結構開創了音韻學辭典編撰的先例，編者高屋建瓴，著眼於學科建設高度的辭典編撰理念影響深遠。

　　《古代漢語知識辭典》收錄有關古代漢語的詞彙、語法、音韻、文字、訓詁、詩詞曲律、重要的語文著作、重要的語文學家等內容。每類之中再根據詞

條之間的意義關係以類相聚，依次排列。(《古代漢語知識辭典》凡例) 正文前有分類詞目表，包括總論、詞彙、語法、音韻等十一個大類。正文內容按照詞目表順序排列，「音韻」列於第四部分，僅收錄音韻學術語。音韻學人物收於「重要的語文學家」，與其他語文學家統一按照所處朝代順序排列；音韻學著作收於「重要的語文著作」，未按照著作朝代順序排列。

　　《古漢語知識辭典》設有「概說、文字學、音韻學 (附：詩詞曲格律)、訓詁學‧詞彙學⋯⋯語文學家‧學術流派、古漢語專著‧工具書」等九個大類。各大類的詞目，除語文學家按年代編排之外，其餘均按內容依次編排。力圖兼顧古漢語學科的內在聯繫和方便讀者查檢及使用習慣諸方面。(《古漢語知識辭典》凡例) 音韻學術語列於「音韻學」之內，按內容編排；人物列於「語文學家‧學術流派」之內，著作列於「古漢語專著‧工具書」之內，均按朝代順序編排。

　　《中學語文教學手冊》主要幫助中學語文教師解決教學中可能遇到的知識性問題，具有工具書的性質。(《中學語文教學手冊》前言) 收錄文學、語言、語文教學等知識。正文前有學科分類目錄，「古代漢語」下的子目錄「語音」收錄少量音韻學術語，詞目編排較為隨意。「現代漢語」下的子目錄「中國語言學家」中收錄少量音韻學人物詞目。該工具書主要是為中學語文教師提供教學參考，因此並未收錄專門的音韻學著作，僅在「工具書」中收錄一部《佩文韻府》。

　　《傳統語言學辭典》收錄傳統語言學術語、人名、書名和主要學派，其中術語類包括基本理論和學說。(《傳統語言學辭典》凡例) 正文前後均未設置詞目分類目錄，音韻學術語未單獨列出，全部詞目均按照音序排列。

　　《簡明古漢語知識辭典》所收詞條主要是古代漢語知識和古代文化常識中習見的概念、術語、人名、地名、書名和某些重要的語言現象，以及王力《古代漢語》通論部分中涉及的名詞術語。詞條按類分列，包括文字、音韻、訓詁詞彙、語法、古漢語學家等共計十八個分類，同類詞條內部以詞目首字筆劃由少至多的順序排列。(《簡明古漢語知識辭典》凡例) 正文前有分類目錄，音韻學術語和音韻學著作收於「音韻」部分，音韻學人物收於「古漢語學家」中。

　　《世界漢語教學百科辭典》是一部百科性知識辭典。漢語學科包括語法、文字、音韻、訓詁等。收錄詞目包括各學科的重要知識、概念、術語、代表性

人物、重大事件、流派、重大課題、論著及研究信息等。(《世界漢語教學百科辭典》凡例)全部詞目均按照漢語拼音音序排列,音韻學詞目未單獨排列。正文前後均未設置各學科的分類目錄,只有拼音和筆劃索引。

《中國語言學大辭典》包括「文字學、音韻學、訓詁學、語音學……人物、著作、語言學史」十三個部分,其中音韻學卷由馮蒸所擬。音韻學術語、理論和學說詞目被收入「音韻學」部分,按照馮蒸(1988)構建的「漢語音韻學學科分類體系框架表」編排;音韻學史詞目編入「語言學史」中,集中列於文字學史之後,按照詞目之間的內在關聯性排列。音韻學人物和音韻學著作分別收入「人物」「著作」之中。編者在其後來主編的《語言文字詞典・音韻學卷》繼承了《中國語言學大辭典・音韻學卷》的編排框架,但是依據《語言文字詞典》自身的編撰體例而在內容上略有增刪調整。

《古代漢語教學辭典》是一部普及型古代漢語知識辭典,正文前有分類目錄,包括概說、文字學、音韻學、詞彙學、訓詁學、語法學、語文學家、語文學著作等十大類別。(《古代漢語教學辭典》說明)音韻學術語和學說收於「音韻學」,詞目按照一定的內在聯繫排列。音韻學人物和著作分別收於「語言學家」和「語言學著作」中。辭典附錄中有關音韻學的重要資料有:國際音標表、上古音韻部各家分部異同表、古聲十九紐表、古韻二十八部表、《說文》最初聲母分列古韻二十八部及古聲十九紐表、《廣韻》二百〇六韻韻目表、《廣韻》四十一聲類表、《廣韻》切語上下字表、古入聲字變讀表、古今調類異同表、《中原音韻》聲韻表、北京話聲韻調表、詩韻常用字表共十三個表。

《音韻學辭典》收錄音韻學人名、著作、術語三類詞目。人名包括研治音韻學的古今學者,當代學者以 1988 年以前出版專著為限。著作收至 1988 年,包括音韻學和音義著作。術語包括音韻學的基本概念、基本理論和學說以及一部分常用語音學術語。正文前有音序目錄,正文亦按照音序編排。附錄十三個,包括羅常培編制的諸家所考周秦古聲異同表、曹述敬編制的十七家古韻分部對照表和王力所定的八個表、國際音標(元音表、輔音表)、漢語拼音方案等。

《實用中國語言學詞典》包括語言學、語音學、文字學、音韻學、中國語言學著作、中國語言學家等十二個部分。正文前有詞條分類目錄,漢語音韻學的基本術語收於「音韻學」部分。分類目錄和正文的詞目均按照內容的內在體

系排列。先列出音韻學名稱詞目，再列出表示音韻學學科名稱的詞目，如「音韻、聲韻、音韻學、聲韻學……」等。目的在於使讀者既能對某一部分的知識有基本的瞭解，又能對各部分之間的關係有總體上的把握。(《實用中國語言學詞典》凡例) 音韻學人物和著作分別收於「中國語言學著作」「中國語言學家」中。

《語言學百科詞典》是一部綜合性語言學詞典。收錄術語、理論、方法、學科、流派、人物、著作等詞目。(《語言學百科詞典》凡例) 未設立語言學分支學科的詞目目錄，全部詞目按照詞目首字筆劃由少至多的順序排列。音韻學術語、人物和著作詞目未單獨編排。

《中華小百科全書‧語言文字卷》「音韻學」受《中國大百科全書‧語言文字卷》「漢語音韻學」的影響，「音韻學」詞目的分類目錄也有層次性。不同之處在於，前者的正文按照音序編排，目錄中的詞目均單獨立目解釋；後者的正文按照目錄順序編排，但部分下級詞目只見於分類目錄，不單獨立目解釋。術語收錄於「音韻學」，人物收錄於「中國語文學家」，著作收於「中國語文著作」。

《王力語言學詞典》詞目取自《王力文集》，收錄王力語言學著述和跟語言學有關的其他著述中所用或者涉及到的古今中外的語言學名詞術語、人物和著作。(《王力語言學詞典》凡例) 辭典無分類目錄，全文皆按照漢語拼音音序排列，音韻學術語、著作、人物皆未單獨排列。

《語文百科大典》包括古代漢語、現代漢語、中國古代近代文學、中國現代當代文學等十一大類。收錄學科通用、定型詞語和語文學名家名著，著作與作者分立詞目，各有側重。(《語文百科大典》凡例) 正文詞目按照音序排列，正文後有學科分類目錄。分類目錄「一　古代漢語」下分六個子目錄：(一) 音韻、(二) 訓詁、(三) 語法、(四) 文字、(五) 語言學家、(六) 著作。「音韻」術語詞目均由馮蒸所擬。音韻學人物和著作分布於「語言學家」「著作」中。

《漢語知識詞典》收錄漢語知識方面的詞目，主要收錄名詞術語、有影響的著作和已故學者 (截止 1990 年)。詞典正文按音序排列。正文前有「音序詞目表」。(《漢語知識詞典》凡例)。未設詞目分類目錄，音韻學術語詞目未單獨列出，術語、人物和著作與其他分支學科詞目統統按音序排列。

　　《古漢語知識詳解辭典》比較全面地詮釋古漢語學及其各分支學科中經常涉及的名詞術語、歷代著作等。共收十類詞目分九部分編排，即總說、文字學、音韻學、訓詁學（附詞彙及古方言）、語法學、修辭學、文體學、文獻學、歷代語文學家。（《古漢語知識詳解辭典》凡例）音韻學部分又分名詞術語和重要著作兩大類，音韻學術語主要收錄音韻學學科中重要、常見、穩定的用語，也包含詩詞曲律術語。為反映歷史演變情況，體現研究動向，酌收若干不常用或新出的用語。音韻學著作主要收錄重要、常用、易得的古代著作，酌收近現代學者的學術著作。在術語詞目的編排上，大致以類相從；同類相關者，又按先總條後分條、先主條後輔條的次序編排。著作按刊刻或出版年代先後排列。音韻學人物收於「語文學家」中，與其餘分支學科的語文學家統一按照所處朝代順序排列。

　　《語言文字詞典》包括語言學、文字學、音韻學、修辭學等 13 類，正文前有分類詞目表，正文亦按照分類詞目表編排，收錄音韻學術語、理論、學說、人物、著作。辭典框架結構承自《中國語言學大辭典・音韻學卷》。

　　《多功能漢語拼音詞典》收錄漢語拼音詞目近 2000 條，內容主要包括漢語拼音方案、漢語拼音教學、常用異讀字、歷代注音術語、普及漢語拼音的論著等。（《多功能漢語拼音詞典》凡例）正文前沒有詞目分類目錄，正文按照筆劃排列。其中也收錄部分音韻學術語和著作，但未收錄音韻學人物。

　　《語言文字學常用辭典》包括語言學、文字學、語音學、詞彙學、漢語音韻學、訓詁學、著作與期刊、人物等共 16 項內容。正文前有詞目分類索引。在詞目分類索引中，音韻學術語收於「漢語音韻學」中，音韻學人物和著作分別收於「人物」「著作」中。但在正文中，音韻學術語、人物和著作詞目均與其他分支學科的詞目按照音序統一編排，分類目錄中詞目的順序與正文詞目的編排順序並不一致。

　　《實用古漢語知識寶典》收錄常用而重要的古漢語知識詞目，根據收錄內容分為十個部分：總論、文字學、音韻學、訓詁學、版本學和校勘學、詞彙學、語法學、修辭學、人物、著作。正文前有分類詞目表，其中「音韻學」部分收錄的是音韻學術語、方法和理論學說，音韻學人物和音韻學著作編排在「人物」「著作」部分之內，並未單獨列出。「音韻學」中的詞目，按照知識順序和內容相近與否，或時代先後依次排列，大致分為概況、術語、方法和理論學說，正

文詞目也按照分類目錄編排。

　　《大辭海‧語言學卷》在《辭海》（1999 年版）的基礎上增收新詞新義，共收語言文字學詞目 3300 餘條，正文按照「普通語言學、文字學、語音學、音韻學、訓詁學、詞彙學……語系語言、語言學人物、著作文件」的類別編排。（《大辭海‧語言學卷》凡例）正文前設置各分支學科的分類目錄，音韻學術語、理論、學說詞目被編入「音韻學」部分。「音韻學」分類目錄大致編排順序是音韻學術語詞目、音變詞目、對音材料、學說、詩詞曲律術語，辭典凡例中並無關於正文詞目編排順序的說明。音韻學人物被編入「語言學人物」中，按照人物生年朝代和所屬國別由古至今、由中至外的順序編排，音韻學著作被編入「著作文件」中，按照所處朝代順序編排。

　　《語言學辭典》收錄語言學名詞、人物、著作。正文按照音序排列，無詞目目錄。音韻學名詞、人物、著作均按照音序混編於全部語言學名詞、人物、著作中，並未單列。

　　《中國語言文字學大辭典》是語言文字學的專科性工具書，收錄詞目 10000 條左右，包括語言理論和定理、語言研究的歷史和現狀、文獻資料、人物、著作、刊物、社團機構等方面的名詞術語。正文之前沒有分類目錄，正文全部按照音序排列，分為「語言文字學」部分和「語言文字學人物」部分。音韻學詞目未獨立編排，而是將音韻學術語、理論、學說和著作收入「語言文字學」部分，將音韻學人物收入「語言文字學人物」部分。因此全部的音韻學詞目均按照音序排列。

　　《語言學名詞》公布了 2939 條語言學名詞，包括理論語言學、文字學、音韻學等共十三部分，正文前有語言學各分支學科的術語分類目錄。正文內容亦按照分類目錄編排，各學科詞目依據所屬學科的相關知識系統、概念體系而排列。「音韻學」分為「總論、音類分析和等韻學、用韻分析和今音學、語音通轉和古音學、音類演變和對音」共五部分。可見其編排框架是對《中國語言學大辭典‧音韻學卷》和《語言文字詞典‧音韻學卷》的肯定。

　　上述工具書音韻學詞目的編排詳情如下表所示。音韻學分類目錄的有無、音韻學詞目的正文編排方式皆按照凡例（或前言、說明）所述，無特別說明者則根據詞目內容之間的關係確定其編排方式。

31 部工具書音韻學詞目編排情況

編號	書　名	出版時間	音韻學詞目目錄	術語、理論和學說詞目編排依據	音韻學詞目分布情況		
					術語（理論、學說）	人　物	著　作
1	《文字學名詞詮釋》	1927	無	筆劃	正文	無	無
2	（1）《語言文字學名詞解釋》(商務印書館)（2）《辭海‧語言文字分冊》(上海辭書出版社)	1978.4	音韻學	從編寫及查閱方便考慮（詞目意義關係）	音韻學	中國語文學家	中國語文著作
3	《簡明語文知識辭典》	1983.6	無	筆劃	古代漢語	古代漢語	古代漢語
4	《語文知識詞典》	1984.8	音韻	音序	音韻	語言學家	語言學著作
5	《簡明語言學詞典》	1985.2	無	音序	正文	正文	正文
6	《辭海‧語言學分冊》	1987.3	音韻學	便於查檢（詞目意義關係）	音韻學	人物	著作
7	《中國大百科全書‧語言文字卷》	1988.2	漢語音韻學	按照學科的體系、層次編排	漢語音韻學	人物	著作
8	《古代漢語知識辭典》	1988.7	音韻	根據詞條之間的意義關係以類相聚，依次排列。	音韻	重要的語文學家	重要的語文著作
9	《古漢語知識辭典》	1988.11	音韻學（附：詩詞曲格律）	按內容依次編排	音韻學（附：詩詞曲格律）	語文學家‧學術流派	古漢語專著‧工具書
10	《中學語文教學手冊》	1990.6	古代漢語——語音	隨意	古代漢語——語音	中國語言學家	工具書
11	《傳統語言學辭典》	1990.1	無	音序	正文	正文	正文
12	《簡明古漢語知識辭典》	1990.11	音韻	筆劃	音韻	古漢語學家	音韻
13	《世界漢語教學百科辭典》	1990.12	無	音序	正文	正文	正文

14	《中國語言學大辭典·音韻學卷》	1991.3	音韻學	音韻學學科體系框架	音韻學	人物	著作
15	《古代漢語教學辭典》	1991.6	音韻學	無（詞目意義關係）	音韻學	語文學家	語文學著作
16	《音韻學辭典》	1991.9	無	音序	正文	正文	正文
17	《實用中國語言學詞典》	1993.3	音韻學	按照內容的內在體系排列	音韻學	中國語言學家	中國語言學著作
18	《語言學百科詞典》	1993.4	無	筆劃	正文	正文	正文
19	《中華小百科全書·語言文字卷》	1994.6	音韻學	無（詞目意義關係）	音韻學	中國語文學家	中國語文著作
20	《王力語言學詞典》	1995.3	無	音序	正文	正文	正文
21	《語文百科大典》	1996.6	音韻	音序	音韻	語言學家	著作
22	《漢語知識詞典》	1996.9	無	音序	正文	正文	正文
23	《古漢語知識詳解辭典》	1996.10	音韻學	以類相從；同類相關者，先總條後分條、先主條後輔條	音韻學	語文學家	音韻學
24	《語言文字詞典·音韻學卷》	1999.2	漢語音韻學	音韻學學科體系框架	研究範圍及學科、基本知識術語、漢語語音史、音韻學材料、漢語音韻研究方法	人物	著作
25	《多功能漢語拼音詞典》	2001.8	無	筆劃	正文	無	正文
26	《語言文字學常用辭典》	2001.10	漢語音韻學	音序	正文	正文	正文
27	《實用古漢語知識寶典》	2003.8 第1版；（2008.5 第2版）	音韻學	知識順序和內容相近與否，或時代先後(概況、術語、方法和理論學說)	音韻學	人物	著作

28	《大辭海‧語言學卷》	2003.12	音韻學	無（詞目意義關係）	音韻學	語言學人物	著作文件
29	《語言學辭典》（增訂版）	2005.10	無	音序	正文	正文	正文
30	《中國語言文字學大辭典》	2007.5	無	音序	語言文字學部分	語言文字學人物	語言文字學部分
31	《語言學名詞》	2011.5	音韻學	知識系統、概念體系	正文	無	無

　　針對上表有如下特殊說明：《語言文字學名詞解釋》（《辭海‧語言文字分冊》）和《辭海‧語言學分冊》《古代漢語教學辭典》《中華小百科全書‧語言文字卷》《大辭海‧語言學卷》或者在凡例中指出詞目編排出於編寫及查閱方便考慮，或者未說明編排方式，但實際上音韻學詞目的編排仍考慮詞目內容的相關性，如「等呼、四呼、開口呼、合口呼、齊齒呼、撮口呼」，「急聲、慢聲、急言、緩言、長言、短言、內言、外言」等。因此為如實反映辭典原貌，上表暫且按照辭典凡例所示列出詞目編排情況，只在括號內注明詞目之間的關係。但在下文統計時仍以音韻學詞目的實際編排情況為準，將這四部辭典的音韻學詞目視為按照內容相關性進行編排。各辭典音韻學術語（理論、學說）的編排方式統計如下：

　　按照音序編排的有 11 部：《語文知識詞典》《簡明語言學詞典》《傳統語言學辭典》《世界漢語教學百科辭典》《音韻學辭典》《王力語言學詞典》《語文百科大典》《漢語知識詞典》《語言文字學常用辭典》《語言學辭典》（增訂版）、《中國語言文字學大辭典》。

　　按照詞目間的意義關係編排的有 10 部：《語言文字學名詞解釋》（《辭海‧語言文字分冊》）《辭海‧語言學分冊》《古代漢語知識辭典》《古漢語知識辭典》《實用中國語言學詞典》《古漢語知識詳解辭典》《古代漢語教學辭典》《中華小百科全書‧語言文字卷》《實用古漢語知識寶典》《大辭海‧語言學卷》。

　　按照筆劃由少至多的順序編排的有 5 部：《文字學名詞詮釋》《簡明語文知識辭典》《簡明古漢語知識辭典》《語言學百科詞典》《多功能漢語拼音詞典》。

　　按照術語框架體系設置分類目錄或編排的有 4 部：《中國大百科全書‧語言文字卷》《中國語言學大辭典‧音韻學卷》《語言文字詞典‧音韻學卷》《語言學名詞》。

任意編排即辭典凡例未涉及詞目編排順序且詞目間無意義關係的有 1 部：《中學語文教學手冊》。

這 31 部工具書音韻學術語、理論和學說詞目編排方式的分布情形及占被統計辭典比例情況見下表：

編排方式	數　量	比　例
音序	11	35%
詞目意義關係	10	32%
筆劃	5	16%
術語框架體系	4	13%
任意	1	3%

從上表可見，九成以上辭典正文按照一定順序編排音韻學詞目。其中按音序編排的辭典最多，其餘依次是按照詞目意義關係、筆劃、特定框架體系編排。實際上，按照詞目意義關係進行編排，也從某種程度上體現了編排的系統性意識，雖然辭典凡例（前言、說明）中未明確指出詞目是按照何種體系進行編排。因此據上表可見，按照詞目意義關係和特定框架體系編排的辭典，或者表現出構建術語框架的意識，或者已經具有清晰的框架體系。尤其是按照特定框架體系編排的 4 部辭典，在詞目收錄和編排上也比較有特色。《中國大百科全書・語言文字卷》雖然收錄音韻學術語較少，只有 74 條，但其依託於「古音學、今音學、等韻學、北音學」的漢語音韻學學科體系構建的術語框架具有開創性意義。其詞目目錄的分層次編排也是音韻學辭典史上的創舉。《中國語言學大辭典・音韻學卷》和《語言文字詞典・音韻學卷》的辭典框架結構相同，均採用編者馮蒸所創立的「漢語音韻學學科分類體系框架表」。在該框架結構之下，辭典收錄了數量頗多的術語、理論和學說。《語言學名詞》的框架結構簡明而清晰，也是對音韻學學科體系探索的成果。幾部辭典的框架結構不同，各有千秋，體現了辭典的編撰特色。總之，清晰而完整的框架結構是音韻學辭典編撰的綱。

具體到術語目錄表，有 12 部辭典沒有音韻學術語目錄表，有 19 部列出音韻學術語目錄表。在這 19 部辭典中，沒有術語框架但按照詞目意義相關性編排的有 10 部；具有術語框架和按照術語框架編排的有 4 部。這 4 部辭典均體現了目前音韻學辭典術語編排框架的三種模式。雖然都是按照音韻學學科體系編排，但各家對學科體系看法不一，導致具體詞目的收錄情況各異。部分辭典沒

有術語框架，但其詞目排列也考慮了詞目之間的相關性，只是尚未體現在術語目錄中。

2.2.2 三部工具書音韻學術語框架結構

比較現有辭典的音韻學詞目編排情況可見，辭典構建的音韻學術語框架結構反映了編者對於音韻學學科發展方向和研究內容的認識，決定了辭典詞目的收錄特點。下文通過對幾部辭典術語框架結構的深入分析，闡釋各辭典構建的音韻學術語框架結構的模式和特色，並為新的音韻學辭典術語框架結構的構建提供參考。

現有辭典中，《中國大百科全書・語言文字卷》《中國語言學大辭典・音韻學卷》《語言文字詞典・音韻學卷》《語言學名詞》四部辭典的音韻學術語框架結構較有代表性。《語言文字詞典・音韻學卷》與《中國語言學大辭典・音韻學卷》框架結構相同，故本節選擇《中國大百科全書・語言文字卷》《中國語言學大辭典・音韻學卷》《語言學名詞》三部辭典的音韻學術語框架模式作為分析對象。

1.《中國大百科全書・語言文字卷》音韻學術語的框架結構

《中國大百科全書・語言文字卷》「漢語音韻學」部分主編是俞敏，副主編是邵榮芬，編寫成員是楊耐思、謝紀鋒。術語詞目目錄層次分明，雖然辭典未明確術語的編排框架，但通過我們對術語詞目目錄的分析可見，音韻學術語是按照「古音學、今音學、等韻學、北音學」的框架編排。

對於一般專科辭典而言，其功能的充分發揮，「首先，要考慮到專科詞典的學科知識，詞目、釋義、例證所包含的信息應體現學科知識體系；其次，詞典在設計、選詞、立目、釋義（或注釋）等方面都要從語言和學科的系統性出發，在詞典中建立系統的語言和專業知識體系」〔註3〕。音韻學辭典的術語詞目的編排亦應體現漢語音韻學的學科體系，而分類詞目表正是這一學科體系的具體外在表現。

為便於觀察，現將「漢語音韻學」詞目目錄列於下文：

漢語音韻學 …………………………………………… 173

古音 …………………………………………………… 109

〔註3〕章宜華，雍和明，當代詞典學〔M〕，北京：商務印書館，2007：191。

　　《中國大百科全書‧語言文字卷》「漢語音韻學」部分共收錄 74 條術語。設置的總論性詞目「漢語音韻學」對漢語音韻學的研究內容、研究材料和發展歷史進行了概述，幫助讀者瞭解漢語音韻學的基本情況。術語詞目涵蓋「古音學、今音學、等韻學、北音學」四部分內容，各部分收錄術語情況如下：

　　「古音學」收錄術語 11 條：（1）古音（2）叶音（3）古紐（4）古韻（5）韻部（6）通轉（7）陰陽對轉（8）旁轉（9）古四聲（10）梵漢對音（11）漢藏詞音比較。

　　「今音學」收錄術語 16 條：（1）《切韻》音（2）聲類（3）聲紐（4）雙聲（5）體語（6）類隔（見漢語音韻學）（7）音和（見漢語音韻學）（8）韻類（9）疊韻（10）韻目（11）四聲（12）平仄（13）韻書（14）平水韻（15）反切（16）反語

　　「等韻學」收錄術語 36 條：（1）等韻（2）字母（3）三十六字母（見字母）（4）七音（見等韻）（5）五音（見等韻）（6）喉音（7）牙音（見等韻）（8）舌音（見等韻）（9）舌頭音（見等韻）（10）舌上音（見等韻）（11）齒音（見等韻）（12）正齒音（見等韻）（13）齒頭音（見等韻）（14）唇音（見等韻）（15）重唇音（見等韻）（16）輕唇音（見等韻）（17）半舌音（見等韻）（18）半齒音（見等韻）（19）清濁（20）全清（見清濁）（21）次清（見清濁）（22）全濁（見清濁）（23）次濁（見清濁）（24）韻圖（見等韻）（25）等（見等韻）（26）轉

（27）攝（28）呼（見等韻）（29）開口（見等韻）（30）合口（見等韻）（31）開合齊撮（見等韻）（32）介音（見等韻）（33）洪音（見等韻）（34）細音（見等韻）（35）漢藏對音（36）直音

「北音學」收錄術語 10 條：（1）宋初汴洛音（2）《中原音韻》音（3）早梅詩（4）十三轍（5）兒化音節（6）陰調（7）陽調（8）切口（9）徽宗語（10）歇後語

該術語框架結構清晰、系統性強，詞目收錄特色鮮明、內容豐富。如古音學部分收錄了「梵漢對音」「漢藏詞音比較」詞目，充分體現出梵漢對音材料和漢藏同源詞語音對應在古音研究中的重要作用，以往辭典均未涉及。「韻圖」下收錄「等、內外轉、攝、呼、開口、合口、開齊合撮、介音、洪音、細音」詞目，層次分明，體現出術語間的緊密聯繫，完整呈現了韻圖圖式各要素。至於詳細、深入的釋文，更是體現了當時音韻學研究的最高水平。受其影響，《中華小百科全書‧語言文字卷》「音韻學」詞目目錄也具有層次性特點：

該術語框架結構雖然不是按照音韻學學科體系構建,但詞目之間也存在內在的聯繫。按照「總論、聲母、韻母、聲調、等韻、注音資料、音變、對音」的順序編排。某些具有類屬關係的術語,在詞目表中也以層次性標題凸顯出來。但二者略有不同:《中國大百科全書‧語言文字卷》「漢語音韻學」詞目表中的詞目,不論幾個層級,都在正文中單獨立目並予以解釋;《中華小百科全書‧語言文字卷》「音韻學」詞目表中的詞目,正文只為一級詞目單獨立目,二級詞目存在於一級詞目的釋文當中,未獨立列出。如詞目表中「喉音」下列「深喉、淺喉」,正文中只單立「喉音」,「深喉、淺喉」存在於其釋文中:

> 喉音　音韻學上七音之一。如三十六字母中的「曉」「匣」「影」「喻」四母。按現代語音學原理分析,「曉」「匣」為舌根擦音,「喻」為半元音,「影」為零聲母。另也有將其分為深喉、淺喉兩類的。如章炳麟《文始》以「見」「溪」「群」「疑」母為深喉,「曉」「匣」「影」「喻」為淺喉。錢玄同《文字學音篇》以「影」「喻」為深喉,「見」「溪」「群」「疑」「曉」「匣」為淺喉。這實際上將傳統的牙音也當作了喉音。(《中華小百科全書‧語言文字卷》151 頁)

《中國大百科全書‧語言文字卷》「漢語音韻學」詞目目錄層次清晰,框架結構體系完整,兼具科學性、系統性,開創了依據漢語音韻學學科體系構建音韻學辭典術語框架的新局面。雖然詞目總數不多,只有 74 條,但在各大詞目之下還設立了小主題。這些小主題從不同角度對該詞目進行深入詮釋,有的還以內詞條的形式存在。雖然辭典並未將這些內嵌詞條單獨立目,但讀者可從書後的「內容索引」中查詢,如「古紐」詞條內就包含「古無輕唇、古無舌上、娘日歸泥、喻三歸匣」等詞目。可見,《中國大百科全書‧語言文字卷》的「漢語音韻學」實現了框架結構科學性、系統性、簡明性和辭典內容完整性的統一。

《中國大百科全書‧語言文字卷》「漢語音韻學」是第一部依託於漢語音韻學學科體系來構建術語框架結構的辭典,開創了音韻學辭典編撰新範式,對此後的音韻學辭典框架和學科體系框架的構建都具有重要指導意義。辭典體現出前輩勇於創新的學術精神,促進了漢語音韻學研究的發展。

2.《中國語言學大辭典‧音韻學卷》的術語框架結構

《中國語言學大辭典‧音韻學卷》和《語言文字詞典‧音韻學卷》均由馮蒸主編，二者術語框架結構均依託於馮蒸 1988 年提出的「漢語音韻學學科分類體系框架表」構建，是音韻學術語編排的另一種新模式。

《中國語言學大辭典‧音韻學卷》是《中國語言學大辭典》中的一個分卷，總計 20 餘萬字，包括術語、理論、學說、人名、著作、音韻學史等內容，篇幅 150 頁之多。雖然未獨立成冊，但從規模和內容來看完全應該視為一部獨立的音韻學專科辭典。該辭典包括總論、分論（音理篇、音史篇、資料篇、音韻學史篇）、方法論三大部分，收錄音韻學術語、理論和學說近 750 條。為行文簡便，該辭典的術語、理論和學說詞目的編排框架仍舊稱為「音韻學術語」框架。

《中國語言學大辭典》由江西教育出版社於 1991 年 3 月出版，是一部全面反映中國語言學歷史與現狀的專科百科詞典，內容涉及中國語言學的各個分支領域。該辭典「不僅反映了大陸學者的研究狀況，對海外學者研究中國語言學的成果亦多所反映。內容豐富、收錄客觀；大膽探索，述、作結合；風格統一，體例完善。填補了國際語言學領域的空白，為中國文字學、語言學的發展作出了突出貢獻。……獲評首屆『漢字文化學術獎』，頒獎儀式在北京人民大會堂舉行，由著名語言學家、北京大學教授周祖謨宣讀獲獎評語，全國人大副委員長習仲勳頒獎。《人民日報》、新華社、《光明日報》、中新社等各大媒體紛紛報導，還獲評經中宣部批准的第六屆中國圖書獎。」[註 4] 辭典在「框架的設計、體例的確定、詞條的選擇、釋文的撰寫及篇幅的安排諸方面都作了大膽的嘗試……1. 具有鮮明的中國特色。2. 學術性強，資料價值高，信息量大，富有時代氣息。3. 兼收並蓄各家各派、各種不同的學術觀點，以期展現百花齊放之姿。4. 科學性與實用性相結合，系統性強，一編在手，可窺見中國語言學全貌。」（《中國語言學大辭典》前言）其中，音韻學卷在框架、體例、詞條、釋文等方面的嘗試頗具特色。

將音韻學學科體系作為編撰音韻學辭典的框架，源自《中國大百科全書‧語言文字卷》的「漢語音韻學」。《中國語言學大辭典‧音韻學卷》的框架結構，也是學界探索漢語音韻學學科體系的階段性成果。

〔註 4〕陳海洋，《中國語言學大辭典》的歷史意義〔J〕，漢字文化，2014（1）：92。

「漢語音韻學學科分類體系框架表」〔註5〕具體結構及組成內容如下：

漢語音韻學學科分類體系框架表

總　論			（1）漢語音韻學的學科性質及其分支	
			（2）漢語音韻學的理論基礎	
分論	音理篇（一）		（3）音韻構造理論	
			（4）音韻對應理論	
			（5）音韻演變理論	
			（6）古音擬測理論	
	音史篇（二）	歷代共時音系	（7）原始漢語音系	
			（8）上古音系	
			（9）漢代音系	
			（10）魏晉南北朝音系	
			（11）中古音系	《切韻》音系
				非《切韻》音系
			（12）晚唐五代音系	
			（13）宋代音系	
			（14）元代音系	《中原音韻》音系
				《蒙古字韻》音系
			（15）明代音系	
			（16）清代音系	
		歷時演變	（17）聲母演變	
			（18）韻母演變	
			（19）聲調演變	
	資料篇（三）	書面文獻資料	（20）文字構造資料	諧聲字
				重文
			（21）古韻語資料	
			（22）異文通假字資料	
			（23）譬況・讀若・聲訓・直音資料	
			（24）古擬聲詞資料	
			（25）反切資料	
			（26）異讀字資料	

〔註5〕馮蒸，關於《漢語音韻學辭典》編撰中的幾個問題，江西師範大學學報，1988（2）：37～43；馮蒸，論音韵學辭典的編撰原則與創新──《中國語言學大辭典》和《語言文字詞典》音韵學詞目表分析〔J〕。漢字文化，2014（05）：30～43。

		（27）古連語資料	
		（28）韻書資料	
		（29）等韻圖資料	
		（30）同源異式詞資料	
		（31）明清兩代外國傳教士的記錄	
		（32）漢字與非漢語文字的對音資料	
		（33）其他（如《中國大百科全書·語言文字卷》176 頁的「玩弄語言」）	
	活語言資料	（34）現代方言與域外譯音資料	
		（35）漢藏系語言的音韻比較	
音韻學史篇（四）	傳統音韻學	（36）前古韻學時期	
		（37）古音學時期	
	現代音韻學	（38）現代音韻學時期	
		（39）當代音韻學時期	
方法論		（40）音韻哲學方法論	
		（41）音韻邏輯學方法論	
		（42）學科方法論	求音類法
			求音值法
			求音變法

　　這個框架體系共包括三部分：「總論」「分論」「方法論」，各部分下再分小類。其中「分論」部分是主體，下設「音理篇、音史篇、資料篇、音韻學史篇」四篇，每篇之內再分細類。三大部分共涵蓋 42 個小類，各小類又根據具體情況設立子類。整個學科體系框架清晰，層次分明，完整直觀，一目了然。《中國語言學大辭典·音韻學卷》和《語言文字詞典·音韻學卷》的音韻學詞目表即依據該框架體系編排。二者的分類詞目表清晰地呈現了各詞條的所屬類別和詞目之間的相關性。此框架下既可囊括全部漢語音韻學名詞術語（理論、學說），又有助於讀者把握學科的系統性和各分支的具體內容。

　　「總論」部分囊括漢語音韻學學科性質及其研究範圍的術語，如「漢語音韻學、音理、古音學、古韻學、今音學、今韻學、等韻學、北音、南音」等。通過查閱該部分術語，讀者可以對漢語音韻學學科性質和主要研究內容有大概的瞭解。

　　「分論」是該框架的主體部分，包括「音理篇、音史篇、資料篇、音韻學史篇」。「音理篇」（即「音韻理論」——《中國語言學大辭典》74 頁）包括「音

韻構造理論、音韻對應理論、音韻演變理論、古音擬測理論」四個部分，如「音韻構造、音類、聲母、聲紐、五音、清濁、對轉、歷時對應、共時對應、音韻演變、音變理論、古音有連讀音變說、古韻通轉說、合流、分化」等。關於「音理」馮蒸（1988）有專文論述，可供參考〔註6〕。「音史篇」包括「歷代共時音系」和「歷時演變」，涵蓋反映漢語音韻共時音系和歷時語音演變的術語（理論、學說），如「上古音系、古雙聲說、古無舌上音說、古無複輔音聲母說、《切韻》音系、精莊的分化、唇音輕化、支思韻的形成、兒化韻的出現、平分陰陽、濁上變去、陽上作去、入派三聲」等。「資料篇」包括「書面文獻資料」和「活語言資料」，如「諧聲系統、諧聲表、李方桂『諧聲說』、韻腳、叶韻、反切、門法、藏漢對音、朝鮮譯音」等。「音韻學史篇」包括「傳統音韻學」和「現代音韻學」兩大部分，以 20 世紀 20 年代高本漢開創的現代音韻學為界，此前為傳統音韻學時期，此後為現代音韻學時期。收錄音韻學史上有重要意義的事件、理論、學說等，介紹學派的發展、音韻學家的學術淵源及其對後世的影響等。如「古音學的起源、現代音韻學的誕生、傳統音韻學派、現代音韻學派、陳第語音發展說、等韻門法的發展、明清等韻學理的運用、上古漢語音節性質研究、當代音韻學研究」等。

「方法論」包括「音韻哲學方法論、音韻邏輯學方法論、學科方法論」三個分支，收錄近 30 條方法論術語。漢語音韻學方法論包括三個層次：「（一）哲學上的方法論——即唯物辯證法在漢語音韻研究中的體現；（二）邏輯學上的方法論——即一般的歸納法、演繹法在漢語音韻研究中的體現；（三）學科方法論——即處理漢語音韻資料而採取的特殊方法論。」〔註7〕如「反切系聯法、音位歸併法、離析唐韻法、對音法、時空投影法、古調值擬測、類型擬測法、音系表解法」等。

《中國語言學大辭典・音韻學卷》有詞目分類目錄，正文亦按照分類目錄編排。其術語框架結構體系與《中國大百科全書・語言文字卷》「漢語音韻學」有相似亦有不同。框架結構中也體現出對音韻學研究資料的重視，如將「資料篇」分為「書面文獻資料」和「活語言資料」，並首次將「玩弄語言」列入書面

〔註6〕 馮蒸，論漢語音韻學的發展方向——為紀念李方桂先生而作〔J〕，湖南師大社會科學學報，1988（2）：81～84。

〔註7〕 馮蒸，論漢語音韻學的發展方向——為紀念李方桂先生而作〔J〕，湖南師大社會科學學報，1988（2）：81～84。

文獻資料，也重視對音、譯音、漢藏語音韻比較在漢語音韻學研究中的重要作用。相比之下，《中國語言學大辭典・音韻學卷》的框架結構更加細緻，因此收錄詞目類型也比較豐富，數量也較多。尤其是一些理論、學說詞目和音變類詞目的擬制和收錄比較有特色，是在繼承《中國大百科全書・語言文字卷》「漢語音韻學」基礎上的創新。

3.《語言學名詞》音韻學術語的框架結構

《語言學名詞》音韻學術語的框架包括「總論、音類分析和等韻學、用韻分析和今音學、語音通轉和古音學、音類演變和對音」五個部分，是辭典音韻學術語編排的第三種模式，也是音韻學學科體系表現之一。

《語言學名詞》係商務印書館出版，由全國科學技術名詞審定委員會審定、中國社會科學院語言研究所組織編寫。從 2001 年開始編寫到 2011 年正式出版，歷時十年。共審定 13 個分支學科的名詞：理論語言學、文字學、語音學、語法學、語義學和詞彙學、辭書學、方言學、修辭學、音韻學、訓詁學、計算語言學、社會語言學、民族語言學。總詞目在 4000 條左右。每個分支學科審定術語大約 300 條。每個詞目均列出英文名稱和簡明的定義。語言學名詞審定委員會對這些術語進行了深入研究、反覆推敲、慎重定名和科學釋義。「國務院和 4 個有關部委〔國家科委（今科學技術部）、中國科學院、國家教委（今教育部）和新聞出版署〕已分別於 1987 年和 1990 年行文全國，要求全國各科研、教學、生產、經營以及新聞出版等單位遵照使用全國名詞委審定公布的名詞。」（《語言學名詞》盧嘉錫序）

《語言學名詞》「音韻學」部分審定音韻學學科基本術語 209 條，主要負責人是魯國堯和劉廣和。分為總論、音類分析和等韻學、用韻分析和今音學、語音通轉和古音學、音類演變和對音五個部分，音韻學術語即按照上述框架編排。這一框架也是參考《中國大百科全書・語言文字卷》「漢語音韻學」的成果：「審定工作按分支學科分別進行，分支學科大致參考《中國大百科全書・語言文字卷》的分類。每個分支學科均聘請資深的專家學者為主要負責人，……對於音韻學和訓詁學等傳統學科，本次審定工作尤其帶有清理的性質。」（《語言學名詞》前言）由此可見，《語言學名詞》「音韻學」部分是在繼承《中國大百科全書・語言文字卷》「漢語音韻學」框架基礎上構建了新的框架結構，在新框架結構之下對音韻學術語進行清理和審定。

該「音韻學」框架結構分為「總論、音類分析和等韻學、用韻分析和今音學、語音通轉和古音學、音類演變和對音」五部分。至於術語的具體分布情況，「總論」部分 12 條，「音類分析和等韻學」109 條，「用韻分析和今音學」39 條，「語音通轉和古音學」31 條，「音類演變和對音」18 條。可見，「音類分析和等韻學」數量最多，是術語的主體部分。

「總論」的設立十分必要，通過這些宏觀性、綜合性的詞目，讀者可以瞭解音韻學研究的重要內容和範圍。這與《中國語言學大辭典‧音韻學卷》「總論」的性質相同，只是由於二者規模、體例不同，所立詞目有異。除了「總論」之外，其餘幾部分也收錄了本應列入「總論」之內的術語，如「今音學、古音學」等就分別設立於「用韻分析和今音學」「語音通轉和古音學」之下。

「音類分析和等韻學」收錄漢語聲母、韻母、聲調的基本術語和等韻學方面的術語，如「全清、雙聲、陰聲韻、四聲、五音、十六攝、等、獨韻、弇侈、洪細、等韻學、切韻學、等韻圖、門法、類隔」等。

「用韻分析和今音學」收錄詩詞用韻方面的術語，如「叶音、韻腳、詩韻、詞韻、曲韻」等和音韻學研究方法方面的部分術語，如「反切系聯法、正例、變例」等。

「語音通轉和古音學」主要收錄通轉方面的術語和古音學資料方面的部分術語，如「正對轉、次對轉、旁轉、諧聲、諧聲系統」等。

「音類演變和對音」收錄一些音變學說和對音資料方面的術語。如「喻三歸匣、濁音清化、入派三聲、梵漢對音、藏漢對音、日漢對音」等。

《語言學名詞》沒有音韻學詞目分類目錄，正文詞目編排以「總論、音類分析和等韻學、用韻分析和今音學、語音通轉和古音學、音類演變和對音」五個主題為框架。該框架是在《中國大百科全書‧語言文字卷》「漢語音韻學」和《中國語言學大辭典‧音韻學卷》的音韻學術語框架結構基礎上構建，除了繼承《中國大百科全書‧語言文字卷》「漢語音韻學」的「古音學、今音學、等韻學、北音學」的分類體系之外，還借鑒了《中國語言學大辭典‧音韻學卷》集中設置音變類詞目的特點而增加了「音類演變和對音」部分，也是探索音韻學學科體系的階段性成果之一。各主題除收錄基本術語和研究資料外，還收錄了相關的研究方法。如「總論」之下的「古音構擬」，「音類分析和等韻學」之下的「切韻法」，「用韻分析和今音學」之下的「反切系聯法、正例、變

例、遞用、互用」等，體現出辭典對音韻學研究方法的重視。

2.3　術語框架現狀及新辭典的術語框架構建原則

前文（2.2.1）對 31 部工具書的音韻學術語（理論、學說）詞目的編排方式
進行了比較，據該節「31 部工具書音韻學詞目編排情況表」，我們發現這些工
具書對音韻學術語（理論、學說）詞目表和正文編排的處理情形可分為五種：

第一，按照音序編排的有 11 部。其中有音韻學術語詞目表、術語未分類的
有 3 部（27%）：《語文知識詞典》《語文百科大典》《語言文字學常用辭典》；無
音韻學術語詞目表的有 8 部（73%）：《簡明語言學詞典》《傳統語言學辭典》《世
界漢語教學百科辭典》《音韻學辭典》《王力語言學詞典》《漢語知識詞典》《語
言學辭典》（增訂版）、《中國語言文字學大辭典》。

第二，按詞目意義關係編排的有 10 部。其中有音韻學術語詞目表、術語未
分類的有 10 部（100%）：《語言文字學名詞解釋》（《辭海・語言文字分冊》）、
辭海・語言學分冊》《古代漢語知識辭典》《古漢語知識辭典》《古代漢語教學辭
典》《實用中國語言學詞典》《中華小百科全書・語言文字卷》《古漢語知識詳解
辭典》《實用古漢語知識寶典》《大辭海・語言學卷》。

第三，按筆劃順序編排的有 5 部。其中有音韻學術語詞目表、術語未分類
的有 1 部（20%）：《簡明古漢語知識辭典》；無音韻學術語詞目表的有 4 部
（80%）：《文字學名詞詮釋》《簡明語文知識辭典》《語言學百科詞典》《多功
能漢語拼音詞典》。

第四，按音韻學學科框架體系設置目錄或編排的有 4 部：《中國大百科全
書・語言文字卷》《中國語言學大辭典・音韻學卷》《語言文字詞典・音韻學卷》
《語言學名詞》。前 3 部辭典都有音韻學術語詞目表，《語言學名詞》有一個總
的分類表。4 部辭典的術語都有分類體系。

第五，無序編排的有 1 部：《中學語文教學手冊》，有音韻學術語詞目表，
但術語未分類。

上述情形反映出辭典在構建音韻學術語框架方面應重視如下問題：

1. 術語詞目表應予以重視

音韻學術語詞目表是對音韻學術語收錄全貌的預覽，應該是音韻學辭典的

必要組成部分。就數量而言，31 部工具書中有 12 部沒有術語目錄表，約占總數的四成；有 19 部列出音韻學術語目錄表，占總數六成。從出版時間上看，20世紀 80 年代、20 世紀 90 年代、21 世紀的辭典，未設置音韻學術語詞目表的分別有 2 部、6 部、3 部，各占當時辭典總數的 29%、40% 和 43%。這表明，隨著辭典事業的繁榮發展，音韻學術語詞目表應發揮更大的效用。

2. 術語的分類意識有待提升

在設立音韻學詞目表的 19 部工具書中，對術語進行分類的有 4 部，即按照音韻學學科體系框架編排的 4 部辭典。未明確術語分類關係的有 15 部。辭書編撰中音韻學術語的分類意識有待加強。

第一次在音韻學目錄中設置分類詞目表的是《中國大百科全書·語言文字卷》的音韻學部分。如前文對三部辭典術語框架結構的討論，該術語詞目表反映了漢語音韻學「古音學、今音學、等韻學、北音學」的學科體系，且體現了詞目之間的層級關係，比較有特色。儘管辭典未在目錄中明確列出詞目的具體分類，但我們可以通過詞目表層次明確的排列方式和詞目間的意義關係確定其分類依據。在其影響下，《中國語言學大辭典·音韻學卷》和《語言文字詞典·音韻學卷》也探索出新的學科框架體系，並依據該體系對音韻學術語進行分類；《語言學名詞》亦在前二者基礎上對音韻學學科框架進行了調整與創新，對音韻學術語進行了歸類。

依託於音韻學學科框架體系構建的術語分類依據是術語分類科學性和系統性的基礎和保證。音韻學辭典以專科辭典形式承載音韻學學科知識，應該系統而完整地反映本學科知識的內在聯繫。內容的有序銜接不但使辭典具有可讀性，而且體現出學科的系統性，分類編排就是實現有序銜接的手段，是詞目在邏輯上具有連貫性、系統性的內在機制。這種分類是對學科術語（理論、學說）詞目的梳理，也是辭典術語框架結構的最終成果。

3. 術語的層次性應予以重視

31 部工具書中，術語框架有層次性的有 4 部：《中國大百科全書·語言文字卷》《中國語言學大辭典·音韻學卷》《語言文字詞典·音韻學卷》《中華小百科全書·語言文字卷》。前文已經分析這些辭典的術語框架結構和層次性特點，此不贅述。框架結構的層次性反映術語體系的系統性，層次明晰的術語框

架結構應該是音韻學辭典編撰工作的重點之一，音韻學術語框架表應該體現「綱—目—子目」的結構層次，以便儘量囊括音韻學全部術語。

　　針對以上三點，本節提出音韻學辭典編撰的總原則，即以音韻學術語框架結構來統領全部術語。術語框架的構建依據就是音韻學學科體系，構建成果就是術語詞目表。前文三部辭典的術語框架結構和學科體系是對音韻學事實和學科體系進行探索和總結的重要成果，促進了漢語音韻學的學科發展和學術研究。「要討論如何構建音韻學的術語體系問題，就必須具有這樣的認識：一方面，中國音韻學術語的體系不是一蹴而就的，是在漫長歷史過程中逐漸積累、豐富而形成的。這個術語體系在共和國 70 年的教學、科研中，在與兄弟學科如訓詁學、文字學、文學、歷史學、文獻學等的交流、交融中，言之有據，行之有效，得到眾多學科絕大多數學者的認可、遵用。另一方面，這個術語體系也不是一成不變的，源頭活水，汩汩而來，逶迤向前，吐故納新，淘汰廢舊，新陳代謝，從來如此。」〔註8〕

〔註 8〕魯國堯，音韻學話語體系的建構——「僑三等」VS「假二等」「假四等」及其他〔J〕，吉林大學社會科學學報，2019，59（06）：48～58＋219～220。

第 3 章　音韻學辭典立目研究

　　20 世紀以來，隨著漢語語言學研究的發展和近現代西方語言學理論的傳播，漢語語言學研究不再囿於傳統經學研究的框架，一批語言學辭典應運而生，中國辭典的發展格局也隨之發生變化。除漢語字典和辭典保持著一如既往的繁榮發展局面之外，各種語言學辭典相繼湧現，豐富了辭典的類型和數量。本章主要對前述三部辭典的立目情況進行梳理、比較：《中國大百科全書·漢語言文字卷》（中國大百科全書出版社，1988）、《中國語言學大辭典·音韻學卷》（江西教育出版，1991）、《音韻學辭典》（湖南出版社，1991），其餘辭典略有涉及。

　　關於辭典編撰術語「收詞」「立目」的說明：

　　《中國語言學大辭典》（310 頁）解釋如下：

　　　　立目　也叫「選目」。選詞和選條的統稱。

　　　　選目　即立目。

　　　　選詞　也叫收詞。指從大量詞語中，挑選能成為本詞典詞目的

　　詞語，作為注釋的對象。

　　　　收詞　即選詞。

　　據上述解釋，「立目」即「選目」，包括選詞（收詞）和選條。

　　《語言學名詞》（95 頁）對「立目」和「收詞」的解釋如下：

　　　　06.045　立目　selectin of lemma

按照一定的編撰宗旨，以統計學與經驗相結合的方式，在語料中挑選一部辭書應收錄的語言單位，並確立為詞目。例如確定一部字典的字頭、詞典的詞頭、百科全書的條頭等。

06.047　收詞　inclusion of headword

通過一定原則的遴選，把選定的語詞收錄到詞典中作為釋義對象（詞頭）。

上述釋文也表明，「立目」和「收詞」均指在語料中選擇語詞並確立為詞目。

由於文內還涉及百科全書的條目，因此綜合以上兩部辭典的解釋，在論述時使用「立目」，包括專科辭典的選詞和百科全書的選條。

3.1　音韻學詞目立目概況

20 世紀收錄音韻學詞目的辭典中，立目特色鮮明的辭典有三部：《中國大百科全書・語言文字卷》《中國語言學大辭典・音韻學卷》《音韻學辭典》。《中國大百科全書・語言文字卷》的「漢語音韻學」，術語框架結構自成體系，立目獨創一家，釋文源流翔實，學術價值極高，堪稱音韻學辭典典範之作。《中國語言學大辭典・音韻學卷》創音韻學術語、理論、學說收錄規模之最。《音韻學辭典》將《傳統語言學辭典》（1990）中的音韻學分支獨立編撰成典，創音韻學術語、著作、人物收錄規模之最，尤其是著作收錄特色鮮明。其餘辭典也不乏質量優秀之作，如《中華小百科全書・語言文字卷》的「音韻學」部分，收錄音韻學基本術語，目錄層次分明，釋文撰寫水平較高。《王力語言學詞典》（山東教育出版社，1995）總結和整理了王力在音韻學方面的研究成果和獨特的學術觀點及其著作所用或涉及的古今中外語言學名詞術語，其中包括音韻學術語374 條，是第一部「集專科、專家、專書詞典特徵為一體的專門性辭書」〔註1〕。新的音韻學辭典也可以多加關注這類專書辭典中的音韻學術語。

21 世紀以來收錄音韻學詞目、專題的工具書共有 8 部。分別是：《多功能漢語拼音詞典》（書海出版社，2001）、《語言文字學常用辭典》（北京教育出版

〔註1〕隋千存，專科、專家、專書詞典的融合——《王力語言學詞典》評介〔J〕，辭書研究，1997（4）：131～136。

社，2001）、《20 世紀中國學術大典・語言學》（福建教育出版社，2002）、《實用古漢語知識寶典》（復旦大學出版社，2003）、《大辭海・語言學卷》（上海辭書出版社，2003）、《語言學辭典》（三民書局，2005）、《中國語言文字學大辭典》（中國大百科全書出版社，2007）、《語言學名詞》（商務印書館，2011）。除了《語言學名詞》專門審定音韻學術語 209 條之外，其餘辭典均包含術語、著作和人物。規模較大的有《中國語言文字學大辭典》（音韻學部分約 700 條）、《實用古漢語知識寶典》（音韻學部分 623 條）、《大辭海・語言學卷》（音韻學部分410 條）。

除了上述語言學辭典之外，還有 3 部非語言學辭典也收錄了音韻學詞目：《中國戲曲曲藝詞典》（上海辭書出版社，1981）、《詩歌辭典》（花城出版社，1987）、《敦煌學大辭典》（上海辭書出版社，1998）。《中國戲曲曲藝詞典》收錄音韻學術語詞目 39 條，雖然數量不多，但反映出戲曲學和音韻學之間的密切關係，某些術語可以吸收進音韻學辭典，如「陰出陽收」條。《敦煌學大辭典》收錄音韻學詞目（術語、人物、著作）109 條，其中的「曲子詞用韻」「變文用韻」等術語和《大般涅槃經音》、《新集藏經音義隨函錄》等著作在其他辭典中也未見收錄。

臺灣學者蔡宗祈的《聲韻學名詞彙釋》（臺灣私立東海大學中文研究所碩士論文，1979）對音韻學術語和著作進行了專門分析。文章首先介紹了與音韻學相關的語音學基本知識，再分「反切、韻書、等韻、韻類分析、聲類分析、調類分析」六個主題對音韻學名詞、重要音韻學著作進行了比較全面而系統地闡釋。闡釋術語 79 條，學說 51 條，介紹著作 33 種。引用材料豐富、溯源翔實。高本漢《中國音韻學研究・名辭表》（商務印書館，1940）正文前所列「名辭表」，收錄語音學術語和音韻學術語共 107 組，包括「原名、譯名、附注」，音韻學術語 30 條。該名辭表可作為音韻學術語規範英譯名稱時的參考。日本有四部辭典收錄漢語音韻學詞目，其中有很多著作詞目是國內辭典所未收錄的。這四部辭典是：《中國語學事典》（東京江南書院，1958）、《中國語學新辭典》（日本光生館，1969）、《音聲學大辭典》（三修社，1976）、《國語學大辭典》（東京堂出版社，1980）。《中國語學事典》收錄音韻學詞目 57 條。該辭典每一章內的每一大節末尾都注明本章撰稿人，如「Ⅲ 比較篇〔1〕古代中國語の音系」撰稿人為「〈藤堂明保〉」（139 頁），「Ⅺ. 付錄　音韻論」撰稿人為「〈橋

本萬太郎〉」（1080 頁）。該辭典有王立達編譯本《漢語研究小史》（商務印書館，1959）可供參考。《中國語學新辭典》「音聲‧音韻」收錄音韻學術語 29 條，著作 31 條。術語和著作詞目都加注漢語拼音和日語譯名，詞條後都列出「參考資料」和撰寫人姓名。《音聲學大辭典》收錄術語 60 條，中國音韻學者 36 個。《國語學大辭典》收錄術語 39 條，人物 12 個。《中國語學事典》和《中國語學新辭典》為詞目加注漢語拼音，在詞條後列出參考文獻和撰寫人姓名，此舉值得借鑒。

3.2　三部辭典音韻學詞目立目特點

　　本節重點關注三部辭典的音韻學詞目立目特點：《中國大百科全書‧語言文字卷》《中國語言學大辭典‧音韻學卷》和《音韻學辭典》。這三部辭典從本書主要研究的六部辭典中篩選出來。其餘三部辭典是：《大辭海‧語言學卷》《中國語言文字學大辭典》《語言學名詞》。為更好地分析、理解三部辭典的立目特色，首先對這六部辭典加以詳細說明、比較。

　　《中國大百科全書‧語言文字卷》「漢語音韻學」首開依據漢語音韻學學科體系構建音韻學術語框架之先河，其詞目收錄和釋文均代表音韻學研究的最高水平；《中國語言學大辭典‧音韻學卷》則構建更為細緻的術語框架結構，首次收錄了理論和學說類詞目；《音韻學辭典》係首部獨立成冊的音韻學專科辭典，率先拓寬著作詞目收錄視野，收錄大量音義著作和亡佚著作；《大辭海‧語言學卷》《中國語言文字學大辭典》《語言學名詞》則為 21 世紀以來三部較具權威性的大型語言學辭典和名詞規範。這六部辭典比較有代表性，原則上應該能反映出當時音韻學界最新的研究成果和學科發展狀態。

　　這六部辭典多數都對本辭典詞目的收錄標準和特點進行了說明。如《音韻學辭典》「前言」：「對古代有關音韻學著作盡可能搜羅賅備，對當代音韻學著作經過遴選，最晚收至 1988 年。人名類，包括研治音韻學的古今學者。當代學者以 1988 以前出版專著為限。術語類，包括音韻學的基本概念、基本理論和學說，這類詞目一般較長，內容豐富，意在為深入學習漢語音韻學的讀者提供方便。這是本辭典的特點之一。……為滿足科研工作者的需要，盡可能多地提供一些信息，設置了一批已亡佚的書名條。這是本辭典又一個特點。」《語言學名詞》「前言」：「對於音韻學、訓詁學等傳統學科，本次審定工作尤其帶

有清理的性質。關於各分支初稿匯總時所見某些交叉、重複詞目⋯⋯根據學科性質，保留在相對關係更為密切的學科，例如『四呼』歸音韻學，而不入語音學。非學界共識而僅僅屬某一學派觀點的內容，一般不予寫入。收入的一般是各個分支基本的、必用的學科術語。」這些信息有助於讀者對本辭典收錄的詞目有一個總體瞭解。詳情見下表「6 部辭典的立目說明」。

6 部辭典的立目說明

辭典名稱	出版時間	詞目收錄說明
《中國大百科全書·語言文字卷》	1988.2	前言： 　　全書各學科的內容按各該學科的體系、層次，以詞目的形式編寫⋯⋯各學科所立詞目比較詳盡地敘述和介紹各該學科的基本知識，適於高中以上、相當於大學文化程度的廣大讀者使用。這種百科性的參考工具書，可供讀者作為進入各學科並向其深度和廣度前進的橋樑和階梯。
《中國語言學大辭典·音韻學卷》	1991.3	前言： 　　編撰一部中國語言學方面的辭典來反映中國語言學的歷史與現狀，藉以繼承寶貴的遺產，弘揚光榮的傳統，推進未來的發展。希冀本辭典具有如下幾個特色：1. 鮮明的中國特色。2. 學術性強，資料價值高，信息量大，附有時代氣息。3. 兼收並蓄各家各派、各種不同的學術觀點，以期展現百花齊放之資。4. 科學性與實用性相結合，系統性強，一編在手，可窺見中國語言學全貌。唯其如是，本辭典在框架的設計、體例的確定、詞條的選擇、釋文的撰寫及篇幅的安排諸方面都做了大膽的嘗試。本辭典設計內容廣泛，專業性強。 凡例： 一、本辭典是為語言文字工作者和研究者，包括大學文科師生、中學語文教師，以及其他語文愛好者編寫的專業工具書。 二、本辭典編撰原則為：規範與描寫結合，學術性與資料性並重，盡可能全面反映中國語言學的歷史與現狀。 三、共收詞目八千二百餘條，其中文字學七百三十餘條，音韻學七百四十餘條⋯⋯人物五百八十餘條，著作一千一百二十餘條，語言學史四百七十餘條，純屬外國內容的詞目，除確有必要者外，一般不收。四、異名同實的術語，酌採習見或較適宜者為主條，其餘的或列為參見條（用「即某某」表示兩詞目相等）或不列。 七、著作詞目所列版本以釋文所據本為主，不一定都是初版。

《音韻學辭典》	1991.9	凡例： 3. 著作類，對古代有關音韻學著作盡可能搜羅賅備，對當代音韻學著作經過遴選，最晚收至 1988 年。 4. 人名類，包括研治音韻學的古今學者，當代學者以 1988 年以前出版專著為限。 5. 術語類，包括音韻學的基本概念、基本理論和學說……。 6. 凡是立人名條的，也為其著作建立詞目；凡是收錄的著作詞目，其著者一般也見於人名條。此外，為滿足科研工作者的需要，盡可能多地提供一些信息，設置了一批已亡佚的書名條，這是本辭典又一個特點。 7. 酌收部分語音學術語，因為這些術語在學習音韻學過程中經常使用。 前言： 二、著作部分。……（一）關於音義書。音義書一向屬訓詁學範圍，這本來是不錯的。但如我們前面所說，古人對學科分科的概念不甚明確，單為古籍作音的書，也難免涉及義訓；名為「音義」的書，多有研究文字音韻的資料，所以我們對古代的音書、音義書都建立辭條。（二）關於亡佚書。本辭典著作部分的詞目中有許多是只有書名，而原書早已亡佚，連寫本刻本也沒有留下來的。這些佚書的內容，有些可據他書的記載轉述一些；有些就只能介紹一個書名和出處。大多數佚書書名的出處是有關詞目的編寫者從許多典籍，以至地方志中發揭、搜集來的。事實、出處盡量求其可考。我們所以介紹這些佚書，一方面是尊重前人的勞動創作，同時也希冀通過辭典介紹，引起人們注意，有的佚書能夠重新發現。…… 三、人名部分。建立詞目的人物，無論古今都須有專門的音韻學著作。對有發明創造、有貢獻、有著作的古今音韻學者、專家盡量不使遺漏。評價人物，力求客觀，準確，盡量從著作、事蹟中體現。許多只有佚書的作者，往往事蹟也流傳下的很少。只能簡單地介紹。當代音韻學學者，如上所述也有由於沒有看到他們的著作，因而沒有為他們建立詞目的。這也只能以後補充了。還有，有些音韻學學者發表過不少音韻學論文，但沒有出版專著，限於本書的體例，也沒有為他們建立辭條，這是要希望得到諒解的。
《大辭海·語言學卷》	2003.12	前言：《大辭海》……以增收《辭海》尚未涉及的新領域和各學科的新詞新義為重點，適當補充缺漏。 凡例： 一、本卷共收語言文字學詞目 3300 餘條，選收範圍包括：中國傳統語言文字學……中外語言學家及其著作、有關語言法規等。

		二、本卷按普通語言學、⋯⋯音韻學、訓詁學⋯⋯語言學人物、著作文件等類別編排。 三、本卷詞目凡一詞數名或數譯者，以常見者為正條，其他名稱為參見條。參見條不作詮釋，但注明所參見之正條。
《中國語言文字學大辭典》	2007.5	前言： 　　這部辭典是關於語言文字學的專門性的大型工具書，共收詞目 10000 條左右。內容包括中國語言文字，部分世界語言文字，中國語言文字學的各個分支學科，中國語言文字學文獻資料、人物、論著、刊物、社團等名稱、術語，舉凡與語言文字學有關的名詞、術語，都儘量納入。⋯⋯收錄的人物的原則是：20 世紀 70 年代以前出生的語言文字學領域的教授級學者。 　　這部辭典的編撰是在前人研究成果的基礎上做成的。引用和參考前輩和時賢的學術觀點不少，限於辭書的體例和篇幅，未能一一加以注明，在此，一併申謝。在這之前，也有同類著作出現，我們也參考了同類著作中的有關詞目。 凡例： 一、本辭典是語言文字學的專科性工具書。內容包括語言理論和定理、語言研究的歷史和現狀、文獻資料、人物、著作、刊物、社團機構等方面的名詞術語。⋯⋯語言文字學的各個分支學科都盡可能包括在內。 二、本辭典共收詞目 10000 條左右，其中包括互見條。
《語言學名詞》	2011.5	前言： 　　本次審定的總詞目控制在 3000 條左右，每個分支學科大約 300 條。用大致數量作為宏觀調控的辦法，便於各個分支學科遴選出基本的重要術語。 　　關於各分支初稿匯總時所見某些交叉、重複詞目問題的處理，大致方式如下： 1. 根據學科性質，保留在關係相對更為密切的學科，例如「四呼」歸音韻學，而不入語音學。 2. 根據釋義行文，又分三種情況： 　（1）彼此互不涵蓋者，均予以保留。⋯⋯「喉音」的解釋，音韻學是傳統說法，語音學是現代說法。⋯⋯ 　　針對術語審定工作的複雜性和諸多不同意見，我們注意做到以下幾點： 1. 非學界共識而僅僅屬某一學派觀點的內容，一般不予寫入； 3. 收入的一般是各個分支基本的、必用的學科術語。 編排說明：本書公布的是語言學名詞，共 2939 條。

由各辭典的凡例或前言、編排說明對立目情況的介紹可見：《中國大百科全書·語言文字卷》按照學科體系框架收錄基本詞目並進行深入闡釋；《中國語言

學大辭典‧音韻學卷》注重學術性、資料性和系統性;《音韻學辭典》詞目豐富,特別是大規模收錄 1988 年以前的著作及其作者;《大辭海‧語言學卷》在舊版《辭海》基礎上增收新詞新義,補充缺漏;《中國語言文字學大辭典》力爭突出其「大型」工具書的作用,凡是與音韻學學科相關的名詞、術語悉數收錄;《語言學名詞》收錄音韻學學科基本的、必用的術語以及學界共識性觀點。比較而言,術語詞目的收錄比較有特色的是《中國大百科全書‧語言文字卷》「漢語音韻學」和《中國語言學大辭典‧音韻學卷》,著作詞目收錄比較有特色的是《音韻學辭典》。至於人物詞目,各辭典因規模、性質不同而只在數量上有差異,無需詳述。下文將討論這三部辭典的音韻學術語立目特點。

3.2.1 《中國大百科全書‧語言文字卷》「漢語音韻學」立目特點

《中國大百科全書‧語言文字卷》「漢語音韻學」以漢語音韻學學科體系為術語框架,收錄 74 條音韻學術語,「漢語音韻學」是對整個學科概要性地介紹,其餘詞目根據「古音學、今音學、等韻學、北音學」的順序編排,這是音韻學辭典編撰史上的創新,開創了按照音韻學學科體系構建術語框架結構的新局面。各部分術語詞目分布如下:

「古音學」收錄術語 11 條:(1)古音(2)叶音(3)古紐(4)古韻(5)韻部(6)通轉(7)陰陽對轉(8)旁轉(9)古四聲(10)梵漢對音(11)漢藏詞音比較。

古音學部分首次收錄了「梵漢對音」「漢藏詞音比較」詞目,強調了二者對於古音學研究的重要價值,體現出編撰者對這兩種材料研究價值的重視。

梵漢對音材料是漢語音韻學研究的一種重要材料。梵漢對音研究「促使漢語音韻研究由清代學者的古韻分部轉向古音音值的擬測,並考定了個別聲母、韻母的音值。」(《中國大百科全書‧語言文字卷》74 頁)俞敏的《後漢三國梵漢對音譜》〔註2〕「利用梵漢對音材料對後漢三國時期的語音系統進行了系統的研究,為構擬上古(漢代)音提供了新思路,並開創了研究漢語某一完整音系的新範式。……高本漢根據漢語的方言和切韻系韻書構擬了漢語的中古音體系,然後以所擬的中古音為出發點來構擬漢語的上古音,從而開創了漢語語

〔註2〕俞敏,後漢三國梵漢對音譜〔C〕,//俞敏,俞敏語言學論文集,北京:商務印書館,1999:1~62。

音史研究的新局面。自此之後，人們的上古音研究基本上都沿襲這一思路，即在高本漢研究的基礎之上罅漏補苴。俞敏先生利用後漢三國時期的梵漢對音材料成功地構擬出了漢代音系，突破了以中古音為出發點構擬上古音的一貫思路。……為上古音研究中一些懸而未決的問題提供了極有價值的證據，並對上古音值的構擬提出了許多獨到的見解。如：重紐三等有-r-介音，入聲收濁塞尾，祭部去聲收-s 尾，i，u 可以作閉音節的主元音，閉口韻應離析為六部等等。」〔註3〕《後漢三國梵漢對音譜》是古音研究運用梵漢對音材料的重要著作，其學術價值為學界所公認。「漢語音韻學」在古音學中收錄該詞目，是對梵漢對音資料在古音學研究中重要地位的確認。

漢藏詞音比較「利用漢語和藏語同源詞或古借詞推求語音對應，考證上古漢語語音系統，是漢語音韻學一個邊緣分支學科。……如果承認漢藏同源，或者只承認古漢藏語裏有大量借詞，都能利用這批材料研究漢語古音。……研究漢藏同源詞的語音對應，拿藏語詞音推測古漢語語音的結果，利用活語言材料，是這個邊緣學科的優越性。」（《中國大百科全書・語言文字卷》189、191 頁）俞敏《漢語的「其」和藏語的「gji」》〔註4〕利用漢藏同源語法成分考證了古漢語語音音值。

「梵漢對音」和「漢藏詞音比較」釋文中介紹的重要成果既反映出俞敏對國內外歷史文獻語言和活語言的熟練掌握，又體現出運用梵漢對比、藏漢對比資料進行音韻學研究的科學性。這兩個詞目的收錄肯定了這兩類材料對於古音研究的重要作用，但最好設立「資料篇」將這些重要的資料集中呈現。

「今音學」收錄術語 16 條：（1）《切韻》音（2）聲類（3）聲紐（4）雙聲（5）體語（6）類隔（見漢語音韻學）（7）音和（見漢語音韻學）（8）韻類（9）疊韻（10）韻目（11）四聲（12）平仄（13）韻書（14）平水韻（15）反切（16）反語

「反切」「反語」都可以作為研究某一時代語音系統的材料，因此可以劃入「資料篇」。

〔註3〕施向東，黃海英，俞敏先生《後漢三國梵漢對音譜》的學術貢獻〔J〕，南開語言學刊，2008（1）：6～13。

〔註4〕俞敏，後漢三國梵漢對音譜〔C〕，//俞敏，俞敏語言學論文集，北京：商務印書館，1999：167～183。

「等韻學」收錄術語 36 條：（1）等韻（2）字母（3）三十六字母（見字母）（4）七音（見等韻）（5）五音（見等韻）（6）喉音（7）牙音（見等韻）（8）舌音（見等韻）（9）舌頭音（見等韻）（10）舌上音（見等韻）（11）齒音（見等韻）（12）正齒音（見等韻）（13）齒頭音（見等韻）（14）唇音（見等韻）（15）重唇音（見等韻）（16）輕唇音（見等韻）（17）半舌音（見等韻）（18）半齒音（見等韻）（19）清濁（20）全清（見清濁）（21）次清（見清濁）（22）全濁（見清濁）（23）次濁（見清濁）（24）韻圖（見等韻）（25）等（見等韻）（26）轉（27）攝（28）呼（見等韻）（29）開口（見等韻）（30）合口（見等韻）（31）開合齊撮（見等韻）（32）介音（見等韻）（33）洪音（見等韻）（34）細音（見等韻）（35）漢藏對音（36）直音

「北音學」收錄術語 10 條：（1）宋初汴洛音（2）《中原音韻》音（3）早梅詩（4）十三轍（5）兒化音節（6）陰調（7）陽調（8）切口（9）徽宗語（10）歇後語

據辭書，「切口」是「一種利用反切原理為保密創造的話，近似黑社會的黑話，也叫反切語。……從他上頭可以看出許多點本地人對於本地音類的分合異同上的態度。」（314 頁）「徽宗語」是「流行在北京、天津一帶盲藝人和迷信職業者中間的一種切口……研究徽宗語，可以推定說當地方言的人的聲韻分類的直感，供研究者分析聲韻作參考。」（215 頁）「歇後語」指「說話時候把一段常用詞語故意少說一個字或半句而構成的帶有幽默性的話……利用歇後語可以考出作者方音某些特點。」（425 頁）因此這三條術語均可視為音韻學的研究資料而納入資料篇中。

綜上分析，辭書依據「古音學、今音學、等韻學、北音學」的學科框架來編排音韻學術語。框架之內各部分又設立了代表性詞目作為首條，如「古音學」的「古音」「今音學」的「《切韻》音」「等韻學」的「等韻」「北音學」的「宋初汴洛音」。還收錄了各時期研究資料詞目，如「古音學」的「梵漢對音」「漢藏詞音比較」，「今音學」的「反切」「反語」，「等韻學」的「漢藏對音」「直音」，「北音學」的「切口」「徽宗語」「歇後語」等。

3.2.2 《中國語言學大辭典・音韻學卷》立目特點

《中國語言學大辭典・音韻學卷》和《語言文字詞典・音韻學卷》的音韻

學術語框架結構相同，但後者詞目比前者增加了 55 個。這兩部辭典均根據馮蒸構建的漢語音韻學學科體系設置音韻學術語框架結構，故本節將二者一併討論。這兩部辭典不僅大規模收錄音韻學術語詞目，而且收錄了「音理篇」「音史篇」等理論學說類詞目和音變類詞目，立目較以往辭典有創新，特點如下：

1. 集中收錄音理詞目

據《中國語言學大辭典·音韻學卷》（74 頁），「音理」即「音韻理論」，包括「音韻構造理論、音韻對應理論、音韻演變理論、古音擬測理論」四個部分。兩部辭典收錄了音韻學術語、理論和學說以及音變類詞目共 297 條，占全部音韻學詞目近三成。

如《語言文字詞典·音韻學卷》（339 頁）新增加的「陰軸、陰弇、陰侈、陽軸、陽弇、陽侈」就是音韻構造方面的詞目，係首次出現於辭典中：

【陰軸】　章太炎所著《成均圖》中的術語。該名稱見於《成均圖》的左側中部。指魚部。章氏認為是獨發口音，據最新研究成果認為它指的是-ø 韻尾。見馮蒸著《漢語音韻箚記四則》和《〈漢語音韻箚記四則〉補正》二文。

【陰弇】　章太炎所著《成均圖》中的術語。該名稱見於《成均圖》的左上角。指支、至、脂／隊、泰／歌諸部。章氏認為是上舌口音，據最新研究成果認為它指的是-i 韻尾。見馮蒸著《漢語音韻箚記四則》和《〈漢語音韻箚記四則〉補正》二文。

【陰侈】　章太炎所著《成均圖》中的術語。該名稱見於《成均圖》的左下角。指宵、之、幽、侯四部。章氏認為是撮唇口音，據最新研究成果認為它指的是-u 韻尾。見馮蒸著《漢語音韻箚記四則》和《〈漢語音韻箚記四則〉補正》二文。

【陽軸】　章太炎所著《成均圖》中的術語。該名稱見於《成均圖》的右側中部。指陽部。章氏認為是獨發鼻音，據最新研究成果認為它指的是-ŋ 韻尾。見馮蒸著《漢語音韻箚記四則》和《〈漢語音韻箚記四則〉補正》二文。

【陽弇】　章太炎所著《成均圖》中的術語。該名稱見於《成均圖》的右下角。指青、真、諄、寒四部。章氏認為是上舌鼻音，據

最新研究成果認為它指的是-n韻尾。見馮蒸著《漢語音韻箚記四則》和《〈漢語音韻箚記四則〉補正》二文。

【陽侈】 章太炎所著《成均圖》中的術語。該名稱見於《成均圖》的右上角。指談、蒸、侵／冬、東諸部。章氏認為是撮唇鼻音，據最新研究成果認為它指的是-m韻尾。見馮蒸著《漢語音韻箚記四則》和《〈漢語音韻箚記四則〉補正》二文。

這六個術語出自章太炎《成均圖》，但學界一直未能用現代語音學原理進行闡釋。馮蒸《漢語音韻箚記四則》〔註5〕和《〈漢語音韻箚記四則〉補論》〔註6〕二文認為這六個術語是韻尾術語，並將這六個表述模糊的術語用音標標示出來，是為《語言文字詞典》的一大創新之處。

2. 大量擬制理論學說類詞目

兩部辭典還收錄了大量的理論和學說類詞目。這類詞目多數以「××論」或「××說」的形式立目，是對某一音韻學理論或學說以及相關重要成果的簡介或總結。這類詞目的收錄既能增加讀者對音韻學研究成果的瞭解，又提升了辭典的學術價值。撰寫者須具備豐富的專業知識和佔有豐富的資料才能科學立目並進行準確而清晰的描述。如該辭典首次引入的「類相關」理論：

類相關 關於重紐反切的類別規律的學說。該學說的創始人是辻本春彥，該術語的創立者是平山久雄。辻本春彥《所謂三等重紐問題》（1954年）提出一條規律：表示重紐的反切中，上字若A類，則被切字亦屬A類，上字若B類，則被切字亦屬B類。1957年上田正也提出了此種看法。平山久雄在中國學者周法高《三等韻重唇音反切上字研究》的啟發下（周氏此文列舉了以《切韻》校勘的《廣韻》、陸德明《經典釋文》、玄應《一切經音義》和慧琳《一切經音義》諸書中的唇音反切，發現重紐A、B類字不互相用反切上字。不過因為兩者共同以普通三等韻的輕唇字作反切上字，所以在反切系聯上看不出區別來），於1966年發表了《關於〈切韻〉蒸職韻與之韻的音值》。據周氏對唇音重紐反切的觀察推而廣之，觀察到《切

〔註5〕陳晨，漢語音韻箚記四則〔J〕，漢字文化，1990（4）：22～32＋11。
〔註6〕陳晨，《漢語音韻箚記四則》補論〔J〕，漢字文化，1991（1）：58～61＋12。

韻》裏重唇音重紐 A 類字和 B 類字不互相用為反切上字的原則也可適用於牙喉音。並且把 A 類字和 B 類字分別只能切 A 類字和 B 類字，而 C 類字則無此限制的現象稱為「（切上字與被切字之間的）類相關」。臺灣學者杜其容《三等韻牙喉音反切上字分析》（1975 年）也提出過類似的看法。以前對重紐的研究多注意反切下字，而類相關學說則指明對三等韻的研究也要注意反切上字。（注：此條所說的 A 類、B 類，是國際漢語音韻學界通用的周法高對三等韻的分類和命名）（《中國語言學大辭典》124 頁）

「音史篇」中收錄了 100 餘條學說類詞目。將某些音韻學成果整理為學說類詞目，便於讀者集中瞭解該理論的主要觀點和相關內容。如下面三條學說：

【上古帶 l / r 型複聲母分兩類說】　美國漢學家包擬古（Nicholas C. Bodman）提出的一種複聲母學說。包氏認為，在上古漢語中，帶有流音 l 或 r 的複輔音聲母共分兩種類型，一種可以寫成 *Cl-、*Cr-，另一種是 *C-l-、*C-r-。這兩類複聲母的後世音變是完全不同的，這兩種類型的複聲母的區別根據鄭張尚芳、潘悟雲的解釋是：根據流音 r、l 與前面輔音 C 結合得緊還是鬆，或者說是第一音素重讀還是第二音素重讀分成兩類，流音 l 或 r 重讀的音節或者說是邊音化、捲舌音化的 C 音節，中古演變為 t 系聲母，包擬古寫作 *C-l-、*C-r-，反之，寫作 *Cl-，*Cr-。這種區別，在藏文中也有，如 gy- 與 g-y- 之別，但不全同。這是關於上古複聲母的一個非常重要的學說。鄭張尚芳把重讀流音的複聲母寫作 Cl'、Cr' 或 Cll、Crr。（《語言文字詞典》359 頁）

【帶 l 複聲母有 A、B、C 三式說】　瑞典漢學家高本漢所創立。高氏在《漢語詞族》一書中以「各：洛」諧聲為例，認為複聲母可以有三種方式來擬測：

A. 各 klâk：洛 lâk

B. 各 kâk：洛 klâk（glâk）

C. 各 klâk：glâk

B 式認為「洛」字有複聲母；而 C 式則認為兩字都有複聲母。高氏用暹羅話的「藍」k'ram〈gram 以及樓蘭對譯 kroraimna 為理由，證明來母字有複聲母，取消 A 式的可能；然後又用法國學者馬伯樂

（Maspero）所舉的暹羅話的「變」讀 plien，證明跟來母字諧聲的「變」字有複聲母，再取消 B 式的可能。那麼，剩下來的就只有 C 式了。雖然他說我們不能肯定諧聲總是用 C 式，創造形聲字的人很可能用 A 式或 B 式，但是在他的《漢文典》（1940）及《修訂漢文典》（1957）裏主要是用 C 式。今人董同龢與周法高都曾著文對高氏的這種辦法加以批評。（《語言文字詞典》359 頁）

【上古曉母分二類說】　清儒鄒漢勳提出的學說。鄒氏遺書有《五均論》，其中論及聲紐部分有「廿聲四十論」一篇，此篇從第二十三論到第三十五論是鄒氏的十三個古聲命題，其中有「二十九：論曉當離為二：曰曉、曰許》。但是鄒氏此論只是有目無書，沒有任何論證。不過鄒氏還有《三十：論審群當並於曉之曉屬》、《三十二：論邪當並許》二論，據此可知鄒氏析曉為二，曰曉者與審群合，曰許者與邪合。但可惜無法知其詳細的根據。現代漢語音韻研究者根據諧聲、異文通假字及漢藏系語言比較研究資料，也證明曉母確當分為二類，一類是本身自諧之例，另一類是與鼻流音聲母 m-、n-、ŋ-、ŋw-、l-等諧聲之例，二者來源並不相同。從這一點來看，與鄒氏此說不謀而合。但對曉母所分類的具體歸屬問題和擬測問題則與鄒氏並不相同。（《語言文字詞典》361 頁）

　　這些理論或學說所涉文獻及內容或已為學界所知，但此前並沒有辭典將其歸納概括並進行評介。《中國語言學大辭典》將這些理論或學說的源流始末進行梳理，並對相關重要成果進行綜述，最終在辭典中賦予其獨立詞目的地位。這種詞目的創立過程實質上是對國內外音韻學研究成果的整合、吸收、再加工過程。將豐富的研究成果凝練為詞條和釋文，便於讀者學習和開展研究。這樣的梳理工作也可減少某些重要學說被辭典漏收的情況。如音韻學中極其重要的「脂微分部」說，《音韻學辭典》和《中國語言文字學大辭典》均不見收錄。

　　此外，《實用古漢語知識寶典》集中收錄了 43 條學說類詞目。雖然數量不多，但收錄了一些新詞目，如「古詩有半句為韻說」「古詩隨處有韻說」等均係首次出現。這也是對《中國語言學大辭典·音韻學卷》和《語言文字詞典·音韻學卷》學說類詞目收錄的一種肯定和呼應。

3. 特別重視音變詞目

與以往辭典相比，《中國語言學大辭典・音韻學卷》和《語言文字詞典・音韻學卷》較為重視對漢語歷史音變現象的梳理。在「音史篇」集中收錄了 30 餘條音變類詞目。作為漢語語音史的核心內容，歷史音變現象展現了音韻學不同發展時期的音變類型，涵蓋內容廣泛。比如聲母音變、韻母音變、聲調音變的具體類型就複雜多樣，名稱也繁雜不一。將這些音變現象用簡短的語言進行描述並確立符合辭典編撰體例的詞目名稱，並沒有先例和可以遵循的標準，因此設立音變類詞目是音韻學辭典編撰史上的一次探索。這種嘗試彌補了其他辭典的詞條缺漏，如《音韻學辭典》就漏收了「平分陰陽」「濁上變去」「入派三聲」「支脂之三分」等重要的音變詞目，《中國語言文字學大辭典》也沒有收錄「支脂之三分」詞目。

此外，《語言學名詞》的「音類演變和對音」部分集中收錄音變類詞目 12 條，雖然數量不多，但其作為科研和教學用語的規範，具有極高的權威性和指導性。音變類詞目的收錄和集中編排，是對《中國語言學大辭典・音韻學卷》和《語言文字詞典・音韻學卷》的肯定，表明了音變類詞目在音韻學辭典中的重要地位。

4. 集中收錄音韻學史詞目

《中國語言學大辭典・音韻學卷》還集中收錄了「音韻學史」類詞目，這在我國大陸以前出版的語言學辭典中極為罕見。收錄音韻學歷史上的重要事件、理論和學說 45 條，並簡介其來龍去脈和學術價值等。如「古音學的起源、四聲名稱來源說、三十六字母創始者說、第一次古音學大辯論、等韻圖的流派、等韻門法的發展、明清等韻學理的運用、當代音韻學研究」等。首次將音韻學發展歷史上的某些重要事件、現象或者研究主題的源流始末以辭典詞目的方式集中呈現於讀者面前。

例如，關於等韻學研究的主要內容及其學理的具體運用，個別詞目如「等韻學、等韻圖、等韻」等只能提供給讀者較為零星的片段式印象，「音韻學史」篇中的「等韻圖的流派、等韻門法的發展、明清等韻學理的運用」等詞條就能補足這一缺憾，將相關知識比較完整地提供給讀者。又如辭典收錄了「古無輕唇音」條，同時又在「音韻學史篇」收錄了「關於『古無輕唇音』的論爭」一

條，介紹符定一《連綿字典》、王健庵《「古無輕唇音」之說不可信》、敖小平《「古無輕唇音不可信」補正》和張世祿、楊劍橋《漢語輕重唇音的分化問題》諸文的論爭內容及所用論據，客觀展示兩種不同觀點，使讀者對「古無輕唇音」一說的來龍去脈有了較全面、較深入的瞭解。

「語言的研究與歷史的研究是相輔相成的。研究語言的人不能不重視語言與歷史的關係。許多語言的事實往往與當時的歷史有連帶的關係。拋開歷史而不顧，有些結論就不可靠，有些問題也說不清。」〔註7〕音韻學研究同樣重視音韻學史的重要作用。「音韻學史篇」的設立有助於將音韻學知識由點及面層層鋪展，在音韻學辭典框架的支撐下貫徹了辭典編撰的整體性和系統性，實現了「學術性與資料性並重」的編撰原則。

5. 系統收錄音韻學研究方法詞目

根據《中國語言學大辭典‧音韻學卷》的框架結構，「方法論」部分包括「音韻哲學方法論、音韻邏輯學方法論、學科方法論」三個層次。「哲學上的方法論——即唯物辯證法在漢語音韻研究中的體現；邏輯學上的方法論——即一般的歸納法、演繹法在漢語研究中的體現；學科方法論——即處理漢語音韻資料而採取的特殊方法論，它又可大別為求音類法、求音值法和求音變法。」〔註8〕集中收錄了音韻學研究方法，其中既包括傳統的音韻學研究方法如「反切比較法、絲聯繩引法、離析唐韻法」等，又包括現代普通語言學中的「歷史比較法、內部擬測法、類型擬測法、音位歸併法」等。詞目數量多達 30 條，開啟了辭典集中收錄音韻學研究方法的局面。「方法論」部分的設立凸顯了音韻學研究方法的重要地位。

關於音韻學研究方法，周祖謨在中國音韻學研究會第二屆年會的閉幕式講話時曾強調：「我們的傳統音韻學在歷史上都藉助於外來的語音知識而獲得發展。反切的興起，等韻字母的建立都與梵文悉曇東漸有關。前秦鳩摩羅什、唐代智廣、宋代惟淨都有關於悉曇方面的著作。19 世紀的語音學對我們研究音韻影響更大。現代外國關於語言的研究日新月異，這些都值得我們注意。漢藏語

〔註7〕周祖謨，關於研究音韻學的幾點希望〔C〕//周祖謨，文字音韻訓詁講義，天津：天津古籍出版社，2004：209。

〔註8〕馮蒸，論漢語音韻學的發展方向——為紀念李方桂先生而作〔J〕，湖南師範大學社會科學學報，1988（02）：81～84。

的比較研究在國外已成為一門顯學，我們多多注意國內少數民族語言的研究，作為研究漢語歷史音韻的借鑒。有借鑒跟沒有借鑒，成就迥乎不同」〔註9〕。

研究方法對音韻學學科發展的方向性指導作用不容忽視，它不但指導音韻學研究的過程，而且影響研究的成果，關乎音韻學學科的發展進程。音韻學歷經一千多年的發展歷史，逐步形成了獨特的理論體系、豐富的名詞術語以及系統的研究方法。如羅常培（1956）就提出音韻學研究的四個研究方法——「審音、明變、旁徵、袪妄」。以現代科學角度審視傳統音韻學，澄清漢語音韻學裏的聲、韻、調、切基本概念，根據語音學原理梳理傳統音韻學術語。諸多具有現代科學意識的學者，也不斷總結前人研究方法，拓展新的研究方法，重視現代科學方法在音韻學研究中的應用。

關於音韻學研究方法的成果還可參考如下數篇：徐通鏘、葉蜚聲《譯音對勘與漢語音韻研究——五四時期漢語音韻研究方法的轉折》（1980）、《歷史比較法和〈切韻〉音系的研究》（1980）、《內部擬測法和上古音系的研究》（1981）、李永斌《反切與陳澧的反切系聯法》（1983）、李方桂《上古音研究中聲韻結合的方法》（1983）、陳亞川《反切比較法例說》（1986）、馮蒸《漢語音韻研究方法論》（1989）、馮蒸《上古音單聲母構擬體系四個發展階段的方法論考察——兼論研究上古聲母的四種方法：諧聲分析法（離析字母法）、等韻分析法、歷史比較法和漢藏語比較法》（2010）、耿振生《20 世紀漢語音韻學方法論》（2004）、王洪君《歷史語言學方法論與漢語方言音韻史個案研究》（2014）等。

《中國語言學大辭典·音韻學卷》和《語言文字詞典·音韻學卷》豐富的立目類型和數量得益於其系統而嚴謹的術語框架結構，而辭典的術語框架結構又保證所立詞目的系統性和豐富性，彰顯了辭典的立目特色和學術價值。

3.2.3　《音韻學辭典》立目特點

《音韻學辭典》共立詞目 2382 條，分人名、著作和術語三類。其中音韻學術語 609 條，人物 697 條，語音學術語 126 條，著作 950 條。在本書搜集的辭典中，《音韻學辭典》收錄著作的數量居首位。據《音韻學辭典》前言，辭典收錄眾多古今音韻學、音義現存和亡佚著作，是本辭典特色之一，因此本節主要

〔註9〕周祖謨，關於研究音韻學的幾點希望〔C〕//文字音韻訓詁講義，天津：天津古籍出版社，2004：208。

關注音韻學著作的立目特點。

1. 收錄大量音義著作和亡佚著作

為直觀呈現《音韻學辭典》著作詞目的收錄情況，本節將著作按照辭典所示存佚情況進行分類，詳情參見「附錄一《音韻學辭典》著作詞目分類表」。

為明確分類和統計的依據，首先針對《音韻學辭典》設立的著作詞目數量、實際收錄的著作數量、著作存佚情況的判定進行如下說明：第一，某些術語名稱同時也是著作名稱，但辭典並未將這些著作單獨立目，而是放在術語的分義項當中。統計著作數量時，將這些也納入統計範圍。第二，一部著作擁有多個名稱，辭典將這些名稱都分別立目。但統計著作實際數量時，將名異實同的多個著作詞目合併為一個，以免同一部著作重複統計。列出著作名稱時則將全部又名或簡稱以右下標形式標出。如「《徐氏等韻捷法》《等韻捷法》」。第三，有的著作詞目有多個義項，且各義項所指為不同的著作。即多部著作名稱相同，辭典將這些著作集中立為一個詞目。統計時以各義項釋文所指為準，不同所指即視為不同著作，單獨統計。列出著作名稱時，以右下標形式將不同的作者標出。如「《音釋》明徐官、《音釋》清龍啟瑞」。第四，綜觀辭典著作的釋文體例，亡佚之作大都標明「亡佚」或「不存」等。統計時凡是標明「未刊、未見、亡佚」的著作均視為亡佚，其餘未標明存佚情況的、有抄本或影印本的均視為現存。第五，1911 年以前出版的著作為古代著作，1911 年至 1988 年出版的為近現代著作。據此統計，《音韻學辭典》實際收錄各種著作共 1072 部。其中古代著作956 部，近現代著作 116 部；音韻學著作 739 部，音義著作 333 部；現存著作556 部（音韻學古代著作 382 部，音韻學近現代著作 116 部，音義著作 58 部）；亡佚著作 516 部（音韻學著作 241 部，音義著作 275 部）。各類型著作的具體數量及其存佚情況見下表：

《音韻學辭典》收錄著作存佚情況一覽表

類　別 ＼ 存　佚	現　存		亡　佚
	古代（440）	近現代（116）	古代（516）
音韻學（739）	382	116	241
音義（333）	58	——	275
總計（1072）	556		516

　　上述表格是分析《音韻學辭典》著作詞目收錄特點的重要依據。首先，從收錄規模來看，該辭典共收錄 1000 多部著作，規模之大，為以往辭典所不及。其次，從收錄類別來看，既收錄音韻學著作，又收錄音義類著作，前者占著作總量近七成，後者占三成多。既體現出音韻學著作的主體性，又體現出音義著作在音韻學研究中的重要地位。最後，從收錄時間來看，古代著作 956 部，占收錄著作總量的九成，近現代著作 116 部，占一成。說明編者在大量搜羅古人著作的同時，也重視近現代成果。《音韻學辭典》收錄的著作截至 1988 年，近三十年來的著作需要繼續發掘和補充，特別是那些在音韻學研究方面的發現和創見。這既體現辭典編撰的與時俱進意識，又可提升辭典的學術價值、社會價值。

　　《音韻學辭典》共收錄著作 1072 部，音義著作 333 部，音韻學著作 739 部，前者占總數超三成；現存著作 556 部，亡佚著作 516 部，二者收錄規模持平。雖然其他語言學辭典也收錄著作，但詞目的絕對數量和占辭典總詞目的比例都遠不及《音韻學辭典》。關於收錄音義著作，辭典「前言」有專門說明：「音義書一向屬訓詁學範圍，這本來是不錯的。但如我們前面所說，古人對學術分科的概念不甚明確，單為古籍作音的書，也難免涉及義訓；名為『音義』的書，多有研究文字音韻的資料，所以我們對古代的音書、音義書都建立辭條。」因此音義著作之於音韻學研究的價值不應該被低估，更不應該被音韻學辭典拒之門外。《音韻學辭典》首次將音義著作收錄於音韻學中，具有示範性意義。《音韻學辭典》收錄了亡佚著作 516 部（音韻學著作 241 部，音義著作 275 部），明顯超出其餘辭書同類著作的收錄數量。這與辭典自身的編撰規模有關，也與編者對亡佚資料的重視程度有關。亡佚書籍雖已難覓原貌，但關於其書目和具體內容的介紹或多或少可在其他典籍或資料中得以尋覓。這些資料對於漢語音韻學研究具有重要學術價值，音韻學辭典應該賦予其應有地位。

　　音義著作和亡佚著作的大規模收錄，開創了工具書收錄音韻學著作的新局面，在音韻學辭典編撰史上具有重要意義，值得新的音韻學辭典借鑒。

2.《音韻學辭典》亡佚著作詞目來源試析

　　亡佚著作的相關信息難以全面考得，關於其來源，辭典在「前言」部分做過專門說明：「本辭典著作部分的詞目中有許多是只有書名，而原書早已亡佚，連寫本刻本也沒有留下來的。這些佚書的內容，有些可據他書的記載轉述一

些；有些就只能介紹一個書名和出處。大多數佚書書名的出處是有關詞目的編寫者從許多典籍，以至地方志中發揭、搜集來的。事實、出處儘量求其可靠。我們所以介紹這些佚書，一方面是尊重前人的勞動創作，同時也希冀通過辭典介紹，引起人們注意，有的佚書能夠重新發現。這樣做，我們認為是不為無益的。」基於此，本節試對該辭典亡佚著作的收錄來源進行探析。

《音韻學辭典》收錄的亡佚之作，多數在釋文中有「亡佚、已佚、不存」等語，這與《小學考》（清，謝啟昆）所載著作釋文體例相似。《小學考》收載了數量頗豐的語言文字學著作，既有與所列著作相關的引述資料，又有作者自己的評介，是一部兼具考鏡源流與辨章學術之功用的資料彙編。卷二十九至卷四十四為「聲韻」著作，卷四十五至卷五十為「音義」著作，各書目之後標出存佚情況，並有詳細解題。因此本節對《音韻學辭典》的亡佚著作詞目進行梳理，再將其同《小學考》「聲韻」「音義」著作進行比較，探尋《音韻學辭典》所收亡佚著作的來源及其相關問題，僅供編撰新音韻學辭典參考。

為便於查閱和對比，《音韻學辭典》亡佚音韻學著作的釋文與《小學考聲韻》校注本（譚耀炬，中國文史出版社，2002）對比，涉及的釋文頁碼也以譚本為準。但亡佚音義著作參考《小學考》「音義」部分，頁碼以《小學考》為準。經統計，《小學考》收錄亡佚音韻學著作共 185 部，亡佚音義著作共 222 部。具體分布見下表（括號內為《小學考》原文卷數）：

《小學考》「聲韻」「音義」亡佚著作統計表

亡佚音韻學著作（185）	聲韻一（卷二十九）	30
	聲韻二（卷三十）	19
	聲韻三（卷三十一）	21
	聲韻四（卷三十二）	23
	聲韻五（卷三十三）	6
	聲韻六（卷三十四）	27
	聲韻七（卷三十五）	16
	聲韻八（卷三十六）	18
	聲韻九（卷三十七）	14
	聲韻十（卷三十八）	4
	聲韻十一（卷三十九）	3
	聲韻十二（卷四十）	4

亡佚音義著作（222）	卷四十五	46
	卷四十六	59
	卷四十七	7
	卷四十八	12
	卷四十九	44
	卷五十	54

　　《音韻學辭典》收錄亡佚音韻學著作 241 部，亡佚音義著作 275 部；《小學考》收錄亡佚音韻學著作 185 部，亡佚音義著作 222 部。從絕對數量上來看，《音韻學辭典》超過《小學考》。但對二者所收錄亡佚著作詞目的名稱進行比較後發現，《小學考》收錄的 185 部亡佚音韻學著作中有 183 部被《音韻學辭典》收錄；收錄的 222 部亡佚音義著作中有 220 部被《音韻學辭典》收錄。現將《小學考》收錄的亡佚著作詞目列於下表（未被《音韻學辭典》收錄者加粗顯示並在書名後用括號注出「未收錄」）。

《小學考》亡佚音韻學著作列表（185）

編號	書　名	編號	書　名	編號	書　名
1	《聲類》	18	《四聲》	35	《韻銓》
2	《韻集》無名氏	19	《四聲論》	36	《韻旨》
3	《韻集》六朝段宏	20	《四聲韻林》	37	《韻海鏡原》
4	《韻集》西晉呂靜	21	《四聲指歸》	38	《辨禮補修加字切韻》
5	《修續音韻決疑》	22	《四聲韻略》	39	《唐廣韻》
6	《音譜》	23	《韻略》北齊陽休之	40	《唐切韻》
7	《文字音》	24	《韻略》北齊杜臺卿	41	《唐韻要略》
8	《文章音韻》	25	《群玉韻典》	42	《重修唐韻》
9	《五音韻》	26	《纂韻鈔》	43	《韻對》
10	《韻英》	27	《韻纂》	44	《四庫韻對》
11	《字書音同異》	28	《切韻》唐李舟	45	《國朝韻對》
12	《敘同音義》	29	《切韻》隋陸法言	46	《音訣》
13	《雜字音》	30	《啟蒙韻學》	47	《有聲無字》
14	《借音字》	31	《切韻箋注》	48	《雍熙廣韻》
15	《音書考原》	32	《唐韻》	49	《篇韻筌蹄》
16	《聲韻》	33	《韻英》唐元宗	50	《韻總》
17	《四聲切韻》	34	《韻英》唐陳廷堅	51	《互注集韻》

52	《四聲韻》	87	《經語協韻》	122	《切韻指南》
53	《切韻指掌圖節要》	88	《詩古音辨》	123	《聲音文字通》
54	《切韻指元論》	89	《古易叶韻》	124	《增補廣韻》
55	《切韻指元疏》	90	《古易補音》	125	《七音字母》
56	《四聲等第圖》	91	《韻補》	126	《四聲韻》
57	《聲韻圖》	92	《集音》	127	《集韻》
58	《五音切韻樞》	93	《五音韻總》	128	《重校韻書》
59	《歸字圖》	94	《音韻管見》	129	《韻原》
60	《三十六字母圖》	95	《漢韻》	130	《直言篇》（未收錄）
61	《定清濁韻鈐》	96	《史漢音辯》	131	《書韻會通》
62	《切韻內外轉鈐》	97	《平水韻》	132	《音韻指掌》
63	《內外轉歸字》	98	《纂韻錄》	133	《五音字書辨訛》
64	《五音廣韻》	99	《韻會增注》	134	《古今韻釋》
65	《修校韻略》	100	《經史動靜字音》	135	《聲音經緯書》
66	《韻略分毫補注字譜》	101	《韻海》	136	《稽古叶聲》
67	《補禮部韻略》	102	《蒙古韻類》	137	《韻譜》
68	《聲韻補遺》	103	《北韻》	138	《切韻渠�》
69	《韻類》	104	《五經音考》	139	《韻譜》
70	《詩聲譜》	105	《韻海》	140	《翻切縱橫圖》
71	《纂韻譜》	106	《韻書》	141	《周易韻叶》
72	《毛詩補音》	107	《免疑字韻》	142	《詩經叶韻》
73	《楚詩釋音》	108	《韻類》	143	《音韻訂訛》
74	《字始連環》（未收錄）	109	《書學正韻》	144	《校正詩韻》
75	《朝野新聲》	110	《詩經音考》	145	《崇古韻證》
76	《大和正韻》	111	《華夏同音》	146	《古今韻》
77	《監韻》	112	《中原音韻注釋》	147	《韻苑考遺》
78	《切韻義》	113	《洪武正韻玉鏈釋義》	148	《韻學大成》
79	《正字韻類》	114	《正韻玉鏈釋義》	149	《古今字韻全書》
80	《切韻類例》	115	《洪武正韻注疏》	150	《七音通軌》
81	《押韻》	116	《正韻統宗》	151	《古音考》
82	《禮部韻括遺》	117	《正韻便覽》	152	《韻學字類》
83	《四聲韻類》	118	《正韻類鈔》	153	《韻輯》
84	《經典集音》	119	《正韻偏旁》	154	《音韻啟鑰》
85	《切韻拾玉》	120	《瓊林雅韻》	155	《切字正譜》
86	《古韻通式》	121	《韻學新說》	156	《韻經》

157	《文韻考衷》	167	《韻學大全》	177	《韻法指南》
158	《切韻圖譜》	168	《音匯》	178	《佔畢音學》
159	《韻叶考》	169	《詩韻釋略》	179	《字韻同音辨解》
160	《韻要》	170	《音韻通括》	180	《詩叶糾訛》
161	《韻略》	171	《啟蒙韻略》	181	《切字要訣》
162	《切韻聲原》	172	《七音類集述》	182	《詩叶正韻》
163	《正叶韻》	173	《疊韻譜》	183	《音韻正訛》
164	《音韻類編》	174	《雙聲譜》	184	《等韻切要》
165	《對偶叶音》	175	《滄湄學韻》	185	《古今通韻輯要》
166	《類聚音韻》	176	《補韻略》		

《小學考》亡佚音義著作列表（222）

編號	書　名	編號	書　名	編號	書　名
1	《周易音》晉徐邈	22	《古文尚書音義》	43	《毛詩音訓》
2	《周易音》晉李軌	23	《尚書大傳音》	44	《詩音釋》
3	《周易音》三國魏王肅	24	《尚書蔡傳音釋》	45	《詩集傳音義會通》
4	《周易音》晉李充	25	《尚書音義》	46	《詩經音釋》
5	《周易音》范氏	26	《周書音訓》宋王曙	47	《周禮音》漢鄭玄
6	《周易雜音》	27	《周書音訓》南宋王炎	48	《周禮音》晉徐邈
7	《易音》晉李悅之	28	《毛詩音》漢鄭玄	49	《周禮音》晉李軌
8	《易音》劉宋徐爰	29	《毛詩音》三國魏王肅	50	《周禮音》晉劉昌宗
9	《易音》劉宋荀柔之	30	《毛詩音》劉宋徐爰	51	《周禮音》晉王曉
10	《周易音注》	31	《毛詩音》晉李軌	52	《周禮音》晉陳戚衰
11	《古易音訓》	32	《毛詩音》晉阮侃	53	《周禮音》北周沈重
12	《易音訓》	33	《毛詩音》晉徐邈	54	《周禮音釋》
13	《周易程朱傳義音考》	34	《毛詩音》晉江惇	55	《周官儀禮音》
14	《周易本義音釋》	35	《毛詩音》蔡氏	56	《周官音》
15	《尚書音》漢鄭玄	36	《毛詩音》孔氏	57	《周官音義》
16	《尚書音》北魏劉芳	37	《毛詩音隱》	58	《儀禮音》曹魏王肅
17	《尚書音》晉李軌	38	《毛詩音義》	59	《儀禮音》漢鄭玄
18	《尚書音》漢孔安國	39	《毛詩箋音證》	60	《儀禮音》晉李軌
19	《古文尚書音》東晉李軌	40	《毛詩注並音》	61	《儀禮音》北周沈重
20	《古文尚書音》東晉徐邈	41	《毛詩諸家音》	62	《儀禮音》劉昌宗
21	《今文尚書音》	42	《毛詩音義》	63	《禮記音》漢鄭玄

64	《禮記音》曹魏王肅	94	《春秋傳類音》	124	《小四書音釋》
65	《禮記音》劉宋徐爰	95	《春秋左氏傳口音》	125	《史記音義》漢延篤
66	《禮記音》謝楨	96	《春秋章句音義》	126	《史記音義》晉徐廣
67	《禮記音》晉李軌	97	《春秋公羊傳音》晉江惇	127	《史記音義》劉宋裴駰
68	《禮記音》晉孫毓	98	《春秋公羊音》蕭齊王儉	128	《史記音義》隋柳顧言
69	《禮記音》繆炳	99	《春秋公羊傳音》晉李軌	129	《史記音義》唐劉伯莊
70	《禮記音》晉蔡謨	100	《公羊音》	130	《史記音義》唐許子儒
71	《禮記音》晉尹毅	101	《穀梁音》	131	《史記音》
72	《禮記音》晉曹耽	102	《春秋穀梁音》	132	《史記音隱》
73	《禮記音》晉范宣	103	《國語音》	133	《漢書集解音義》
74	《禮記音》晉徐邈	104	《國語音義》	134	《漢書音訓》
75	《禮記音》劉昌宗	105	《國語音略》	135	《漢書》
76	《禮記音》北周沈重	106	《詳定經典釋文》	136	《漢書音》夏侯詠
77	《禮記音》陳王元規	107	《經典集音》	137	《漢書音》三國魏孟康
78	《禮記音義隱》無名氏	108	《六經音考》	138	《漢書音》隋包愷
79	《禮記音義隱》謝慈	109	《九經直音》	139	《漢書音義》唐敬播
80	《禮記音訓指說》	110	《九經音釋》	140	《漢書音義》唐劉伯莊
81	《三禮音義》	111	《大學中庸孝經諸書集解音釋》	141	《漢書音義》劉嗣
82	《春秋隱義》（未收錄）	112	《五經直音》	142	《漢書音義》隋蕭該
83	《左氏音》	113	《六經直音》	143	《漢書音義》北魏崔浩
84	《春秋左氏傳音》晉嵇康	114	《五經字義》	144	《漢書音義》晉晉灼
85	《春秋左氏傳音》晉杜預	115	《五經明音》	145	《漢書音義》三國吳韋昭
86	《春秋左氏傳音》晉徐邈	116	《五經明音》	146	《漢書音義》三國魏蘇林
87	《春秋左氏傳音》晉荀訥	117	《五經音韻》	147	《漢書音義》劉顯
88	《春秋左氏傳音》晉李軌	118	《孟子音義》	148	《漢書律曆志音義》
89	《春秋左氏音》	119	《孟子手音》	149	《前漢音義》
90	《左傳音》陳王元規	120	《冀孟音解》（未收錄）	150	《漢書集解音義》
91	《左傳音》唐徐文遠	121	《四書音考》明周賓	151	《漢書音義鈔》
92	《春秋音義賦》	122	《四書音考》明周寅	152	《後漢書音》
93	《春秋直音》	123	《四書明音》	153	《後漢音》

154	《範漢音訓》	177	《莊子音》晉郭象	200	《本草音義》唐殷子嚴
155	《範漢音》	178	《莊子音》晉徐邈	201	《本草音義》唐李含光
156	《後漢書音義》	179	《莊子音》晉李軌	202	《本草音義》唐孔志
157	《魏志音義》	180	《莊子音》晉司馬彪	203	《本草音義》唐甄立言
158	《晉書音義》	181	《莊子音》晉向秀	204	《本草音義》隋姚最
159	《唐書釋音》	182	《莊子音》宋賈善翊	205	《本草音》
160	《唐書音訓》	183	《莊子外篇雜音》	206	《楚詞音》隋釋道騫
161	《唐史音義》宋呂科	184	《莊子內篇音義》	207	《楚詞音》無名氏
162	《唐史音義》無名氏	185	《莊子集音》	208	《楚詞音》孟奧
163	《唐書音義》	186	《南華論音》	209	《楚詞音》劉宋諸葛氏
164	《帝王世紀音》	187	《莊子釋文》	210	《楚詞音》晉徐邈
165	《通鑑音義》	188	《文子釋音》	211	《楚辭補音》
166	《通鑑釋文》宋司馬康	189	《亢倉子音略》	212	《離騷釋文》
167	《通鑑釋文》宋史炤	190	《亢倉子音釋》	213	《齊都賦音》
168	《律文音義》	191	《孫子釋文》	214	《三京賦音》
169	《老子音》晉李軌	192	《太玄經釋文》	215	《百賦音》
170	《老子音》晉戴逵	193	《太玄音》	216	《賦音》
171	《老子道德經音》	194	《太玄音訓》	517	《文選音》釋道淹
172	《老子音義》	195	《太玄音義》	218	《文選音》唐公孫羅
173	《老子音訓》	196	《太玄經手》	219	《文選音》唐許淹
174	《列子音義》	197	《太玄經音解》	220	《文選音》隋蕭該
175	《莊子音》晉王穆	198	《抱朴子音》	221	《文選音義》
176	《莊子音》晉李頤	199	《道藏音義目錄》	222	《大和通選音義》

據上表可見，《小學考》未被《音韻學辭典》收錄的亡佚著作共有 4 部。音韻學著作 2 部：《字始連環》和《直言篇》；音義著作 2 部：《冀孟音解》和《春秋隱義》。

《字始連環》雖未被《音韻學辭典》收錄，但已嵌於人名詞條中，在「鄭樵」的釋文中被提及，只是沒有關於著作內容的介紹：

鄭樵（1103～1162）　宋福建莆田人。字漁仲……鄭氏另著有

《爾雅注》、《夾漈遺稿》、《字始連環》等。《宋史》有傳。（《音韻學

辭典》304 頁）

據《小學考聲韻》，其中有《字始連環》相關資料如下：

鄭氏樵《字始連環》，《直齋書錄解題》二卷。未見。……

陳振孫《書錄解題》曰：鄭樵撰。大略謂六書惟類聲之生無窮。

音切之學，自西域流入中國，而古人取音製字，乃與韻圖吻合。

王應麟《玉海》曰：《書目》：「鄭樵《字始連環》二卷，論字畫
音韻。」（《小學考聲韻》81頁）

據《小學考聲韻》釋文，《字始連環》「論字畫音韻」，屬「音切之學」，故
亦應被收入音韻學著作詞目中。《音韻學辭典》人物詞目和著作詞目都立目，此
書應是辭典編撰時的疏漏所致。

至於《冀孟音解》《春秋隱義》，疑為辭典漏收：

陸氏筠《冀孟音解》，《經義考》一卷。佚。（《小學考》603頁）

服氏虔《春秋隱義》，《唐志》一卷。佚。（《小學考》583頁）

總之，《音韻學辭典》「是對一千多年來音韻學研究概況的一次總結和巡
禮……本身就是一部全面而簡明的獨具特色的漢語音韻學史，無論是對於高校
教學，還是對於學術研究，編著者做了一件功德無量的事。」〔註10〕辭典在參
考《小學考》的基礎上，對著作釋文進行了補充，繼承中亦有創新。收錄音韻
學著作、音義著作的規模居辭典之首，十分全面，偶有疏漏亦瑕不掩瑜。作為
一部可視為簡明音韻學史的辭典，其編寫音韻學研究資料的開放性視野對音韻
學界產生了深遠的影響。

3.3 音韻學辭典的詞目收錄範圍

3.3.1 術語合稱與分稱的收錄

某些音韻學術語包括兩個或兩個以上的分支術語，如「唇音」包括「重唇
音」「輕唇音」，「尖團音」包括「尖音」「團音」，「曲韻六部」包括「閉口」「抵
齶」「穿鼻」「展輔」「斂唇」「直喉」。部分辭典對於有合稱與分稱形式的術語的
處理方式略有不同。下文以「尖團音」及《中華小百科全書‧語言文字卷》「音
韻學」的詞目表為例，分析術語合稱與分稱的收錄問題。

綜觀國內收錄音韻學術語的辭典，有21部收錄了「尖音、圓音（團音）、
尖圓音（尖團音）」詞目或其中個別詞目（暫將收錄於「語音學」的「尖音、團

〔註10〕朱聲琦，一部簡明的漢語音韻學史——讀《音韻學辭典》〔J〕，江蘇教育學院學報，
1996（2）：97～98。

音、尖團音」也算在內）。具體收錄情況如下：

第一種，合稱和分稱均收。有 4 部辭書收錄「尖音、圓音（團音）、尖圓音（尖團音）」全部詞目：《中國語言學大辭典・音韻學卷》《中華小百科全書・語言文字卷》「音韻學」部分、《語言文字詞典・音韻學卷》和《大辭海・語言學卷》「語音學」部分。

第二種，只收合稱未收分稱。有 9 部辭典只收錄「尖團音（尖團）」，未收錄「尖音、團音（圓音）」：《古代漢語知識辭典》《古漢語知識辭典》《簡明古漢語知識辭典》《語言學百科詞典》《多功能漢語拼音詞典》《語言文字學常用詞典》《語言文字學常用詞典》《中國戲曲曲藝詞典》《語言學名詞》。

第三種，只收分稱未收合稱。有 2 部辭典只收錄「尖音、圓音」，未收錄「尖團音（尖圓音）」：《語文百科大典》和《中國語言文字學大辭典》。

第四種，只收其中一個分稱。有 4 部辭典或者只收錄「尖音」，或者只收錄「圓音（團音）」：《王力語言學詞典》《漢語知識詞典》只收錄「尖團音、尖音、尖團」，未收錄「團音（圓音）」；《語言學辭典》《實用古漢語知識寶典》只收錄「尖團音、團音（圓音）」，未收錄「尖音」。

第五種，未收錄合稱和分稱。有 2 部辭典未收錄合稱和分稱的任何一個詞目：《古代漢語教學辭典》只收錄「尖團不分」詞目；而《音韻學辭典》沒有收錄「尖音、圓音（團音）、尖圓音（尖團音）」中的任何一個詞目。

關於這組術語的收錄及釋文參見「附錄二　『尖音』『圓音（團音）』『尖圓音（尖團音）』對照表」。

綜觀已有辭典對「尖團音」「尖音、團音」的合稱與分稱的處理，較有特色的當屬《中華小百科全書・語言文字卷》「音韻學」部分。該辭典正文前的詞目表在「尖團音」下列「尖音」和「團音」，在正文中只為「尖團音」立目，在其釋文中對「尖音」和「團音」分別解釋。這樣處理的術語還有很多，如「喉音」下列「深喉、淺喉」，「舌音」下列「舌頭音、舌上音」，「齒音」下列「齒頭音、正齒音」，「唇音」下列「重唇音、輕唇音」，「清濁」下列「清音、濁音」，「韻母」下列「單韻母、複韻母、鼻韻母」，「韻尾」下列「元音韻尾、輔音韻尾」，「內外轉」下列「內轉、外轉」，「反語」下列「反切上字、反切下字」，「日本漢字音」下列「訓讀、音讀、古音、吳音、漢音、新漢音、唐宋音」。第 2 章已經討論該辭典術語詞目表具有層次分明的特點，展示了術語之間的

類屬關係和包含關係。現將這些術語的詞目表列於下文：

　　詞目表的設立形式體現出術語間的包含關係和層次性，這繼承了《中國大百科全書‧語言文字卷》「漢語音韻學」的做法。但在釋文的處理上又對其有所發揚：《中國大百科全書‧語言文字卷》的很多詞條並未在目錄中體現，需要讀者按照書後索引來查詢。而《中華小百科全書‧語言文字卷》「音韻學」部分則在目錄中將其列出，更便於讀者查閱，便於讀者理清術語之間的關係。這樣既保證了術語詞目收錄的完整性，又能在詞目表中體現出術語的邏輯關係。如「反切」和「反切上字、反切下字」不是合稱與分稱的關係，但二者都必須結合「反切」才能解釋清楚。《中華小百科全書‧語言文字卷》「音韻學」（162 頁）就在詞目表中分層次列出「反語」和「反切上字、反切下字」，在「反語」詞條中解釋「反切上字、反切下字」：

　　　　反語　構成反切的兩個字，如《廣韻》：「東，德紅切。」「德紅」兩字即「東」的反語。通常將第一字稱反切上字，第二字稱反切下字。

　　還有的辭典將有關聯的這幾組術語以正條和副條的方式予以收錄，如《大辭海‧語言學卷》（77、78 頁）的「反切」等詞目：

　　　　反切　中國傳統的一種注音方法。也叫「反音」「反語」「翻語」「翻切」「切音」等。用兩個字拼合成另一個字的音，反切上字與被切之字聲母相同，反切下字與被切之字韻母和聲調相同。即上字取聲，下字取韻和調。……。

　　　　被切字　見「反切」。

反切上字　見「反切」。

反切下字　見「反切」。

上述分析強調的是，辭典應該重視分稱的地位。與上述情況相反的是，有的辭典沒有為常用的合稱術語立目，而只有各個分支詞目，如「曲韻六部」，有的辭典就未收錄「曲韻六部」這一詞目而只有各分支詞目。關於該組術語的收錄及釋文參見「附錄三 『曲韻六部』『直喉』『展輔』『斂唇』『閉口』『穿鼻』『抵齶（顎）』對照表」。

術語的合稱與分稱實際上構成了一個微系統，各個分稱詞目都是這個系統中不可缺少的重要組成部分。其中任何一個術語的缺位都會破壞這個微系統的平衡，進而影響整部辭典立目的完整性。如有的辭典收錄了「四聲」「平聲」，但未收錄「上聲、去聲、入聲」詞目。

還有另外一種情況雖然不屬術語的合稱與分稱問題，但與該問題有相關性，也應該引起注意。如諸多辭典都收錄了「喻化」或者「齶化（顎化）」，但有的辭典只收錄「三等喻化」。關於「喻化」詞目的收錄和釋文參見「附錄四『喻化』『齶化（顎化）』對照表」。

術語合稱與分稱的處理，關乎辭典立目的完整性和系統性，《中華小百科全書·語言文字卷》「音韻學」部分的立目是對《中國大百科全書·語言文字卷》「漢語音韻學」術語詞目表的繼承和發揚，直觀地呈現了術語的層級關係，體現了術語間的關聯性、互補性。

3.3.2　相關學科術語和理論詞目的收錄

主要指與漢語音韻學密切相關的語音學術語或理論以及詩詞格律術語的收錄。

有的辭典除收錄音韻學術語（理論、學說）之外，還收錄語音學、詩詞格律方面的術語，或將其編入音韻學部分，或將其單獨列出。如《音韻學辭典》收錄了語音學術語 126 條，「酌收部分語音學術語，因為這些術語在學習音韻學過程中經常使用。」（《音韻學辭典》凡例）。《實用古漢語知識寶典》也收錄了語音學術語。在含有術語分類詞目表的語言學辭典（或語言文字卷）中，語音學術語多數作為一個分支學科術語而單獨列出，如《辭海》《實用中國語言學詞典》《中國大百科全書·語言文字卷》《中華小百科全書·語言文字卷》

《中國語言學大辭典》《大辭海‧語言學卷》《語言學名詞》等。

至於詩詞曲格律術語，《中國語言學大辭典‧音韻學卷》收錄了 30 餘條詩律方面的術語；《古漢語知識辭典》「音韻學」末尾附上「詩詞曲格律」術語 60 餘條；《古代漢語知識辭典》則將「詩詞曲律」術語單獨列出，並未附屬於「音韻學」術語；《簡明古漢語知識辭典》也單設了「詩詞格律」術語，未將其併入「音韻學」術語。目前關於音韻學辭典中詩詞格律術語的收錄並沒有統一標準，各辭典也都是根據自己的編撰體例自行安排。我們認為，詩詞曲律術語兼具文學性和語言性，對於音韻學辭典而言，應該視其對音韻學研究的價值而酌情收錄。有一部分是音韻學研究的重要內容和材料，如「韻腳、平仄、押韻」等就應該收錄。

與音韻學關係密切的語音學術語、理論和詩詞格律術語同音韻學術語和理論的交叉、滲透是不可避免的。比如，「推拉鍊理論」是一種音變理論，美國梅祖麟曾運用這一理論推測漢語十六世紀到現代的調值變化過程，是值得注意的音韻學理論。又如，在漢語的歷史音系構擬中，「空格理論」也受到現代音韻研究者的注意，是內部構擬法的主要考慮方面之一。這些理論均對音韻學研究具有重要意義，需要引起音韻學辭典的重視。但是由於這些術語和理論有其學科歸屬，因此將其全部劃入音韻學部分似有不妥。我們認為，為兼顧音韻學辭典的體系性和實用性，可將相關學科的術語和理論集中附於音韻學部分之後，並注明其學科類別。

3.3.3　非語言學辭典音韻學詞目的收錄

某些非語言學辭典也收錄了比較重要的音韻學術語或著作。比如以往音韻學辭典和語言學辭典均未收錄「陰出陽收」，該術語僅見於《中國戲曲曲藝詞典》（49 頁）：

〔陰出陽收〕　戲劇名詞。明戲曲理論家沈寵綏認為有一些陽平聲的字如弦、迴、黃、胡，其字音是陽中帶陰，因此這些字和言、圓、王、吳等純是陽平聲的字讀音不同，唱曲時的處理也應不同。他舉「弦」「迴」兩字為例，「弦」字的字頭是奚（陽平），奚字出口帶三分希（陰平）音，轉聲仍收七分移（陽平）音，「迴」字的字頭是胡（陽平），胡字出口帶三分呼（陰平）音，轉聲仍收七分吳（陽

平）音，故稱這類字為「陰出陽收」。

釋文僅指出「陰出陽收」出自沈寵綏的戲曲理論，是唱曲時對字音的一種處理方式。在摘錄沈寵綏關於「陰出陽收」的部分原文後，對該術語的具體內涵並未作出詳細解釋。因此讀者對於術語中的「陰、陽」所指以及「陰出陽收」的語音實質仍覺十分隱晦。學界關於該詞目亦有探討，可參考《「陰出陽收」解》〔註11〕和《論中國戲曲音韻學的學科體系——音韻學與中國戲曲學的整合研究》之「附錄三：《「陰出陽收」新解》」〔註12〕以及《吳語的「清音濁流」和南曲的「陰出陽收」》〔註13〕等。「陰出陽收」不僅是戲曲學也是音韻學中的重要問題，音韻學辭典應該將其收錄。

又如《敦煌學大辭典》（上海辭書出版社，1998）收錄大量敦煌文獻，其中對音韻學研究有價值的音義著作、對音著作等資料也應該收入音韻學辭典中。經整理，共有可吸收的著作48種（附原辭典頁碼）：

（1）古藏文音譯本475（2）金剛經古藏文音譯本475（3）般若波羅蜜多心經古藏文音譯本 475（4）妙法蓮華經普門品漢藏對音本475（5）阿彌陀經古藏文音譯本475（6）妙法蓮華經普門品古藏文音譯本475（7）天地八陽神咒經古藏文音譯本475（8）瑜伽師地論漢藏對照詞語寫卷 475（9）道安法師念佛贊古藏文音譯本476（10）南天竺國菩提達摩師觀門古藏文音譯本476（11）大乘中宗見解漢藏對音本476（12）奉請十方佛發願文古藏文音譯本476（13）古藏文音譯漢字寫本長卷476（14）地藏菩薩十齋日古藏文音譯本476（15）南宗贊古藏文音譯本476（16）法體十二時古藏文音譯本476（17）維摩贊古藏文音譯本476（18）辭道場贊古藏文音譯本476（19）十願贊古藏文音譯本476（20）說五戒文古藏文音譯本476（21）千字文漢藏對音本476（22）雜抄古藏文音譯本476（23）寒食篇古藏文音譯本477（24）九九歌古藏文音譯

〔註11〕楊振淇，「陰出陽收」解〔J〕，戲曲藝術，1990（4）。

〔註12〕馮蒸，論中國戲曲音韻學的學科體系——音韻學與中國戲曲學的整合研究〔J〕，首都師範大學學報（社會科學版），2000（03）：65～74。

〔註13〕李小凡，吳語的「清音濁流」和南曲的「陰出陽收」〔J〕，語文研究，2009（3）：37～44。

本 477（25）藏漢（藏文譯音）對照詞語表 477（26）漢藏對譯佛
教詞彙集 477（27）藏漢對譯詞彙集 477（28）漢語于闐語雙語對
照詞表 504（29）于闐文音寫藏語僧人信札 504（30）突厥——于
闐雙語詞彙表 504（31）粟特文音譯漢文寫本 508（32）韻書摘字
514（33）字書 514（34）韻關辯清濁明鏡 514（35）字母例字 514
（36）敦煌字書 516（37）注音雜字 516（38）雜字 516（39）敦煌
韻書 516（40）新商略古今字樣撮其時要並行正俗釋 516（41）正
名要錄 516（42）字寶 516（43）俗務要名林 517（44）新集藏經音
義隨函錄 518（45）一切經音義摘抄 518（46）大般涅槃經音 518
（47）變文用韻（48）曲子詞用韻

這些音義、對音資料可被將來的音韻學辭典收錄。

鑒於詩韻對於音韻學研究的重要作用，《詩歌辭典》（花城出版社，1987）
中的詩經押韻、韻腳術語也應酌情收入音韻學辭典中。

上述這類專科辭典的音韻學術語和與音韻學相關的資料常被音韻學專科辭
典忽視，可深入挖掘、梳理。

音韻學辭典詞目的收錄，既取決於編者的專業水平和學術視野，也取決於
辭典的編撰規模和框架結構。框架結構處於探索之中，辭典規模目前也沒有統
一而明確的標準。此處暫取徐慶凱（2008）的觀點〔註 14〕，根據辭典的功能來
確定詞目的收錄情況。具體而言，小型專科辭典的任務在於普及，應收錄基本、
常用的術語，釋文力求簡要。中型專科辭典兼顧普及和提高，要擴大收錄範圍，
除了基本和常用術語之外，還要包括比較專業的術語，釋文比小型辭典深刻而
詳細。大型專科辭典的任務在於提高，體現為收詞廣、深、細、全，釋文知識
豐富，闡述詳細。較中型辭典而言，只要是音韻學文獻、資料中出現且得到學
界公認的，即使冷僻也應收錄，而且釋文內容須更全面、詳細而準確，以全面
反映音韻學的研究成果。其詞目應來源廣泛且參考的資料兼具學術性與權威性。
當然按照功能來確定音韻學辭典的規模確有模糊之處，如「中型」辭典收錄的
詞目「比較專業」就難以界定。因此這裡只能作為權宜之計，精確標準的界定
有待於辭典編撰理論的日漸成熟。

〔註14〕徐慶凱，辭書思索集〔M〕，上海：復旦大學出版社，2008：119。

3.3.4　日本語言學辭典音韻學著作的收錄

《音韻學辭典》集中收錄中國古今的音韻學、音義著作 1000 多種，規模之大，範圍之廣，居於各類辭典之首。作為一門國際性學科，音韻學辭典也應展現國外重要的音韻學研究成果。日本學者在漢語音韻學研究上用力頗多，成就斐然。如《中國語學事典》中的河野六郎《朝鮮漢字音の一特質》、三根谷徹《韻鏡の三·四等について》、藤堂明保《中國語の史的音韻論》、河野六郎《中國音韻史研究の一方向》、有阪秀世《音韻論》等等。這些辭典集中列出的音韻學文獻，可充實音韻學辭典收錄的音韻學著作。如《中國語學事典》就載有蘇維埃時代、十月革命前俄羅斯、明治維新前後的漢語音韻學研究成果。這些成果反映了漢語音韻學在國外的發展情況，個別文獻在漢語音韻學研究方面具有重要價值，但尚未被國內辭典收錄。如蘇維埃時代的《現代漢語語法》和《華俄辭典》〔註15〕：

> 伊瓦諾夫、波里瓦諾夫合著的《現代漢語語法》中的「語音」篇，卻是一篇具有特色的文獻，因為在這篇文獻中，反映了著者在音韻學方面的新見解。著者曾對現代漢語的各地方言加以語音學考察，所得出的結果雖然很詳細，可是不能令人完全滿意。此外，郭盾生所編的《華俄辭典》，也可看作一部記述的音韻學的成果之一。

十月革命前俄羅斯傳教士以賽亞的《俄華辭典》是早期北京口語語音研究的重要資料〔註16〕：

> 若從編撰體例來說，它只不過是將北京口語詞彙（用漢字和俄文字母拼寫）同俄語詞彙兩相對照編成的一本詞彙集，其實不能稱為辭典。但是，儘管如此，這本書卻具有以下幾點長處：（1）它和後來出現的辭典編撰傾向不同，也就是說，它不是以漢字為根據，而是以十九世紀中葉的北京口語為標準記述下來的。（2）它把各個詞（包括詞組和短句）的強力重音，亦即實際聲調，記述下來。這在研究早期北京口語語音上，實為可貴的資料。

又如「漢語研究主要文獻解題」一章把同一研究主題的中日音韻學文獻一

〔註15〕王立達，漢語研究小史〔M〕，北京：商務印書館，1959：89～90。
〔註16〕王立達，漢語研究小史〔M〕，北京：商務印書館，1959：102。

併列出〔註17〕：

> 至於等韻圖方面，日人馬淵和夫的《韻鏡與廣韻索引》（1954）
> 作得很精細，如能與《通志七音略》合併參考，當可對宋人等韻學
> 獲得一個較明確的概念。
>
> ……
>
> 在研究漢語的近古音和近代音時，必須對《中原音韻》特別注
> 意。這方面的重要論著有趙蔭棠的《中原音韻研究》（1936），陸志
> 韋的《釋中原音韻》（燕京學報31，1946）等。此外，日人永島榮一
> 郎曾寫過一篇題為《關於近世漢語北音系統音韻史的研究資料》（言
> 語研究7、8，1941）的論文，對《中原音韻》以及與之有關的四十
> 餘種資料一一做瞭解說，也可供參考。
>
> ……
>
> 此外，在研究近古、近代音韻時，還可以利用外國及中國少數
> 民族地區的有關資料，例如日本、朝鮮、蒙古、西南各族的譯音、
> 對音等。……至於西南及其他地區少數民族方面的資料，則以《華
> 夷譯語》一書的內容最為豐富，在這本書裏，包括朝鮮、琉球、日
> 本、安南、占城……等地的對音資料。

其中關於譯音、對音研究的文獻可酌情納入音韻學辭典中。

《中國語學事典》「學史和目錄」部分提出，對於音韻學者著作的介紹，最
好採用解題式的說明，即列出其重要的著作目錄；還應該通過相關資料展示作
者的研究方法以及學界對其進行的評價〔註18〕：

> 「在介紹優秀學者的著作時，最好按照發表時間的先後來逐一
> 加以解題式的說明。要想瞭解某一位學者在學術上的貢獻，最好先
> 閱讀他到的年譜或著作目錄，這樣自可獲得較全面的認識。……
> （1）關於羅常培的著作，可以參考其自著的《語言與文化》（1950）
> 卷末。（2）關於介紹陸志韋著作的論文，在目前還沒有。不過，陸
> 氏的論文大部分都是在《燕京學報》上發表的，所以檢尋時仍很方
> 便。（3）介紹趙元任著作的伊地智善繼的《趙元任在言語學上的貢

〔註17〕王立達，漢語研究小史〔M〕，北京：商務印書館，1959：158～159。
〔註18〕王立達，漢語研究小史〔M〕，北京：商務印書館，1959：148～150。

獻》（《中國語雜誌》4——1、2、3，1949）。（4）李方桂的著作，可以參考賴惟勤的《關於「莫話記略」》一文（日本茶大人文科學紀要7，1955）。（5）介紹高本漢著作的有神田喜一郎《Karlgren 氏的著述》（《中國語學》20，1948；高本漢在 1948 年以後的著作大部分都是在《BMFEA》上發表的）。（6）關於日本學者大矢透（1850～1928）曾寫過《周代古音考》《韻鏡考》等專著多種），可以參考《國語與國文學》（5～7，1928）為他出的追悼號。（7）關於日本學者有阪秀世的著作可以參考在他死後發表的《上代音韻考》（1955）的附錄，這個附錄是由林木真喜男編的，蒐集得很全。

此外，在研究一位學者的治學方法時，還可以參考他著作中的序、跋以及與其他同好者之間的往來書信等。例如段玉裁的《答江晉三論韻》（《經韻樓集》卷六），就是一篇值得研究的書信。這些資料，在近代西洋式的「書評」尚未出現的當時，確曾起過「書評」的作用。

另外，在研究某種專門學科的研究史時，還可以參考「某某先生記念錄、追悼錄」之類的論文集和「某某問題討論集」等資料，例如從《「撒尼彝語研究」的檢討》（科學通報2～10，1951）一文中，就可以看出現代中國學術界對某項專門問題所抱的共同態度。

如果要想進一步全面瞭解學術界的動態，最好能夠選擇幾種有代表性的學術雜誌，從創刊號開始順序瀏覽一遍。

這些觀點對於音韻學辭典的著作和人物詞目釋文的撰寫都頗具參考意義。因此，有必要對日本語言學辭典如《中國語學事典》《國語學辭典》等涉及的漢語音韻學成果予以收錄和介紹。

3.4 新辭典的立目原則

現有音韻學辭典在立目方面可以做如下改進：

1. 增加音理詞目和音變類詞目

目前僅《中國語言學大辭典·音韻學卷》和《語言文字詞典·音韻學卷》收錄大量的音理詞目和一定規模的音變類詞目。《語言學名詞》限於編撰規模

和編撰宗旨，收錄的詞條數量有限，但是已經單獨將「音類演變和對音」作為一個主題，將音變類詞目納入學科術語規範的範圍，確立了其在漢語音韻學學科術語體系中的重要地位。古代學者就已重視歷史音變和音理，並有大量著述。具體可參見李新魁、麥耘編著的《韻學古籍述要》（陝西人民出版社，1993）。

2. 重視音義著作、對音著作、亡佚著作

多數音韻學辭典只收錄音韻學著作，忽略音義著作和亡佚著作。目前只有《音韻學辭典》收錄大量音義著作和亡佚著作，收錄對音著作的辭典更是少見。如《敦煌學大辭典》中的對音著作可進入音韻學辭典。

3. 擴大學者和研究成果的收錄範圍

部分辭典限於規模和編撰宗旨等原因，未收錄或收錄極少量的境外學者人名和著作。規模較大的《音韻學辭典》《大辭海・語言學卷》《中國語言文字學大辭典》等對境外人名和著作也收錄不多。因此，目前辭典已收錄的境外學者人名及著作遠遠落後於漢語音韻學在世界各地發展的形勢。

針對上述問題，本文提出如下立目原則：

3.4.1　音理詞目和理論學說類詞目應成為音韻學辭典的重要組成部分

這類詞目是對音韻學理論或學說的抽象概括，是對音韻學研究成果簡要而完整的介紹或總結。這類詞目的設立既可以增加辭典的收詞規模，又可以將眾多成果逐一梳理並濃縮於個別詞條中。音韻學歷史悠久，研究成果豐碩，因此音理詞目和理論學說類詞目的擬定和闡釋對編撰者的學術水平要求很高，這部分也是體現音韻學辭典的學術價值和編撰特色之處。因此，音理詞目和理論學說類詞目的設置是豐富音韻學辭典收詞規模、提升音韻學辭典學術價值的重要手段之一。

3.4.2　音變詞目應佔據音韻學辭典一定比重

音變現象是音韻學研究的重要內容，日本學者就比較重視音變現象和音變理論的研究：「在研究漢語音韻學時，必須對音韻變化的現象進行理論性的研究。換一句話說，也就是在進行實證性研究（例如方言研究、文獻研究等）的基礎上，進一步從事統一的理論性的研究（例如語言地理學的研究、音韻史的

研究等）。關於這方面，有阪秀世的《音韻論》（1940）一書可供參考。」〔註19〕

《中國語言學大辭典·音韻學卷》首次設立音變詞目，這是音韻學辭典編撰史上的一次創新。《語言學名詞》將音變類詞目作為單獨一部分列出，設立的「音類演變和對音」部分收錄音變類詞目 12 條。這既是對《中國語言學大辭典·音韻學卷》和《語言文字詞典·音韻學卷》的肯定，也是對音變詞目之於漢語音韻學研究和學科普及重要作用的肯定。

3.4.3　音義著作、亡佚著作應該大量收錄

根據對《音韻學辭典》和《小學考》聲韻的比較和分析可見，《小學考》是音韻學著作的重要參考來源之一。《小學考》卷二十九至卷四十四為「聲韻」部分（「聲韻一」至「聲韻十六」），卷四十五至卷五十為「音義」部分（「音義一」至「音義六」），聲韻、音義分類明確。《音韻學辭典》受《小學考》啟發，拓寬了音韻學辭典的著作收錄範圍。

收錄音義著作 333 種（現存 58 種，亡佚 275 種），收錄亡佚著作 516 種（音韻學著作 241 種，音義著作 275 種），各占全書著作總數（1072 種）的 31%和 48%。比例、規模之大，是以往辭典所不及。隨著漢語音韻學研究的繁榮，以及大量古籍、資料不斷被發現、修復，必定有珍貴的資料可收錄進辭典中。

3.4.4　海內外學者的最新成果應及時吸收

海內外學者漢語音韻學的重要研究成果也應該酌情納入音韻學辭典中。這就要求學者對某一階段的新發現和新進展進行專門梳理。如《二十世紀漢語歷史音韻學研究的 100 項新發現與新進展》對 1901～2000 年國內外學者在漢語歷史音韻研究方面的 100 項新發現與新進展進行了簡要評介，包括上古音、中古音、近代音、音變、方法、資料、音韻學史七類。涉及的音韻學文獻、學者觀點可備音韻學辭典編撰者參考。

還有某些重要的新發現解決了音韻學歷史疑難問題，音韻學辭典也應該吸收。如學界對於李登《聲類》中的「五音」爭論不斷，多年來仍未形成學界共識。五音「宮、商、角、徵、羽」原來是我國古代的音樂術語，李登借用在其《聲類》中，但並未明確五音的具體所指。各家根據文獻資料進行推測，各持

〔註19〕王立達編譯，漢語研究小史〔M〕，北京：商務印書館，1959：151。

已見，難以定論。鄭張尚芳（2011）《〈辯十四聲例法〉及「五音」試解》〔註20〕
解決了這個困擾學界多年的難題。該文闡明《切韻》係韻書韻目的排序緣由，
並明確李登《聲類》的「五聲」實為配韻，並非配聲：

> 鄭樵《七音略》以喉聲對宮，齒聲對商，牙聲對角，舌聲對徵，
> 唇聲對羽，也是配聲母的。五音是否可配韻母呢？《中國音韻學史》
> 第六章第一節指出，神珙《五音之圖》跟守溫《韻學殘卷‧辯宮商
> 角徵羽例》一樣都有「宮，舌居中；商，口開張；角，舌縮卻；徵，
> 舌拄齒；羽，撮口聚。」用來表示其發音部位、情狀，不單言輔音，
> 還包含其元音性質（張世祿 1984：25）。說來也頗有見地，「宮中、
> 商張、徵齒、羽聚」都同韻，「角卻」則合韻。
>
> 　在梵文韻學漢化結合「五音」的又一說，是李登《聲類》、呂靜
> 《韻集》的「以五聲命字」。因兩書已佚，這「五聲」具體指什麼，
> 不能確知。有說就是依聲調分四聲的，但即使依「徵羽角」三字聲
> 調對上去入，「宮商」都是平聲字，怎麼分為兩音來湊足五聲呢？不
> 可通。唐蘭先生曾說「五音是韻部，東冬陽唐之類，在《管子》裏
> 已經略提到過。」（張清常 1956 引）。看來是說得對的，但唐先生沒
> 有詳言分析。
>
> 　其實《切韻》系統韻書的韻目次序為何會由「東冬」排起，我認
> 為應該就是按五音「宮商角徵羽」來的，試看：

表五

切韻韻目	東冬鐘	江	支脂之微	魚虞模	齊佳皆灰咍	真文殷元魂痕寒刪山先仙	蕭宵肴豪	歌麻	陽唐庚耕清青蒸登	尤侯幽	侵覃談鹽添咸銜凡
攝	通 ung	江 Ong	止 i	遇 o	蟹 e、-i	臻山 -n	效 au	果假 a	宕梗曾 ang	流 u	深咸 -m
五音	宮	角	徵	羽	徵		角	商		宮	

（表中切韻音以平聲韻目代表，並依邵榮芬別去「嚴、臻」韻，江韻之值大寫 O 表示 o 的
展唇音。蒸登又可列宮聲-m 後。）

〔註20〕鄭張尚芳，《辯十四聲例法》及「五音」試解〔J〕，語言研究，2011（1）：88～95。

從各攝順序可見，這應該就是大略沿襲《聲類》韻目次序來的（據《魏書・江式傳》，《韻集》乃呂靜仿李登之法「宮商角徵羽各為一篇」）。其順序不過是，除了把內涵複雜的「商」後移到第二輪外，其他合於單讀本音的都置於從宮至羽的第一輪；然後以拗音帶尾字為主的第二輪則從「羽」倒推至「宮」，這樣就可以把 au，am 都放在第二輪，合於梵文把 am 放在聲勢之末的規矩。還因為五音中與「角」合的只有一個江韻，才造成江韻獨成江攝的奇特結果。為了彌補角音過少的缺陷，特分出效攝 au 在第二輪歸於角音。

故我們認為：切韻韻目順序，大概就襲自李登《聲類》的「以五聲命字」，所以叫做「聲類」當即指五聲宮商角徵羽之分類。

這一重大發現解釋了切韻韻目次序編排的內在原因，對於記憶韻目次序有極大的幫助，很有必要吸收進音韻學辭典中。可以理論或者學說的形式立目，方便讀者的學習和記憶。該文結論表明，李登的「聲類」，指「五聲宮商角徵羽之分類」，五聲「宮商角徵羽」是對韻母的分類結果。因此，「聲」指「韻母」而言，並非指「聲調」或「聲母」而言，這就是五聲配韻。下面「聲類」的釋文據此可進一步修改、完善：

【聲類】韻書。三國魏李登撰。已亡佚。據文獻記載，此書是中國最早的一部韻書。唐封演《封氏聞見記》卷二：「魏時有李登者，撰《聲類》十卷，凡一萬一千五百二十字，以五聲命字，不立諸部。」據此可略知《聲類》的規模和體制。此書按宮商角徵羽五種聲調分韻，每一調分為兩卷。……此書開創了以聲調分卷，按聲調分韻的韻書體制的先河。……

《音韻學辭典》和《中國語言文字學大辭典》指出「聲」為「韻母」，二部辭典所用例證均為邵雍《皇極經世・聲音唱和圖》。根據上文，辭典中可指明「聲」配「韻」始於李登《聲類》。

辭典既要包括學界的共識，也要反映重要的新成就，這也是辭典編撰與時俱進意識的體現。「徹底擯棄保守觀念，自覺地經常更新知識結構（注意：這裡說的是學術界，不是強調對每一個學者的要求），勇於創新、鼓勵創新。這也就

是『面向未來』的意思。」〔註21〕

　　及時跟進學術研究動態，吸收新成果，有利於及時引進新的理論，充實音韻學研究內容。如《中國語言學大辭典・音韻學卷》首次收錄「類相關」等詞目，就得益於學者密切跟蹤音韻學的學術進展而及時引入日本學者的相關研究成果。類相關理論為重紐的舌齒音歸屬等問題提供了有效的解決辦法，推動了音韻學相關研究的進展。在引入過程中，還需要尊重他人研究成果，指明來源。對新術語或個人對某個術語的新見解、新定義，需要在文中著重加以說明，以引起重視。如傅定淼（2004）討論「切腳」「反腳」兩個術語在《漢語大詞典》《辭源》《宋元語言詞典》的解釋，並引證宋洪邁《容齋三筆・切腳語》、元劉鑒《切韻指南》自序、明釋真空《直指玉鑰匙門法・辨開合不論》、清陳澧《切韻考》外篇卷三引《古今釋疑》、《康熙字典》卷首《字母切韻要法・切字樣法》、吳承仕《經籍舊音辯證》、《慧琳音義》卷五等文獻，經過深入分析後認為「反腳」「切腳」均指稱注音反切，該術語含義應有三種：「一、自然分音詞和自然合音詞的複音節形式；二、注音反切；三、切口。」〔註22〕新的音韻學辭典應該吸收這一研究成果，增加「反腳、切腳」詞目。《中國語言文字學大辭典》將「切腳」「切語」設立為副條，「見『反切』」，但「反切」中並沒有涉及這兩個術語：

　　　【切腳】見反切。

　　　【切語】見反切。

　　　【反切】中國傳統音韻學中的一種注音方法。其基本形式是用
　　兩個漢字為另一個漢字注音，用來注音的兩個字中，前一字叫做反
　　切上字，也叫切上字，上字；後一字叫做反切下字，也叫切下字，
　　下字；被注音的字叫做被切字。反切上字與反切下字相連，後邊加
　　一個「切」字或「反」字，即構成反切。……反切的基本原理是：
　　上字與被切字的聲母相同，下字與被切字的韻母、聲調相同，把上
　　字的聲母與下字的韻母、聲調拼合起來，就成為被切字的讀音。「反」
　　「切」都是反覆切摩而成音的意思。……（《中國語言文字學大辭典》
　　477、478、162 頁）

〔註21〕麥耘，立足漢語，面向世界——中國語言學研究理念漫談〔J〕，語言科學，2006
　　　（2）：62～65。

〔註22〕傅定淼，「切腳、反腳」名義〔J〕，古漢語研究，2004（1）：30～31。

　　關於海外音韻學研究的介紹可參考李葆嘉、馮蒸《海外的中國古音研究》〔註23〕，鄭張尚芳《上古音研究十年回顧與展望（一）》〔註24〕和《上古音研究十年回顧與展望（二）》〔註25〕，古屋昭弘《近二十年來漢語音韻學海外研究動向》〔註26〕等。「若論海外，研究漢語音韻學，最富成果，最有傳統的當推鄰邦日本，至於歐美則瞠乎其後矣。設若從空海算起，日本的漢語音韻學研究史也有一千三百年之久，近代、現代、當代日本的漢語音韻學的專家數量之多，成就之高，世所稱譽。日本的漢語音韻學的研究史值得析理、評騭、總結，值得中國學人重視、借鑒、學習。」（《日本漢語音韻學史・魯國堯序》）相關研究可參考馮蒸《二十世紀漢語歷史音韻研究的 100 項新發現與新進展》和李無未《日本漢語音韻學史》（商務印書館，2011）。《日本漢語音韻學史》係中國學者第一部全面而系統地研究日本漢語音韻學史的著作。分析了傳統日本漢語音韻學研究、近代日本漢語音韻學研究、現代日本漢語音韻學研究、當代日本漢語音韻學研究的特點，以專題形式梳理了日本漢語音韻學發展的脈絡，並窮盡性地對日本各個歷史時期有代表性的漢語音韻學著作進行了介紹和評述。在對日本漢語音韻學史上具有重要影響的學術流派和代表人物進行研究的同時，注重探討其與中國的學術淵源關係及學術差異，全景式地展現了日本漢語音韻學史的面貌。書中介紹的著作，比如音義書、辭書、韻圖等對於音韻學辭典著作的收錄具有極重要的參考價值：「日本學者信行有《最勝王經音義》（一卷，作於 750年前），平備有《法華經音義》（二卷，作於 747 年前），都非常有名，體現了日本學者漢字音研究的直接成果，為後人考訂漢字音系統提供了第一手資料。……空海撰寫的《篆隸萬象名義》三十卷，是日本現存保存最完整和最古老的辭書。……基本保存了梁顧野王《玉篇》的原貌。其反切反映的語音體系十分珍貴，日本學者河野六郎、中國學者周祖謨、周祖庠等據以研究中國南北朝中原雅音，《玉篇》成為研究漢語中古音的代表性辭書之一。……《東宮切韻》……引用陸法言、曹憲、郭知玄、長孫訥言、韓知十、武玄之、王仁煦等

〔註23〕 李葆嘉、馮蒸，海外的中國古音研究〔J〕，學術研究，1995（1）：113～117。

〔註24〕 鄭張尚芳，上古音研究十年回顧與展望（一）〔J〕，古漢語研究，1998（4）：11～17。

〔註25〕 鄭張尚芳，上古音研究十年回顧與展望（二）〔J〕，古漢語研究，1999（1）：8～17。

〔註26〕 古屋昭弘，丁鋒、切通筱譯，近二十年來漢語音韻學海外研究動向〔C〕//董琨、馮蒸，音史新論，北京：學苑出版社，2005：358～367。

14 家《切韻》。主要依據《切韻》分韻，……是現存所知日本最早的韻書，對於研究中國韻書與日本韻書之間的傳承關係十分重要。……文雄（1700～1763）《磨光韻鏡》（1744），二卷問世以後，人們對《韻鏡》的價值有了新的認識，出現了一些相關著作，比如泰山蔚《音韻斷》（1799）、太田全齋《漢吳音圖》（1815）等，影響很大。文雄《三音正訛》（1752）也是一部漢語音韻學重要著作，其中有許多內容是討論《韻鏡》音圖的。」〔註27〕

　　日本的漢語音韻學，「應成為世界漢語音韻學的重要組成部分，其世界性的漢語音韻學研究意義就理應得到正確估價。……中國學者在研究漢語音韻學史時，除了集中反映中國學者的成果之外，還應該把目光投向國外，國外漢語音韻學不僅僅有高本漢、馬伯樂，還有日本的文雄、大矢透、平山久雄，以及韓國的崔世珍、文玄奎、姜信沆等。東方研究傳統與西方研究傳統並峙，都為漢語音韻學研究做出了巨大貢獻，如此，才不但豐富了漢語音韻學史的內涵，而且還能夠更為全面地、客觀地反映漢語音韻學史的歷史事實。」〔註28〕

　　重視海外漢語音韻學研究成果的收錄，可有助於讀者把握世界範圍內漢語音韻學研究的歷史和現實狀況，也可為學界探索漢語音韻學的未來發展提供參考。

　　關於人名，辭典也可按照這個原則拓寬收錄範圍。《音韻學辭典》共收錄人名 697 條。其「凡例」指出，「人名類，包括研治音韻學的古今學者，當代學者以 1988 年以前出版專著為限。」「凡是立人名條的，也為其著作建立條目；凡是收錄的著作條目，其著者一般也見於人名條。」新的音韻學辭典人名條的收錄標準可在此基礎上進一步放寬，應當收錄有重要成就和貢獻的諸多海外學者。

　　《中國大百科全書·語言文字卷》《中國語言學大辭典·音韻學卷》和《音韻學辭典》三部辭典的詞目特色鮮明，為新的音韻學辭典的編撰提供了重要參考，編撰者大膽探索、勇於創新的精神也值得學界繼承和發揚。辭典立目有系統、有特色、有規模，語料來源豐富而有權威性，都會提升辭典的學術價值。辭典編撰者應重視對學者個人著述、收錄音韻學詞目的辭書、古籍文獻等的梳理、探源和求證。音韻學辭典應大量收錄音理詞目、音變詞目、理論學說類詞目，應大量收錄音義著作、亡佚著作，應廣泛吸收海內外學者成果。

〔註27〕李無未，日本漢語音韻學史〔M〕，北京：商務印書館，2011：7～9。
〔註28〕李無未，日本漢語音韻學史〔M〕，北京：商務印書館，2011：10。

第 4 章　音韻學辭典釋文研究

　　我國國家標準 GB ∕ T15238——2000《術語工作‧辭書編撰基本術語》（4.26，4.27）對「釋文」和「釋義」有不同的解釋。「釋文」是「對字頭、詞目、條頭所作的全部說明」，「釋義」是「對字頭、詞目、條頭的含義作出解釋」。〔註 1〕《語言學名詞》只收錄「釋文」詞目，指「用於解釋作為詞頭的語詞或短語意義的文字」。因此本文使用涵蓋內容更廣泛的「釋文」而不使用「釋義」。如果徵引材料原文中使用「釋義」，則以作者行文語言為準，如《專科辭典的語言釋義和概念釋義》。釋文是辭典的靈魂。本章以音韻學詞目的釋文為分析對象，探索辭典術語（理論、學說）、著作、人物釋文須改進之處和值得繼承發揚之處。

　　釋文的比較建立於詞目的同質性基礎之上，詞目類型相同才具有比較的可能。同一類型的詞目，其發展歷史也有差異，釋文沒有必須遵循的固定模式，但其釋文要素應該具備，所不同的只是內容的側重點。徐慶凱（2008）曾對術語詞目、著作詞目、事件詞目的釋文要素予以說明：「術語詞目的釋文要素包括異稱或對稱、定義、溯源、演變、分析、觀點、材料、區別、學術界的不同見解。……人物詞目釋文要素包括生卒年或生年（就在世人物而言）、定義或定性語、字號、籍貫、主要學歷（包括學位）和經歷、主要功過或思想學說、

〔註 1〕國家質量技術監督局，GB∕T15238——2000 術語工作‧辭書編撰基本術語〔S〕，北京：中國標準出版社，2001。

主要著作。……事件詞目的釋文要素包括異稱、定義或定性語、起因和經過、作用和影響（僅限於特別重大的事件）。……按照各類詞目釋文的要素來行文，既可以使詞目的內容完整，層次分明，次序順當，又可以使同類詞目的寫法統一。」〔註2〕

　　本章即以上述觀點為理論基礎，結合音韻學詞目的具體情況進行分析。鑒於音韻學發展歷史悠久，術語來源複雜，學派觀點不一，理論、學說眾多，研究資料豐富，本章主要從「異稱的處理」「溯源的理據性」「闡釋的準確性」「釋文的原則」四個角度探究音韻學辭典的釋文，以期為新的音韻學辭典提供參考。

4.1　異稱的處理

　　主要涉及術語和著作的異稱問題，即異名同實現象。如果處理不慎，極容易導致信息的缺失或者術語、著作名稱的混亂。

4.1.1　術語的異稱

　　《語言學名詞》是對語言學分支學科術語的規範，是諸多專家學者心血的結晶。因此本小節以《語言學名詞》為主要研究對象，參照其他5部重要辭書，考察異稱在辭典編撰中的具體表現形式。

　　《語言學名詞》有32條音韻學術語含有異稱，這32條術語在6部辭典中的異稱也存在差異。現將這些術語在《中國大百科全書·語言文字卷》《中國語言學大辭典》《音韻學辭典》《大辭海·語言學卷》《中國語言文字學大辭典》《語言學名詞》中的異稱集中列出，比較異同。這些詞目的釋文詳見「附錄五　6部辭典32條音韻學術語釋文對照表」。表中的術語詞目一律以《語言學名詞》為準，其餘辭典選擇與之名稱相同或含義相同的詞目，術語釋文的詳略視文章論述需要而定。根據該表可將32條音韻學術語的異稱總結如下（首列為《語言學名詞》的詞目；含義相同的術語異稱並列標出，含義不同的術語異稱之間用分號隔開）：

〔註2〕徐慶凱，專科辭典的釋文〔C〕//徐慶凱，辭書思索集，上海：復旦大學出版社，2008：149〜165。

6 部辭典 32 條音韻學術語異稱對照表

辭典＼術語	《中國大百科全書·語言文字卷》	《中國語言學大辭典》	《音韻學辭典》	《大辭海·語言學卷》	《中國語言文字學大辭典》	《語言學名詞》
音韻學	「漢語音韻學」「聲韻學」	「漢語音韻學」「聲韻學」「音韻」	「漢語音韻學」「聲韻學」「音韻」	「聲韻學」「韻學」「音學」	「漢語音韻學」「聲韻學」「聲韻」	「聲韻學」
音韻	無該術語	「聲韻」；「聲韻學」	（指字音時無異稱）；「音韻學」	「聲韻」	「聲韻」；「音韻學」「聲韻」	「聲韻」
古音構擬	無該術語	「構擬」「擬構」「重建」	「擬測」「擬構」「重建」「擬音」	無該術語	「構擬」「重建」「重構」	「古音重建」
複輔音聲母	無該術語	「複聲母」	「複聲母」	「複聲母」「複輔音」	「複輔音」「複合輔音」	「複聲母」
韻頭	無異稱	「介音」	「中介元音」	「介音」「中介元音」	「介音」	「介音」
尖團音	無該術語	「尖圓音」	無該術語	無該術語	「尖音」「圓音」「團音」	「尖圓音」
押韻	「合轍」	「協韻」「叶韻」「合轍」	無該術語	無異稱	「協韻」「叶韻」「合轍」「叶」	「協韻」「叶韻」「壓韻」
叶音	「協句」「協韻」「叶句」「叶韻」	「取韻」「叶句」「叶韻」「合韻」	「取韻」「協句」「協韻」「叶韻」	「協句」「協韻」「叶韻」	「取韻」「合韻」「協韻」「叶句」「叶韻」「協句」	「取韻」「叶句」「叶韻」
合轍	「押韻」	「協韻」「叶韻」「押韻」	無該術語	無該術語	「協韻」「叶韻」「押韻」	「押韻」
小韻	無異稱	「紐」「字紐」	「紐」	無異稱	「紐」	「紐」
重紐	無該術語	無異稱	「重出喉、牙、唇音」	無異稱	無異稱	「重出唇牙喉音」
反切	「反」「切」	「反語」「反言」「反音」「反」「翻」「切」「反紐」	「反語」「反言」「反音」「反」「翻」「切」	「反音」「反語」「翻語」「翻切」「切音」	「切語」	「反」「翻」「切」
倒紐	無該術語	無該術語	「到反」「到紐」	無該術語	「到紐」	「到紐」
韻部	「韻」	「部」「韻」	「韻」	「韻」	「部」	「部」「韻」
譬況	無該術語	無異稱	「比況」	無異稱	無異稱	「比況」
急聲	無該術語	「急讀」	無異稱	無異稱	無該術語	「急讀」
越漢對音	無該術語	「越南譯音」「安南譯音」「越南漢字音」「漢越語」	「安南音」「漢越音」	「漢越語」「安南譯音」「越南譯音」	無該術語	「漢越語」

平聲陰	無該術語	「陰平」（周德清下平聲）	無該術語	無該術語	無該術語	「陰平」
平聲陽	無該術語	「陽平」（周德清上平聲）	無該術語	無該術語	無該術語	「陽平」
平聲	「平」	「平」	「平」	「平」	無異稱	「平」
上聲	「上」	「上」	「上」	「上」	無異稱	「上」
去聲	「去」	「去」	「去」	「去」	無異稱	「去」
入聲	「入」	「入」	「入」	「入」	無異稱	「入」
照二組	「照系二等」	「莊組」「照二」「照紐二等」「照二紐」	「莊組」	「照二」「莊組」「莊系」	「照組二等」	「照二」
照三組	「照系三等」	「章組」「照三」	「章組」「照組」「照三組」	「照三」「章組」「章系」	「照組三等」	「照三」
切韻圖	無該術語	無該術語	無該術語	無該術語	無該術語	「韻圖」
等韻圖	「韻圖」	「韻譜」「韻圖」「等韻」「等子」	「韻圖」	「韻圖」	「韻圖」	「韻圖」
反切上字	「切上字」「上字」	「切上字」	「切上字」「上字」	無異稱	「切上字」「上字」「切」	「切上字」「切」
反切下字	「切下字」「下字」	「切下字」	「切下字」「下字」	無異稱	「切下字」「下字」「韻」	「切下字」「韻」
近代音	「近古音」	「北音」「近古音」「古官話音」「早期官話音」	「近代漢語語音」「近古音」	無異稱	「近古音」	「近古音」
韻腹	無異稱	無異稱	「主要元音」	無異稱	無異稱	「主（要）元音」
聲	「紐」「音紐」「字母」「聲類」	「紐」「聲紐」「音紐」「字母」「聲類」	「紐」「聲母」；「韻」；「聲調」	「紐」「聲母」「聲紐」「音紐」	「紐」「聲母」「聲紐」；「韻」「韻部」；「韻類」；「聲調」	「紐」「聲母」「聲紐」；「聲類」；「聲調」

該表反映出辭典收錄某些音韻學術語異稱時存在以下幾方面問題：

1. 異稱不全

有的辭典解釋術語時，沒有列出該術語的異稱。讀者只有查閱其他辭典或翻閱其他著作才能對相應信息有所瞭解。如「押韻」條，《大辭海·語言學卷》的釋文中就沒有異稱，而其餘幾部辭典則有「協韻」「叶韻」「合轍」等異稱。

5 部主要辭典對這 32 組術語的異稱的收錄情況如下：

辭典名稱	無異稱的術語
《中國大百科全書・語言文字卷》	韻頭、韻腹、小韻
《中國語言學大辭典》	重紐、譬況、韻腹
《音韻學辭典》	急聲
《大辭海・語言學卷》	押韻、小韻、重紐、譬況、急聲、反切上字、反切下字、近代音、韻腹
《中國語言文字學大辭典》	重紐、譬況、平聲、上聲、去聲、入聲、韻腹

　　個別術語的異稱，在著作中經常被使用，但某些辭典並未收錄。如「重紐」的異稱「重出喉牙唇」音、「平聲、上聲、去聲、入聲」的簡稱「平、上、去、入」等。另外，某些辭典僅列出某個術語的部分異稱而遺漏重要的異稱。如「反切上字」的異稱「切」和「反切下字」的異稱「韻」就只被《音韻學辭典》和《語言學名詞》收錄。

　　為避免異稱缺漏，辭典應該為這些異稱立目。如《音韻學辭典》和《中國語言學大辭典・音韻學卷》就將術語和異稱設立為正條和副條，通過「見、即」等方式保持主條和副條的銜接性和一致性，體現了辭典編撰的系統性和完整性：

　　（1）切　音韻學術語。是我國傳統的注音方法，用兩個字輾轉相拼為另一個字注音。反切又稱反語、反言、反音，或單稱反、翻、切。……用作反切的兩個字，前一個字叫反切上字，也簡稱切上字、上字；後一個字叫反切下字，也簡稱切下字，下字。被注音字叫被切字。所謂上下是就漢字直行書寫的款式而說的。還有一種說法是，上字為切，下字為韻。

　　反紐　音韻學術語。即「反切」。（《音韻學辭典》37 頁）

　　（2）近代音　也叫「北音」「近古音」「古官話音」「早期官話音」。指元、明、清（或可以包括南宋、金）時期的語音。狹義則指這一時期的漢語共同語及北方諸方言的語音，是現代普通話及北方方言語音的前身。一般以元代《中原音韻》的音系為主要代表。

　　北音　即「近代音」。……

　　近古音　即「近代音」。……

　　古官話音　即「近代音」。

　　早期官話音　即「近代音」。(《中國語言學大辭典》76 頁)

　　全面列出異稱既可檢驗辭典立目的完整性，亦可體現辭典釋文的完整性。因此有必要對音韻學術語的異稱進行全面整理，保證辭典立目和釋文的完整性。整理的過程也是對術語認識的深化過程。如各辭典中「音韻學」異稱的嚴謹性就須引起足夠重視。

　　《大辭海・語言學卷》和《語言學名詞》「音韻學」的異稱都沒有「漢語音韻學」，而《中國大百科全書・語言文字卷》《中國語言學大辭典》《音韻學辭典》《中國語言文字學大辭典》都將「漢語音韻學」列為異稱之一，各辭典對「音韻學」含義的解釋並不完全相同：

　　(1)**漢語音韻學**　也叫聲韻學，在普通語言學裏叫歷史語音學，它是研究漢語史上語音情況和它的發展的學科。歷史語音學大致可以劃分成兩個方面。第一是研究一組歷史上的材料，推求它當時代表的音。比如研究《詩經》押韻音、《切韻》音等等。這有時候需要從現代方言材料倒著往上推求。第二是就某一個或一組音，把它從某個歷史時期的面貌變成現代某些音的歷史敘述清楚。這兩個方面經常是互相交叉，互相驗證，互相輔助的。……(《中國大百科全書・語言文字卷》173 頁)

　　(2)**音韻學**　即「漢語音韻學」。

　　漢語音韻學　①也叫「音韻學」「聲韻學」。研究清代以前(包括清代)的漢語語音的科學。研究內容包括：(1)音韻理論。(2)語音史(包括歷代共時音系和語音演變)。(3)音韻學史。(4)音韻學術語、研究方法和理論，主要受歷史語言學、語音學、音系學、類型學、漢語方言學和漢藏語比較語言學等學科成果的影響、指導。但由於漢語音韻學的發展已有一千餘年的歷史，因而已有自己的一套獨特研究傳統。可以說是一門既古老又年輕的學科。一說漢語音韻學的研究範圍包括古音、今音、等韻及現代音。(《中國語言學大辭典》73 頁)

　　(3)**漢語音韻學**　㊀學科名稱。見「音韻學」條。

　　音韻學　㊀中國傳統語言學的一個分支，研究漢字聲、韻、調

的類別及其古今演化軌跡，並辨析語音的發生過程。傳統音韻學又分成古音學、今音學和等韻學 3 個部分，分別以詩騷押韻諧聲、中古韻書和等韻圖等為研究對象。(《音韻學辭典》84、268 頁)

（4）音韻學　也叫「聲韻學」，簡稱「韻學」「音學」。研究古代漢語語音系統的沿革，注重辨析漢字字音的聲、韻、調三種要素，考證其音類和音值，並研究其在不同歷史時期的分合異同的一門學科。音韻學的歷史，從東漢末年反切注音法的發明開始，至今已有一千多年。目前有四個分支學科：古音學、今音學、等韻學和近音學。(《大辭海·語言學卷》68 頁)

（5）【音韻學】　㊀即「漢語音韻學」。

【漢語音韻學】　（一）中國傳統語言學的一個分支。它是分析研究各個歷史時期漢字字音的聲、韻、調系統及其歷史變化的一門科學。傳統音韻學分成古音學、今音學和等韻學 3 個部分，20 世紀裏又逐漸建立了北音學。現在音韻學實際包括上述 4 個部分。……(《中國語言文字學大辭典》715、265 頁)

（6）音韻學　又稱「聲韻學」。研究漢語各個時期語音狀況及其發展的學科。研究材料主要有韻書、等韻、反切、韻文、諧聲、異文、讀若和讀如、聲訓、直音、對音、漢語方言和親屬語言等，研究內容包括漢語語音史、音韻學理論、音韻學史等。(《語言學名詞》146 頁)

關於什麼是音韻學，眾多學者曾給出不完全相同的定義。

董同龢《漢語音韻學》對「聲韻學」的名稱有如下闡釋：「現在大學課程表上所謂聲韻學，乃是研究中國語語音系統的學問，照這樣說，我們最好是把它的名稱訂做『漢語音韻學』。因為這裡所謂中國語，從狹義的指漢語而言；而語音系統的研究，普通都叫做音韻學。『中國音韻學』也是個可用的名字，那是因為在不太嚴格的時候，我們都用『中國語』來代替『漢語』。有些人僅用『音韻學』三個字來稱述這門學問，自然過嫌籠統了。『聲韻學』是比較後起的，同時也就是最不恰當的一個名稱。當初訂立，以為漢語語音的研究一向是從所謂聲母與韻母著手，那麼『聲韻』二字就可以盡『漢語音韻』之效。其

實那是一種似是而非的想法。第一、語音分作聲母與韻母，並不是只可以適用於漢語。事實上，凡所謂單音節的語言，我們研究起來，都是那麼去做的。因此『聲韻』二字仍不免含混。第二、漢語以及其同性質的語言中還有一個成分，即聲調，它的重要性絕不在聲母與韻母之下，卻又沒有提起。……我國語文的研究，一向有訓詁、文字、音韻的分科；而音韻所指，即各個時代的語音系統，舉凡聲母、韻母、聲調，都包括在內。現代語言學中專門討論語音系統的部分叫做 Phonlogy，包括語音的每個方面，自來我們就譯作『音韻學』。」〔註3〕

羅常培《漢語音韻學導論》對「音韻學」定義如下：「漢語音韻學即辨析漢字聲韻調之發音及類別，並推跡古今流變者。」〔註4〕

王力認為，「漢語音韻學是研究漢語語音系統的科學。」〔註5〕

劉志成在綜合比較以上等人的定以後，認為「漢語音韻學是研究古代漢語各個時期的語音系統及其演變規律的應用和研究方法的學科。」〔註6〕

麥耘《音韻學概論》對「漢語音韻學」定義如下：「漢語音韻學，簡稱『音韻學』，又稱『聲韻學』。有廣義與狹義之分。廣義的漢語音韻學包括對一切漢語語音的研究：古代漢語語音、現代普通話語音、現代漢語方言語音等等；狹義的漢語音韻學只指對古代漢語語音的研究（以研究古代漢語共同語的語音為主，附以對古代方言語音的研究），也可以說就是漢語歷史語音學。……狹義的漢語音韻學也是要以對現代漢語語音（包括方言語音）的研究為基礎的。」〔註7〕

劉曉南關於「音韻學」有如下闡述：「音韻學又叫聲韻學，是漢語言文字學的一個分支學科，又是中國『國學』的基礎學科之一，在古代文獻中，常將這個學科稱為『韻學』、『音學』、『字母等韻之學』等。音韻學的研究對象是漢語歷史語音，包括不同歷史時代漢語的語音系統的共時表現、不同歷史時代之間的語音演變、演變規律等。……音韻學也重視現代方音的研究，這一方面是因為通過現代方音的歷史比較有可能逆推歷史語音的音理表現形式，與文獻研究相互印證；另一方面還因為歷史語音尤其是近代和中古語音往往涉及到現代漢

〔註3〕董同龢，漢語音韻學〔M〕，北京：中華書局，2011：1～2。
〔註4〕羅常培，漢語音韻學導論〔M〕，長春：時代文藝出版社，2009：152。
〔註5〕王力，漢語音韻學〔M〕，北京：中華書局，1963：1。
〔註6〕劉志成，漢語音韻學研究導論〔M〕，成都：巴蜀書社，2004：6。
〔註7〕麥耘，音韻學概論〔M〕，江蘇：江蘇教育出版社，2009：1。

語語音，可以運用現代方音以證古音。但音韻學並不以現代語音為自己的研究
對象，另有專以現代漢語語音為研究對象的現代漢語語音學。它也不以一般的
語音為研究對象，研究一般語音的學問是普通語音學。……因此，音韻學是以
漢語的歷史語音為研究對象，通過分析歸納不同歷史時期的漢語音系以解釋歷
史語音現象，說明古今音變，進而論證漢語語音發展規律的科學。」〔註8〕

　　綜合以上各家關於「漢語音韻學」「音韻學」「聲韻學」的理解，可以看出
「漢語音韻學」這一學科名稱存在的必要性和客觀性。

2. 異稱交叉

　　某些術語異稱出現交叉的現象，即術語含義不同，但異稱相同。如《語言
學名詞》中「叶音」的異稱：

　　　09.124　押韻　rhyme

　　　又稱「協韻」「叶韻」「壓韻」。韻文中一種使同韻字有規則地反
覆出現的手法。

　　　09.125　叶音　adaptation

　　　又稱「取韻」「叶句」「叶韻」。「叶」也寫作「協」。臨時改變某
字的讀音使韻腳和諧。這是後人以時音誦讀先秦韻文感覺某字不押
韻時而採取的做法。

　　兩個術語含義並不相同，但都可稱為「協韻（叶韻）」，同名異實。讀者必
須結合釋文中的詳細定義理解該術語的異稱。這就要求釋文必須嚴謹、清晰，
否則極易造成異稱混亂的現象。又如《語言學名詞》中的「聲」「紐」：

　　　09.020　聲　①initial（of a Chinese syllable）；②initial category；
③tone

　　　①又稱「紐」。近代稱「聲母」。指由輔音（或零位）充任的音節
的起首音。……

　　　09.021　紐　①initial（of a Chinese syllable）；②to combine an
initial and a final to form a syllable；③syllable

　　　①又稱「聲紐」。指聲母。……③指聲韻拼合得出的字音，在韻
書中即為「小韻」。

〔註8〕劉曉南，音韻學讀本・前言〔M〕，上海：上海交通大學出版社，2011：7。

09.142　小韻　syllable in a rhyme dictionary

又稱「紐」。指韻書中聲、韻、調完全相同的同音字組。

根據三條術語的釋文，「紐」指「聲母」時又稱「聲、聲紐」；指「字音」和「聲、韻、調完全相同的同音字組」時又稱「小韻」。從表中其餘辭典對「聲」「紐」的釋文和異稱的處理也可看出，對於有多個義項、多個異稱的術語，保證釋文的嚴謹和又稱對應的一致性非常重要。

4.1.2　著作的異稱

《音韻學辭典》收錄著作規模大，豐富的資料亦具有重要的研究價值，開拓了音韻學辭典編撰史上著作收錄的新局面，在學界有深遠影響。因此本節以《音韻學辭典》的著作為考察對象，分析著作異稱存在的問題，為以後的辭典編撰工作提供參考。為行文簡便，本小節在標注詞條所在頁碼時一律省略辭典名稱。

《音韻學辭典》某些著作詞目名稱不同但所指相同，詞目之間的等同關係通過「又名」（見、即）等形式表現出來。具體來看，著作的異稱有如下幾種表現方式：

1. 正條和副條都有異稱

（1）春秋公羊音　音義書。㊀晉李軌撰，1卷。或作《春秋公羊傳音》。已佚。㊁晉江惇撰。1卷。或作《春秋公羊傳音》。已佚。㊂蕭齊王儉撰。2卷。已佚。（16頁）

春秋公羊傳音　音義書。或作《春秋公羊音》。參見該條。（16頁）

（2）古音備徵記　書名。又名《音韻備徵記》。清徐養原撰。今未見傳本，內容不詳。（60頁）

音韻備徵記　書名。即《古音備徵記》。（266頁）

（3）古音辨　古音學著作。又名《詩古音辨》。……（60頁）

詩古音辨　即《古音辨》。（185頁）

（4）毛詩補音　古音學著作。又稱《毛詩叶韻補音》。……（136頁）

毛詩叶韻補音　即「毛詩補音」。（137 頁）

（5）切韻樞　書名，《五音切韻樞》的省稱。（158 頁）

五音切韻樞　音韻學著作。宋劉曜撰。省稱「切韻樞」。《通志》著錄為 3 卷，原書已佚。（234 頁）

（6）切韻心鑒　等韻學著作。又名《韻心》。宋方淑撰。書亡佚。據今人李新魁考證，此書直接源於《五音韻鑒》（即《韻鏡》）。參見「五音韻鑒」條。（159 頁）

韻心　等韻學著作。即《切韻心鑒》的省稱。（289 頁）

（7）詩釋音　音義書，元韓性撰。1 卷。元黃溍《金華黃先生文集·韓性墓誌銘》載書名《詩釋音》，《元史》韓氏本傳作《詩音釋》。書已佚。（189 頁）

詩音釋　音義書。即《詩釋音》。（190 頁）

（8）文選音　音義書。㊀隋蕭該撰。全書 3 卷（《唐書·藝文志》、《通志》作 10 卷），今亡佚，內容不可考。此書為時人所重視。見於《隋書·經籍志》。㊁唐許淹撰。全書 10 卷，今亡佚，見於《唐書·藝文志》。㊂唐公孫羅撰。書名又作《文選音決》。全書 10 卷，今亡佚，內容不可考。書目見於《唐書·藝文志》。（228 頁）

文選音決　音義書。即唐公孫羅所撰《文選音》。見「文選音」條㊂。（228 頁）

（9）錢氏韻補　書名。見「韻補」條㊁。（152 頁）

韻補　……㊁宋錢氏撰，稱「錢氏韻補」。此書搜羅補充監韻不載的字，今已佚。據宋陳耆卿《篔窗集》卷七《代跋錢君韻補》一文，錢氏為溪南（今福建漳平）人。《篔窗集》成於嘉定六年（1213）。錢氏應為同時之人。（279 頁）

（10）古音通式　書名。即「古韻通式」。（62 頁）

古韻通式　古音學著作。又名《古音通式》、《韻式》。宋程迥撰。該書已佚。王應麟《玉海》卷四十五說：「《古韻通式》，一曰四聲互用，二曰切響通用。略於《文選》詩中類出五千餘條，復以經證，一目終焉。」《四庫全書總目》認為：「迥書以三聲通用、雙聲互轉

為說，所見較吳棫差的，今已不傳。」（71 頁）

　　韻式　書名。即「古韻通式」。（287 頁）

　　（11）毛詩音　音義書。又作《詩音》。……（137 頁）

　　毛詩音隱　音義書。……參見「毛詩音」條三。（139 頁）

　　詩音　音義書。即《毛詩音》。（189 頁）

　　上述各部著作的正條和副條均出現於各自釋文中，讀者只需瀏覽其一便可知其又稱。但同一著作內部或不同著作表示又稱的用語並不完全一致，有「或作」「又名」「即」「又稱」「稱」「書名又作」等。如《春秋公羊音》「或作」《春秋公羊傳音》，《春秋公羊傳音》「或作」《春秋公羊音》；《古音備徵記》「又名」《音韻備徵記》，《音韻備徵記》「即」《古音備徵記》；《韻補》「稱」《錢氏韻補》；《毛詩音》「又作」《詩音》，《詩音》「即」《毛詩音》等。這種形式可以統一用詞。

2. 正條或副條有異稱

　　（1）古叶讀　音韻學著作。明龔黃撰。該詩考察古詩叶韻，所採材料上起先秦，下至隋唐，參差雜糅，於今已無很大參考價值。（57 頁）

　　古音叶讀　書名，明龔黃撰。一作《古叶讀》。見「古叶讀」條。（63 頁）

　　（2）古韻表集說　書名。清夏炘撰。為《詩古韻表廿二部集說》的又名。見「詩古韻表廿二部集說」條。（69 頁）

　　詩古韻表廿二部集說　古音學著作。清夏炘撰。……（185 頁）

　　（3）集音　書名。南宋胡公武撰。即《論語集音》，見「論語集音」條。（101 頁）

　　論語集音　音義書。宋胡公武撰。……（134 頁）

以上著作的釋文中，正條或副條出現又稱。又稱的表現形式也不一致：《古音叶讀》「一作」《古叶讀》；《古韻表集說》「為《詩古韻表廿二部集說》的又名」；《集音》「即《論語集音》，見『論語集音』條」。辭典正文和正文前的詞目索引均按照音序排列，如果讀者只查閱到「古叶讀」，通過釋文並不知曉該著作另有其名《古音叶讀》，極易忽略，可優化處理。此外，同一部著作，釋文中的描述

語亦可統一。如：

> 淳祐壬子新刊禮部韻略　書名。見「壬子新刊禮部韻略」條。

（18 頁）

> 平水韻　一韻書。即《壬子新刊禮部韻略》，宋劉淵著。書成於宋淳祐十二年（1252）。一說因刻書地點在平水（今山西臨汾）而得名。也有人認為因劉淵是江北平水人而得名。此書分 107 韻，按《廣韻》韻目下所注同用、獨用之例歸併而成。書已不存。參見「壬子新刊禮部韻略」條。……（148 頁）

> 壬子新刊禮部韻略　韻書。宋劉淵編。書成於宋淳祐壬子年（1252）。劉淵為江北平水人，因此後代習稱此書為《平水韻》，視為元明清三代詩韻始祖。這部韻書是宋毛晃父子《增修互注禮部韻略》的修訂本，其最大特點是將以前韻書中通用同用的鄰韻直接合併，以省重複。劉淵書今已不存，但據元熊忠《古今韻會舉要》可以考知該書分為 107 韻，計上平聲 15 韻，下平聲 15 韻，上聲 30 韻，去聲 30 韻，入聲 17 韻。……（168 頁）

「壬子新刊禮部韻略」為「韻書」，「淳祐壬子新刊禮部韻略」為「書名」，「平水韻」為「韻書」，可統一。

4.2　釋文的溯源

專科辭典的溯源是辭典釋文的重要內容。「在詞典的釋文中，對詞語的溯源，即說明詞語的形成、始見以及詞語所指稱的事物或概念的產生等源頭性的內容，是一件重要的工作。專科詞典尤其如此。一般的專科詞典（特別是偏重於提高的大中型專科詞典）在必要和可能的條件下，無論對術語還是專名，都要重視這件工作。」〔註9〕

對於音韻學術語而言，溯源信息的準確而完整尤為重要。音韻學術語來源十分複雜，主要包括：「1. 音樂術語：如表示聲母發音部位的宮商角徵羽五音就是借自音樂術語；2. 佛教與梵語學術語：如等韻學的各種術語「轉」「攝」「內外」「開合」等，可能由僧徒擬定，在若干程度上能看出梵語語音學概念

〔註9〕徐慶凱，專科詞典論〔C〕，上海：上海辭書出版社，2011：114。

的影響；3. 文學術語：如音韻學中的詩、詞、曲律用語有相當一部分與文學有關；4. 哲學史上的術數派用語：這個問題比較複雜，可參看日本學者平田昌司的論文。」〔註10〕因此在辭典編撰過程中重視音韻學術語的溯源問題，多方挖掘和參考相關文獻，如俞敏《等韻溯源》（1984）就為等韻學重要術語溯源。如此有助於我們明確術語的源流演變和術語之間的內在關係，為讀者構建完整的音韻學知識體系奠定基礎。

4.2.1 《中國大百科全書·語言文字卷》「漢語音韻學」條目的溯源

俞敏主編的《中國大百科全書·語言文字卷》「漢語音韻學」術語溯源準確，內容翔實，堪稱學界典範。編寫人員尋根究底的求實精神從以下幾組術語的釋文可窺一斑。

（1）旁轉　指古韻陰陽入三類韻部的字在本類之內跟臨近的韻部押韻、諧聲、通假的現象。這個名詞是章炳麟開始立的。他的古韻學說見《國故論衡·成均圖》篇和《二十三部音準篇（見古韻）。現在舉他的陽聲（收鼻音尾）10 部作例。……章炳麟的名詞術語也有所承受。戴震把陰、陽、入互相流注叫「相配互轉」，把臨近的韻部裏的字互相流注叫「聯貫遞轉」。後者就是「旁轉」的前身。……（俞敏，307 頁）

釋文指明「旁轉」的創立者、出處、內涵，結合創立者所用的例字進行解釋。並指出「旁轉」是繼承戴震的「聯貫遞轉」而來。溯源內容完整，闡釋深入。

（2）內外轉　早期韻圖把所列各圖劃分的兩大類別。「轉」，梵文 parivarta 有兩個意義，一個是動詞，一個是名詞。……用一個輔音輪流跟 12 個元音拼，用 33 個輔音輪流跟所有元音拼都叫「轉」。安然又說：「前十七章於三十四體文字母次第為體，以一十二悉曇音韻次第為轉。」這個「轉」就是「輪轉」的「轉」。……安然《悉曇十二例》說：「諸合字中有異呼法……或於多少上字隨呼下轉音，餘十一轉呼摩多（主元音）音。」……這個「轉」是「轉變」的「轉」。

〔註10〕馮蒸，音韻學名詞術語的性質與分類——《漢語音韻學辭典的編撰》〔J〕，辭書研究，1988（2）：62～71。

以上兩種意義，都用動詞義。梵文 parivarta 又是名詞，意義等於漢語的「章」「篇」。一「轉」就是印度悉曇的一章。

「內轉」「外轉」的「內」和「外」究竟是什麼含義，明代呂維祺（1587～1641）《同文鐸》說：「按內外之分，以第二等字論也。二等別母無字，惟照二有字，惟之內，以字少拘於照之內也。二等各母具有字謂之外，以字多，出於照之外也。」這些話似乎沿用《四聲等子》文，該書說：「今以深曾止宕果遇流通括內轉……江山梗假效蟹咸臻括外轉……。」這只擺出了現象，並沒有說出「內」「外」的真正含義，反倒把「內」改成「照之內」，「外」改成「照之外」，恐怕不是最初立名的原義。

後代人不滿意這種解釋，就用現代人擬測的《切韻》音去解釋「內」「外」兩個字。羅常培《釋內外轉》……的說法和佛教徒的「轉讀」實踐不合。王力認為「那純然是以後人的語音學觀點來解釋，說服力不強」（《漢語音韻》）。所以說，這個問題還沒有定論，只是相傳的名稱，有時候便於稱說罷了。（俞敏，302 頁）

釋文點明「轉」來源於梵文，對其具體含義進行了解釋。並呈現了前人和後來學者對「內」「外」的研究歷史。

（3）攝　等韻學家把幾個音相似的韻合成的一個單位。「攝」本是佛教術語，梵文 parigraha，等於漢語的「概括」「包括」。日本釋安然（9 世紀人，生卒不詳）《悉曇章》說：「又如真旦《韻詮》五十韻頭，今於天竺悉曇十六韻頭，皆悉攝盡，更無遺餘。」……《韻詮》15 卷在《新唐書·藝文志·小學類》裏著錄了。列在孫愐《唐韻》後頭，唐玄宗《韻英》前頭。又把「尤」韻改成「周」韻，看起來成書在武周時期。武周時期正是大規模譯密教經典的時期。這部書毫無疑問得算等韻的萌芽。它在《日本國見在書目》裏有 10 卷本，還有 12 卷本。10 卷是 5 的倍數，該是書的本體。2 卷可能是「明義例」等等，也許有了萌芽韻圖了。這是開始用「攝」字的例子。《韻詮》作者叫武玄之，也寫作武元之。因為宋代人避「玄」字諱。日本鈔本可能沿襲這個習慣。等韻書最早用「攝」字的書是《四聲等子》和《切韻指掌圖》的歌訣說明。梵文元音 14 個，字尾符號

m，ḥ兩個。元音有 4 個不常用，所以數元音的或算 12，或算 16。

等韻圖分攝多數用 16，模仿痕跡依稀存在。（俞敏，338 頁）

釋文說明了「攝」的含義、來源、出處，以及最早使用該字的韻書，韻圖分 16 攝的原因。在解釋「攝」時又涉及與「攝」關係密切的韻圖、韻書，源流清晰，史料翔實。解釋「等韻」時，釋文下設立了「起源、圖式、用法、演變、例外」五個小標題，對「等韻」的源流演變進行了梳理，從不同角度對「等韻」進行深入闡釋。闡釋過程中還對重要的「等」和「呼」的由來和含義予以說明：

「開」沒有 u 類介音，「合」表示有。後代音韻學家合起來叫「呼」。這個字原來只不過當現代話「發音」或者「念」講，後來「呼」也變成術語，成了「開口呼」和「合口呼」的總名稱。⋯⋯

⋯⋯在一個大格裏，字排成 4 個小橫行。第 1 行叫一等，第 2 行叫二等，第 3 行叫三等，第 4 行叫四等。「等韻」這個名字就從這裡興起。「等」代表什麼呢？清代江永《音學辨微》說：「音韻有四等。一等洪大，二等次大，三四皆細，而四尤細。」從這個話看，「等」是說主元音的開口度。⋯⋯（俞敏，51 頁）

此外，「通轉」「陰陽對轉」等的釋文也包含溯源信息，指明了兩個術語的名稱由來、內涵、發展等內容，成為這兩條術語釋文的典範：

通轉　指一個漢字在押韻、諧聲、假借等方面顯示出讀音從一個韻部轉入另一個韻部的現象。⋯⋯在一個字押韻或是參加造諧聲字或是假借為別的字從原來分定的韻部改入另外一個韻部的時候，人們說它「轉」了，或說這兩個部「相通」。有時候這兩個詞也混用不分。⋯⋯（俞敏，384 頁）

陰陽對轉　指上古漢語平上去聲收鼻音和不收鼻音的字互相押韻、諧聲、通假的現象，這是清代學者創立的術語。⋯⋯開始創造這理論的人是戴震。他把收尾音部位相同或是相近的古韻部叫「相配互轉」，並且說「兩兩相配，以入聲為之樞紐」。他把收鼻音的部比作「氣之陽」，收元音或是流音擦音的比作「氣之陰」。

戴震的學生孔廣森（1752～1786）發展了老師的學說，並且化簡了。在《詩聲類》裏他刪去入聲（閉口九韻「緝、合、盍、叶、怗、

洽、狎、業、乏」除外），把戴震的「陰」「陽」兩個字沿用，定出九

陰九陽十八部來，並且說他們都可以對轉。……（俞敏，449 頁）

　　釋文並不單單解釋術語的專業內涵，還對「通」「轉」「陰」「陽」的來源進

行了詳細的說明，使讀者知其然亦知其所以然。

　　《中國大百科全書・語言文字卷》「漢語音韻學」的溯源意識十分鮮明，溯

源信息準確而完整，源流清晰。這種溯源方式和精神值得繼承和弘揚。

4.2.2　六部辭典主要術語條目的溯源

　　就辭典自身的功能屬性而言，音韻學術語、理論或學說溯源的準確性是音

韻學辭典知識性和學術性的體現；從音韻學學科發展角度來看，明確術語的源

流與演變是推進音韻學史研究的重要工作。指出音韻學術語的創始人和術語的

原始出處及其由來，不僅豐富了音韻學史的研究內容，還有助於讀者通過溯源

所依據的文獻或者觀點理清術語的源流發展過程，有益於讀者更深入、更全面

地理解該術語。

　　全國科學技術名詞審定委員會是審定和公布規範名詞的權威性機構，國務

院和 4 個有關部委已分別於 1987 年和 1990 年行文全國，要求全國各科研、

教學、生產、經營以及新聞出版等單位遵照使用全國名詞委審定公布的名詞。

（《語言學名詞》盧嘉錫序）因此《語言學名詞》審定的學科術語具有法定標

準。《語言學名詞》「前言」明確指出，遴選出的 200 多條音韻學術語是比較基

本的、重要的，「對於音韻學、訓詁學等傳統學科，本次審定工作尤其帶有清

理的性質。例如『等』作為音韻學中的概念，從來沒有較為明確的、統一的界

定。」本節就將《語言學名詞》與其他 5 部辭典的相應詞目進行比較，在對比

的基礎上觀察這些術語溯源的情況。溯源信息主要包括：術語的創始人、術語

首次出現於哪本著作或文章。如果這二者都不可考，則看是否有涉及該術語的

第一手資料。

　　《語言學名詞》共收錄音韻學術語 209 條，其中明確提出術語創始人的術

語有 18 條，占術語總數的 8.5%。將這 18 條術語與其他 5 部辭典中的相應術語

比較，可以觀察各辭典術語溯源情況。表中「術語」一欄為《語言學名詞》的

術語正條名稱，其餘各欄列出各辭典中該術語的創始人或出處，括號內為《語

言學名詞》裏的術語在該辭典裏的別名，並附上術語在辭典的頁碼，義項格式

遵照各辭典原格式，「——」表示辭典未收錄該詞目。6 部辭典的溯源信息按照出版時間先後順序排列，具體如下表：

6 部辭典 18 條術語溯源信息對照表

編號	術語	中國大百科全書·語言文字卷	中國語言學大辭典	音韻學辭典	大辭海·語言學卷	中國語言文字學大辭典	語言學名詞
1	反切系聯法	清陳澧《切韻考》p34	陳澧（系聯法）p166	清陳澧《切韻考》（系聯法）p240	清陳澧《切韻考》p83	陳澧《切韻考》p641	清陳澧《切韻考》p155
2	古本音	——	——	㊀清段玉裁《六書音均表·古十七部本音說》；㊁黃侃《與人論治小學書》（古本韻、本韻、本音、古音、古韻）p47	黃侃《聲韻略說》（古本韻）p87	清段玉裁《六書音均表》（正音）p200、802；黃侃（古本韻）p200；無創始人（古音、古韻）p216、218；清顧炎武《音學五書·詩本音》（本音）p26	段玉裁 p156
3	古合韻	——	——	㊀清段玉裁《六書音均表三·古十七部合用類分表》（合韻）㊁清江有誥《音學十書》p49	無創始人（合韻）p88	清段玉裁（合韻）p207；清江有誥《音學十書》p208；無創始人（合韻、叶韻）p208	段玉裁 p156
4	正聲	——	章炳麟《成均圖》p96	㊀章太炎《成均圖》；㊁黃侃《黃侃論學雜著·聲韻通例》（古本紐、十九紐）p302	黃侃（古本紐）p87	黃侃（古本紐）p200；（古聲十九紐）p211	①章炳麟②黃侃（古本紐）p156
5	變聲	——	章炳麟《成均圖》p97	㊀章炳麟《國故論衡·小說略說》《國故論衡·二十三部音準》；㊁黃侃《黃侃論學雜著·聲韻通例》p6	黃侃（今變紐）p87	——	①章炳麟②黃侃 p156
6	正韻	——	——	章炳麟《國故論衡·二十三部音準》（古本音）p303	黃侃（古本韻）p87	——	①章炳麟（古本音）②黃侃 p156

7	支韻	—	—	章炳麟《國故論衡·二十三部音準》p305		—	①章炳麟②黃侃（變韻）p156
8	變韻	—	—	黃侃《黃侃論學雜著·聲韻通例》p6	黃侃(今變韻)p87	黃侃p33	黃侃p156
9	支脂之三分	—	清段玉裁《六書音均表》卷一「第一部第十五部第十六部分用說」（古支脂之三分說）p108	—	段玉裁《六書音均表》（支脂之三分說）p85	—	段玉裁p156
10	脂微分部	—	王力(脂微分部說)p108	—	王力《上古韻母系統的研究》（脂微分部說）p86	—	王力p156
11	古無輕唇音	錢大昕《十駕齋養新錄》卷五(古無輕唇)p97	清錢大昕《古無輕唇音》（古無輕唇音說）p102	錢大昕《古無輕唇音》(《十駕齋養新錄》卷五)(古無輕唇音說)p57	清錢大昕《十駕齋養新錄》卷五「古無輕唇音」(古無輕唇音說)p84	清錢大昕《十駕齋養新錄》卷五、《古無輕唇音》(古無輕唇音說)p215	錢大昕p157
12	古無舌上音	錢大昕《十駕齋養新錄》卷五(古無舌上)p98	錢大昕《舌音類隔之說不可信》（古無舌上音說、古舌音類隔之說不可信說)p102	錢大昕《舌音類隔之說不可信》(《十駕齋養新錄》卷五)（古無舌上說)p57	清錢大昕《十駕齋養新錄》卷五「舌音類隔之說不可信」(古無舌上音說)p84	清錢大昕《十駕齋養新錄》卷五、《古音類隔之說不可信》(古無舌上音說)p215	錢大昕p158
13	娘日歸泥	章炳麟《國故論衡》p98	章炳麟《古音娘日二紐歸泥說》（古音娘日二紐歸泥說)p102	章炳麟《國故論衡·古音娘日二紐歸泥說》(娘日歸泥說)p144	章炳麟《國故論衡·古音娘日二紐歸泥說》（古音娘日二紐歸泥說)p85	章炳麟《國故論衡》（古音娘日二紐歸泥說）p216	章炳麟p158
14	喻三歸匣	曾運乾《喻母古讀考》p99	曾運乾《喻母古讀考》（喻三歸匣說)p101	曾運乾《喻母古讀考》(喻三歸匣說)p275	曾運乾《喻母古讀考》（喻三歸匣說)p84	曾運乾《喻母古讀考》(喻三歸匣說)p774	曾運乾p158

15	喻四歸定	曾運乾《喻母古讀考》p99	曾運乾《喻母古讀考》（喻四歸定說)p101	曾運乾《喻母古讀考》(喻四歸定說)p275	曾運乾《喻母古讀考》(喻四歸定說)P84	曾運乾《喻母古讀考》(喻四歸定匣說)p774	曾運乾 p158
16	三等喻化	——	——	——	——	——	高本漢 p158
17	四聲一貫	——	顧炎武《音學五書》（「四聲一貫」說）p111	清顧炎武《音學五書·音論》p208	清顧炎武《音學五書·音論》（古人四聲一貫說）p86	清顧炎武《音學五書·音論》（四聲一貫說）p563	顧炎武 p158
18	古無去聲	——	清段玉裁（古無去聲說)p110	清段玉裁（「古四聲」詞目中包含該觀點，未單獨立目）p55	清段玉裁《六書音均表》（古無去聲說）p86	清段玉裁《六書音均表·古四聲說》（古無去聲說）p215	段玉裁 p158

6 部主要辭典對 18 條術語的溯源情況反映了辭典釋文溯源的普遍性問題。

第一，溯源體例不一致。

如「古本音」，《中國大百科全書·語言文字卷》和《中國語言學大辭典》未收錄該詞目，其餘辭典收錄該詞目或收錄與之異名同實的詞目，但溯源信息均不相同。《大辭海·語言學卷》標明出自黃侃《聲韻略說》，名為「古本韻」；《語言學名詞》標明出自段玉裁；《音韻學辭典》將兩個義項的不同創始人段玉裁和黃侃分別列出；《中國語言文字學大辭典》則列出四個義項的不同溯源信息：段玉裁、顧炎武、無溯源、顧炎武。《音韻學辭典》和《中國語言文字學大辭典》將「古本音」所包含義項的溯源信息都列出，《語言學名詞》只標出一個創始人，而「正聲」「變聲」「正韻」「支韻」就將術語兩個義項的創始人章炳麟和黃侃都列出。可見，對於包括多個義項的同一詞條，各辭典溯源的情況不同，同一辭典內部的溯源情況也有不同。

第二，溯源信息有失完善。

據上表可見，《大辭海·語言學卷》和《中國語言文字學大辭典》偶有個別術語只有創始人而未指明具體出處，但《語言學名詞》除了「反切系聯法」標明出自陳澧《切韻考》之外，其餘 17 條術語均無術語原始文獻信息，只有創始人。

術語創始人及出處有據可考時，溯源信息應完整。有據可考者，術語創始

人的朝代、姓名、相關著作名稱均應列出。如「娘日歸泥」條，有的辭典出處是「《古音娘日二紐歸泥說》」，有的則是「《國故論衡·古音娘日二紐歸泥說》」；「古無輕唇音」條，有的辭典是「《古無輕唇音》」，有的則是「《十駕齋養新錄》卷五『古無輕唇音』」；「支脂之三分」條，有的辭典是「《六書音均表》卷一『第一部第十五部第十六部分用說』」，有的則是「《六書音均表》」。這些術語的出處已有據可考，釋文中應該表述完整。

第三，溯源體例未完全統一。

溯源信息是釋文的重要組成部分，也是釋文規範的重要對象，溯源的體例應儘量統一。作者朝代的有無、創始人的名稱、原始文獻的有無均應保持一致。

比如「古本音」條創始人「清段玉裁」，「四聲一貫」條創始人「清顧炎武」，而「古無輕唇說」和「古無舌上說」兩條創始人均為「錢大昕」而無朝代信息。「正聲」創始人之一為「章太炎」，而「變聲」創始人之一則為「章炳麟」。又如「古無輕唇音說」「古無舌上音說」兩條創始人均為「清錢大昕」，「古無去聲說」創始人為「清段玉裁」，但「支脂之三分說」創始人為「段玉裁」，無朝代信息。誠然「章炳麟」「章太炎」所指同一人，「清錢大昕」「錢大昕」也並不影響讀者的理解，但細微之處亦反映辭典編撰的規範意識和嚴謹態度。

同時，溯源體例的統一有利於保證溯源信息的完整性。如《語言學名詞》只有「反切系聯法」為「清陳澧《切韻考》」，其餘術語均無朝代、創始人和所屬著作名稱。表中《音韻學辭典》收錄的術語，釋文中既有創始人又有原始文獻，溯源信息十分完備。

通過分析《語言學名詞》18 組術語的溯源信息及描述方式，我們發現，音韻學辭典編撰還需要加強溯源意識，包括術語等詞目的溯源和釋文中所涉作者、文獻的溯源。這樣既可豐富術語釋文的信息，又可加深讀者對術語的深層次理解。比如某條術語的創立者、最早出現於哪本著作、不同時代或各家所用的名稱、術語名稱的由來等，都會使讀者對該詞目有比較系統、完整的瞭解。溯源的具體內容可根據每個詞目的實際情況進行安排，不必面面俱到，原則就是有源可溯者應力爭溯源準確而完整，不能有所缺失或含糊。比較、分析基本音韻學術語的溯源內容，理清術語源流，是完善術語含義、推進音韻學辭典編撰規範工作的必然要求。

4.3　釋文的準確性

4.3.1　定義的準確性

音韻學詞目釋文的準確性如何強調都不為過。特別是術語（理論、學說）詞目，更需要編撰者謹慎對待。比如以下幾組術語的釋文：

1. 重　紐

「重紐」是音韻學中比較重要的術語，也是不容易理解的術語。試比較如下幾部辭典的釋文：

（1）【重紐】　指《切韻》音系中支、脂、祭、真、仙、宵、侵、鹽八韻系裏的喉、牙、唇音字有小韻對立重出，等韻圖分別置於三、四等。音韻界一般稱之為重紐三等和重紐四等。或重紐 B 類與重紐 A 類。至於各韻的舌齒音究竟同於本韻的重紐三等還是重紐四等，目前國內有三種說法：（1）董同龢說。認為舌齒音和韻圖置於四等的喉牙唇音為一類，韻圖排在三等的喉牙唇音單獨為另一類。（2）陸志韋說。認為舌齒音中的莊、知兩組字和來母字同重紐三等為一類，其餘的同重紐四等字為一類。而且這兩種分法不僅適用於支、脂等八韻系，而且適用於全部邵榮芬所命名的三 B 類韻；（3）邵榮芬說。認為舌齒音和韻圖置於三等的喉牙唇音單獨為一類，韻圖排在四等的喉牙唇單獨為一類。國外音韻學界對《切韻》重紐韻的舌齒音歸屬問題採用所謂「類相關」的理論。關於「重紐」的語音區別，也說法不一。從擬音上看，可歸納為五派：（1）重紐三、四等的區別是由於元音的區別，周法高、董同龢、Paul Nagel 等主之；（2）重紐三、四等的區別是由於沒有介音，有阪秀世、河野六郎、李榮、蒲立本、俞敏、邵榮芬等主之；（3）重紐三、四等的區別是由於聲母和介音，王靜如、陸志韋主之；（4）重紐三、四等確有語音上的差別，但無法說出區別在哪裏，陳澧、周祖謨等主之；（5）重紐並不代表語音上的區別，章炳麟、黃侃等主之。概括言之，此中（1）至（4）主張重紐三、四等有語音上的區別，（5）則反之。俞敏通過梵漢對音確認重紐三、四等是介音〔-r-〕與〔-j-〕的區別，此說對重紐擬測工作有重要意義。（見【重紐三等有 r 介音說】）（《語

言文字詞典》379 頁）

（2）重紐　音韻學術語。《廣韻》支、脂、祭、真、仙、宵、侵、鹽八個三等韻的喉、牙、唇音字的反切下字，除了開合口的區別外，在開口、合口中又各分兩類。在《韻鏡》、《七音略》等韻圖中，兩類重紐字分別被排在三等和四等的格子中，一般稱四等格子的一類為 A 類，三等格子的一類為 B 類。如支韻的反切下字分成「支、宜、規、為」4 類，其中，「支、宜」跟「規、為」是開合口的區別，而「支」跟「宜」「規」跟「為」則是重紐的區別，「支、規」是重紐 A 類，「宜、為」是重紐 B 類。（《實用古漢語知識寶典》162 頁）

（3）重紐　redundant syllable in rhyme tables，又稱「重出唇牙喉音」。指「支脂祭真仙宵侵鹽」等三等韻系裏的唇牙喉音聲母字成系列地重出小韻。例如，虧去為反，窺去隨反，反切上字同是「去」溪母，反切下字都是支韻合口字。這類兩兩對立的重紐，在韻圖裏被分別置於三等和四等地位，分別被稱為重紐三等和重紐四等。（《語言學名詞》154 頁）

《中國語言學大辭典》首先闡釋概念，然後介紹國內關於舌齒音歸屬的三種觀點，國外的「類相關」理論，最後介紹關於重紐語音區別的五種主要觀點以及俞敏確認重紐三、四等是介音的區別。《實用古漢語知識寶典》和《語言學名詞》的解釋雖然都比較簡潔，只解釋了術語含義而未介紹相關觀點，但都準確解釋了重紐的內涵。

2. 合口、合口呼

現有辭典對於這兩個術語的解釋也多有不同，有的認為「合口」與「合口呼」含義不同；有的認為二者是概念相同、名稱不同的兩個術語；有的認為二者不同但存在演變關係。

第一種，二者含義不同，名稱不能構成又稱關係。如《文字學名詞詮釋》《語言文字詞典》和《語言學名詞》的釋文：

（1）〔合口〕潘耒《類音》「斂唇而蓄之，聲滿頤輔之間，謂之合口。」如菶、甘、堪、諳等音，（福建南部口音讀之最合）及英文之 am 音是也。

〔合口呼〕見開口呼條。

〔合〕合口呼之簡稱。

〔開口呼〕《文字學音篇》字音有開口合口二程。開合又各有洪細二等。開口洪音為開口呼，簡稱曰開；開口細音如齊齒呼，簡稱曰齊；合口洪音為合口呼，簡稱曰合；合口細音為撮口呼，簡稱曰撮。（《文字學名詞詮釋》50、57、49、119頁）

《文字學名詞詮釋》「合口呼」簡稱「合」，指合口洪音，為「四呼」之一。「合口」指閉口〔-m〕尾韻。「合口」定義所用例字「菴、堪、諳」為覃韻開口，「甘」為談韻開口，均為咸攝，收〔-m〕尾。《文字學名詞詮釋》這樣定義亦是取前人所見。《中原音韻》中就以「合口」指〔-m〕尾韻；又據麥耘（1991），明代葉秉敬《韻表》分平水韻三十韻為開口、合口兩大類，就是按照韻尾分類的，〔-m〕尾視為「合口」，其餘為「開口」。〔註11〕

（2）【合口】同「開口」相對。兩呼之一。指介音或主要元音是〔u〕的韻母。如《廣韻》中的東、模、灰、桓諸韻。宋代鄭樵《通志‧七音略》用「輕中重」和「輕中輕」表示合口。

【合口呼】四呼之一。韻頭或韻腹是u的韻母。如礦（kuàng）、姑（gū）中的uɑng、u。（《中國語言學大辭典》85、87頁）

（3）09.087　合口　hekou；rounded articulation

宋金元兩呼的一種。介音或韻腹是〔u〕的韻母。

09.091　合口呼　articulation with〔u〕as medial or main vowel

明清四呼的一種。有〔u〕介音或以〔u〕作韻腹的韻母。（《語言學名詞》151頁）

《中國語言學大辭典》和《語言學名詞》均指出「合口」是兩呼之一，「合口呼」是四呼之一，二者雖都指介音或韻腹是〔u〕的韻母，但「合口」是宋金元時期的合口，與「開口」相對；「合口呼」是「合口」演變至明清時期的「合口呼」，與「開口呼、齊齒呼、撮口呼」共同組成「四呼」。

第二種，二者含義相同，名稱可構成又稱關係。如《王力語言學詞典》《大辭海‧語言學卷》的釋文：

〔註11〕麥耘，論近代漢語-m韻尾消變的時限〔J〕，古漢語研究，1991（4）：21。

（1）合　即合口，合口呼。見「合口呼」。

合口　合口呼。見「合口呼」。

合口呼　漢語音韻學上四呼之一。凡韻頭為〔u〕或韻腹為〔u〕的韻母就是合口呼。〔u〕發音時口腔最小，嘴唇向中間收縮，所以叫合口呼。宋元韻圖有兩呼四等，兩呼即開口呼和合口呼，這和後來所說的開口呼和合口呼不盡相同。大略地說，合口一二等是後代所說的合口呼，合口三四等是後代所說的撮口呼(《王力語言學詞典》290、291 頁)

（2）合口呼　音韻學上四呼之一。簡稱「合口」「合」。見「開口呼」。

合口　即「合口呼」。

開口呼　音韻學術語。簡稱「開口」。(1) 早期等韻圖如《韻鏡》把韻母分成開口、合口兩呼，凡是沒有介音〔u〕、主元音也不是圓唇元音的韻母歸為開口呼，凡是有介音〔u〕或主元音是圓唇元音的韻母歸為合口呼。(2) 中期等韻圖如《切韻指掌圖》把韻母分成獨韻、開口、合口三類，凡是沒有〔u〕介音的韻母歸入開口呼，凡是有介音〔u〕的韻母歸為合口呼，凡是沒有開合口對立的韻母歸為獨韻。(3) 在近代和現代漢語中，分韻母為開口呼、齊齒呼、合口呼、撮口呼四呼。凡是……韻頭或韻腹為〔u〕的韻母屬合口呼……。(《大辭海・語言學卷》74 頁)

（3）合口　①也稱「合口呼」。以〔u〕為韻頭或韻腹的韻母。……②韻尾為〔m〕的韻母。…… (《古漢語知識詳解辭典》338 頁)

以上三部辭典分別以正條、副條或又稱形式指出「合口」就是「合口呼」，二者異名同實。

（4）【合口呼】　音韻學術語。四呼之一，指帶有介音〔u〕或主要元音為〔u〕的韻母。合口呼大體來源於宋元韻圖的合口一二等。

【開合】　音韻學術語。(1) 開口呼與合口呼的合稱。宋元等韻圖把韻母分為開口、合口兩大類，韻頭或韻腹中不含有〔u〕的韻

母屬開口呼，含有〔u〕的即為合口呼。……（《中國語言文字學大辭典》280、350頁）

（5）四呼　近世音韻學家從介音的角度分析韻母為開口呼、齊齒呼、合口呼、撮口呼四類，合稱四呼。凡沒有韻頭或韻腹又不是〔i〕(i)、〔u〕(u)、〔y〕(ü)的韻母稱開口呼，如「山歌好」三字。凡韻頭或韻腹是i〔i〕的韻母稱齊齒呼，如「星期一」三字。凡韻頭或韻腹是〔u〕(u)的韻母稱合口呼，如「過五關」三字。凡韻頭或韻腹是ü〔y〕的韻母稱撮口呼，如「軍旅訓」三字。早期韻圖已列「開口」「合口」，而「齊齒」「撮口」始見於明代韻圖。（《實用中國語言學詞典》218頁）

以上兩部辭典或者未標明又稱，或者只給「合口呼」單獨立目，或者將「合口呼」與「合口」置於「四呼」釋文中。但根據相關詞目的釋文可以看出，辭典已將二者視為所指相同的術語，構成等同關係。

第三種，二者存在演變關係。如：

（1）合口呼　音韻學術語。四呼之一。指具有u介音或主要元音是u的韻母。如說〔ʂuo〕書〔ʂu〕。清代等韻學中所說的合口呼大體上相當於宋元韻圖中的合口洪音，但由於語音的變化，這種對應並不十分整齊。比如《韻鏡》第三十一圖、《切韻指掌圖》第十三圖列在開口二等位置上的「莊瘡床霜」等字，後來變成了合口呼。

開合　音韻學術語。㈠開口與合口的合稱。……（《音韻學辭典》90、113頁）

《音韻學辭典》收錄「合口呼」以及與「合口」相關的「開合」，但未收錄「合口」。在「合口呼」釋文中提及「合口洪音」，明確「合口呼」與「合口洪音」的演變關係。在「開合」詞條義項之一指出「開合」是「開口與合口的合稱」。但「合口呼」「開合」均未明確闡釋「合口」的確切含義及其與「合口呼」的關係。用一個術語解釋另一個術語，前提是釋文中的術語必須已經在辭典中得到明確解釋。「合口」詞目和釋文的缺失導致讀者對於「合口」的定義無從把握，也無從判斷「合口」與「合口呼」是否構成又稱關係。《語文百科大典》與之類似：

（2）合口呼　音韻學術語。四呼之一，指韻頭或韻腹是〔u〕的韻母。如素（sù）、壯（zhuàng）中的 u、uang。清代的合口呼大體相當於中古的合口洪音。

開合韻　音韻學術語。與「獨韻」相對立的概念。宋代韻圖《四聲等子》、《切韻指掌圖》所歸併的攝，有的攝中沒有開口、合口的對立，一攝只有一圖，這些攝中的韻稱為「獨韻」。有的攝中包含開口、合口兩類，分列兩圖，……。（《語文百科大典》166、224 頁）

辭典未收錄「合口」，只有「合口呼」和「開合韻」。二者釋文雖都使用「合口」術語，但並未對其進行具體解釋。術語的解釋務必實現概念的區分，名稱相近的術語尤其要重視彼此間的聯繫和區別。

對於「合口」與「合口呼」的關係，李榮（1983）曾有過如下說明〔註12〕：

整整齊齊的四呼是明朝以來的說法。這個一定要注意。早期等韻說「獨韻、開合韻」，說「開口、合口」，都沒有「呼」字。開齊合撮才是「呼」。所以「開口」不等於「開口呼」，「合口」不等於「合口呼」。……

「共、狂」古音是群母三等合口，今音是合口呼。把「三等合口」說成「撮口」，又說群母本無開合口字，「共、狂」等少數字由撮口轉入合口，都是非常胡塗的說法。

因此，辭典務必把握「合口」與「合口呼」的演變關係和本質區別，依靠翔實、可靠的資料謹慎確定二者是否構成又稱關係。

又如，《中國語言學大辭典・音韻學卷》在解釋各音變詞目時，釋文首句都用簡潔的語言概括該音變的性質和主要內容。比如以下幾個詞條：

【複聲母的演變】歷史音變現象之一。上古漢語具有複輔音聲母，雖個別學者尚有不同意見，但到目前為止大致已成定論。至於上古複聲母的類型與數量，音韻學界則還不統一。但都基本上傾向於承認上古音的複聲母存在兩大類型，一類是在詞根聲母前面加有前綴如〔s-〕、〔m-〕等形式的複聲母，另一類是在詞根聲母后面加有流音〔-r-〕、〔-l-〕等形式的複聲母。上古音的複聲母一般認為到東

〔註12〕李榮，關於方言研究的幾點意見〔J〕，方言，1983（1）：2。

漢時已消失殆盡。複聲母從有至無的演變途徑，主要有三種形式：（1）融合。如〔pl〕＞〔t〕,〔kl〕＞〔t〕等；（2）分化。如〔pl〕＞〔p〕，〔pl〕＞〔l〕等；（3）失落。如〔sp〕＞〔p〕,〔sk〕＞〔k〕等。(《中國語言學大辭典》135頁)

【一等重韻的合流】　唐五代時期韻母系統的一種重要音變。指《切韻》音系中同攝一等韻的東一／冬（通攝）、咍／灰／泰（蟹攝）、覃／談（咸攝）等韻系在唐五代時期發生混同。這從反映該時期音韻系統的一些字書、音義書如慧琳《一切經音義》、張參《五經文字》、顏元孫《干祿字書》中可以大略考知。(《中國語言學大辭典》136頁)

【梗、曾二攝陽聲韻的合流】　指中古梗攝和曾攝陽聲韻到元代合流。在《中原音韻》中，梗攝庚、耕、清、青韻和曾攝登、蒸韻合為庚青韻。其中有一部分唇音和喉牙音字重見於東鐘韻，與中古通攝字同韻，如「轟」字來自中古梗合二耕韻，在《中原音韻》庚青韻中與「薨」（中古曾合一東韻）同音。「鵬」字來自中古曾開一登韻，在庚青韻中與「朋」（中古曾開一登韻）同音，又見東鐘韻，與「蓬」（中古通合一東韻）同音。(《中國語言學大辭典》137頁)

【平分陰陽】　指古代的平聲分化為陰平和陽平兩類。它以聲母的清濁為分化條件：清聲母字（包括全清和次清）變為陰平，濁聲母字（包括全濁和次濁）變為陽平。如全清：幫（幫母）、方（非母）、當（端母）、張（知母）、相（心母）、莊（莊母）、章（章母）、商（書母）、香（曉母）、央（影母）。次清：滂（滂母）、芳（敷母）、湯（透母）、倉（清母）、昌（昌母）、康（溪母）。全濁：旁（並母）、房（奉母）、堂（定母）、腸（澄母）、藏（從母）、常（禪母）、強（群母）、航（匣母）。次濁：忙（明母）、囊（泥母）、郎（來母）、瓤（日母）、昂（疑母）、羊（喻四母）。平分陰陽的現象大約在唐代就開始了，宋代的文獻資料也有所反映。但明確地把平聲分為陰陽兩個調類，是從元代《中原音韻》開始的，在現代普通話和大多數方言中，都存在這種現象。(《中國語言學大辭典》139頁)

4.3.2　溯源的準確性

通過前文對辭典條目溯源情況的比較和分析可見，溯源內容有需要統一之處，某些術語的創始人和出處在各辭典中的解釋並不一致。比如「曲韻六部」及其相關詞目、「尖圓音（尖音、圓音）」等術語。

1. 曲韻六部

關於「曲韻六部」各術語的創始人，在 20 世紀 90 年代以前，學界曾普遍認為「曲韻六部」創始人是清代戈載，術語出處是《詞林正韻》。如羅常培《漢語音韻學導論》即持此觀點[註13]：

> 詞曲家舊分韻部為六條：一曰「穿鼻」，二曰「展輔」，三曰「斂唇」，四曰「抵齶」，五曰「直喉」，六曰「閉口」。戈載《詞林正韻》發凡九云：「穿鼻之韻，東冬鐘，江陽唐，庚耕清青蒸登三部是也；其字必從喉間穿鼻而出作收韻，謂之穿鼻。展輔之韻，支脂之微，齊灰、佳乄皆哈二部是也；其字出口之後，必展兩輔如笑狀作收韻，謂之展輔。斂唇之韻，魚虞模、蕭宵肴豪，尤侯幽三部是也；其字在口半啟半開，斂其唇以作收韻，謂之斂唇。抵齶之韻，真諄臻文欣魂痕，元寒桓刪山先仙二部是也；其字將終之際，以舌抵著上齶作收韻，謂之抵齶。直喉之韻，歌戈、佳乄麻二部是也；其字直出本音以作收韻，謂之直喉。閉口之韻，侵，覃談鹽沾嚴咸銜凡二部是也；其字閉其口以作收韻，謂之閉口。」

該觀點在音韻學界產生了廣泛影響，為很多音韻學著作、語言學辭典所引用。

但據以考據為首要編撰原則的葉長青《文字學名詞詮釋》，該組術語出自毛先舒《聲音韻統論》。馮蒸（1990）與葉氏觀點一致，認為「曲韻六部」說的創始人為早於戈載一百多年的曲韻家毛先舒。毛先舒在承用前代曲韻家術語的基礎上使之系統化，戈載所說係襲用毛氏說法[註14]。這一成果被《中國語言學大辭典‧音韻學卷》和後來的《語言文字詞典‧音韻學卷》及《中國語言文字學大辭典》所吸收。

〔註13〕羅常培，漢語音韻學導論〔M〕，長春：時代文藝出版社，2009：188。
〔註14〕馮蒸，明清曲韻家對於漢語韻尾分析的貢獻〔C〕//《語言文學論叢》（第三輯），北京：北京師範學院出版社，1990：168～179。

在收錄「曲韻六部」及其分支詞目的 17 部工具書中，創始人為毛先舒的有 4 部：《文字學名詞詮釋》《中國語言學大辭典》《語言文字詞典》《中國語言文字學大辭典》。

《文字學名詞詮釋》雖然不是嚴格意義上的音韻學辭典，但收錄音韻學詞目規模較大。全書共收文字學術語 542 條，音韻學術語就多達 132 條，占術語總數近四分之一。作者在自序中就明確提出編撰時嚴格遵循「首貴徵實，劃絕虛造。次求簡明，俾便曉解」的原則，力求考據精確，「所引各書，既載篇名，更加詮釋。」將術語溯源準確性作為首要原則而在序言中鄭重提出，充分體現作者嚴謹的治學態度和對前人研究成果的尊重。更重要的是，其中音韻學術語涉及的原始文獻為音韻學辭典的編撰和音韻學研究提供了寶貴的參考資料。其關於「曲韻六部」分支術語的闡釋得到後來學者的進一步證實，並在《中國語言學大辭典》和《語言文字詞典》中確定下來，《中國語言文字學大辭典》吸收這一觀點，並將術語從沈寵綏至毛先舒而後至戈載的發展過程加以梳理。

（1）〔直喉〕毛先舒《聲音韻統論》，直喉者，收韻直如本音者也。歌麻二韻是也。

〔穿鼻〕音出喉間穿鼻而過也。毛先舒《聲音韻統論》，穿鼻者，口中得字之後，其音必更穿鼻而出，作收韻也。東、冬、江、陽、庚、青、蒸七韻是也。

〔展輔〕發音時，兩頤輔展開也。毛先舒《聲音韻統論》，展輔者口之兩旁角為轉，凡字出口之後，比展開兩輔，如笑、狀、作收韻也。支微齊佳灰五韻是也。

〔閉口〕毛先舒《聲音韻統論》，閉口者，閉卻其口，作收韻也。侵、覃、鹽、咸四韻是也。

〔斂唇〕毛先舒《聲音韻統論》，三曰斂唇。斂唇者，半口啟半閉，聚斂其唇作收韻也。魚虞蕭肴豪尤六韻是也。（《文字學名詞詮釋》6、82、93、98、145 頁）

（2）【曲韻六部】曲韻韻尾分類的一種學說。清初毛先舒《韻學通指》把陰聲韻韻尾分為直喉、展輔、斂唇三部，陽聲韻韻尾分為閉口、抵齶、穿鼻三部。明末沈寵綏《度曲須知》已使用這類名稱，但該書只分韻尾為五類，名稱也與戈載所定不盡相同。（《中國

語言學大辭典》86 頁，《語言文字詞典》338、339 頁）

（3）【曲韻六部】曲韻韻尾分類的一種學說。明末沈寵綏《度曲須知》開始對曲韻韻尾進行分類，分鼻音、噫音、嗚音、於音、抵齶 5 類。清初毛先舒《韻學通指》把陰聲韻尾分為直喉、展輔、斂唇 3 部，陽聲韻尾分為閉口、抵齶、穿鼻 3 部。清戈載《詞林正韻》對上述 6 部收音狀況進行了精確的描述。（《中國語言文字學大辭典》492 頁）

辭典編撰中探究術語和著作的源流也是增收新知、補充遺漏的過程。及時吸收新成果對於音韻學術語釋文的撰寫大有裨益。如 20 世紀以來的鄭張尚芳《上古韻母系統和四等、介音、聲調的發源問題》〔註15〕和《〈辯十四聲例法〉及「五音」試解》〔註16〕，潘悟雲《喉音考》〔註17〕，傅定淼《「切腳、反腳」名義》〔註18〕，汪業全、孫建元《陸德明叶音及其古韻分部》〔註19〕等的論述均值得新辭典借鑒和吸收。

2.「尖音、團音」

關於「尖音、團音」的術語得名來源及其出處，各辭典的表述也不完全一致。

《世界漢語教學百科辭典》《中國語言學大辭典·音韻學卷》《語言文字詞典·音韻學卷》《語文百科大典》《漢語知識詞典》5 部辭典在解釋其含義後，又說明了得名來由。如：

（1）尖團音　尖音和團音的合稱。凡古代「精」「清」「從」「心」「邪」5 母字，近代或現代的韻母屬細音的，叫尖音字，如「將」「節」；凡古代「見」「溪」「群」「曉」「匣」五母字，近代或現代的韻母屬細音的，叫團音字。尖音字的音叫尖音，團音字的音叫團音。有的方言分尖團，如鄭州「精」念〔tsiŋ〕、「經」念〔tɕiŋ〕，「清」念〔ts'iŋ〕、「輕」念〔tɕ'iŋ〕，「新」念〔sin〕、「欣」念〔ɕin〕。普通

〔註15〕鄭張尚芳，上古韻母系統和四等、介音、聲調的發源問題〔J〕，溫州師範學院學報，1987（4）：67～90。

〔註16〕鄭張尚芳，《辯十四聲例法》及「五音」試解〔J〕，語言研究，2011（1）：88～95。

〔註17〕潘悟雲，喉音考〔J〕，民族語文，1997（5）：10～24。

〔註18〕傅定淼，「切腳、反腳」名義〔J〕，古漢語研究，2004（1）：30～31。

〔註19〕汪業全、孫建元，陸德明叶音及其古韻分部〔J〕，語言研究，2013（7）：87～93。

話不分尖團,「精、經」,「清、輕」,「新、欣」都同音。「尖團」之得名與清代滿漢對譯有關,凡用圓頭滿文字對譯的叫圓音,用尖頭滿文字對譯的叫尖音,「圓音」後來訛作「團音」,沿用至今。(《世界漢語教學百科辭典》332 頁)

（2）尖音　也叫「尖字」。同「圓音」相對。指古代精、清、從、心、邪五母的字中今韻母或介音是〔i〕、〔y〕的。如「將」「節」等。「尖音」一名最早見於清代存之堂 1743 年編撰的刻本《圓音正考》。因該書精、清、從、心、邪五母用尖頭的滿文字母 c、j、s 拼寫,故名。

圓音　也叫「團字」「團音」。同「尖音」相對。指古代見、溪、群、曉、匣（包括喻、雲母的「雄」字、「熊」字）五母的字中今韻母或介音是〔i〕、〔y〕的。如「姜」「結」等。「圓音」一名最早見於清代存之堂編撰的《圓音正考》。因該書見、溪、群、曉、匣五母用圓頭的滿文字母 k、g、h 拼寫,故名。「圓」後訛為「團」。(《中國語言學大辭典》82 頁)

也有的辭典認為該組術語創始人不明,如《古代漢語知識辭典》《王力語言學詞典》《古漢語知識詳解辭典》《簡明古漢語知識辭典》《實用古漢語知識寶典》。但術語出處或是《團音正考》或是《圓音正考》。如:

（1）尖團音　「尖音」和「團音」的合稱。……清乾隆年間（公元 1736～1795）無名氏作的《團音正考》說:「試取三十六字母審之,隸見、溪、群、曉、匣五母者屬團,隸精、清、從、心、邪五母者屬尖。」……(《古代漢語知識辭典》202 頁)

（2）尖團音　尖音和團音。……在清乾隆年間（18 世紀）,有一個不知名的作者寫了一部《圓音正考》(1743),才區別了尖音和團音,這部書的序說:「試取三十六字母審之,隸見溪群曉匣者屬團,隸精清從心邪者屬尖。」直到後來,京劇在唱和白裏還講究尖團音的區別。(《王力語言學詞典》320 頁)

（3）團音　也稱「圓音」。與「尖音」對稱。見溪曉三母與齊齒、撮口韻相拼變為舌面前塞擦音〔tɕ〕〔tɕʻ〕與擦音〔ɕ〕。《中原

音韻》中「見、溪、曉」（包括併入的濁輔音）三母在明代北方官話裏，與齊齒呼、撮口呼韻母相拼時，皆變為「團音」。清乾隆年間無名氏《圓音正考》云：「隸見溪群匣曉五母者屬圓」。如金〔tɕin〕、君〔tɕyn〕、橋〔qiao〕、缺〔tɕʻye〕、希〔i〕、虛〔ɕy〕等。（《古漢語知識詳解辭典》361 頁）

（4）尖團音　最初流行於京劇藝人中間的術語，後被音韻學所借用。尖音與團音的合稱。所謂尖音指 36 字母中精、清、從、心、邪和〔i〕相拼。所謂團音，指 36 字母中的見、溪、群、疑和〔i〕相拼。現代漢語普通話已不分尖團音，如精母的「津」字和見母的「斤」字今讀音一樣。但在京劇中，津讀〔tsin〕、斤讀〔tɕin〕，仍分尖團音。現代漢語方言中也有分尖團音的現象。（《簡明古漢語知識辭典》45 頁）

（5）尖團音　音韻學術語。尖音和團音的合稱。……因清代分別用滿文尖頭字母和圓頭字母對譯而得名，「團」就是圓的意思。……

圓音　同「團音」。「團」就是圓的意思，因稱。如清代存之堂有《圓音正考》一書。（《實用古漢語知識寶典》134、135 頁）

部分辭典未提及術語得名來由及術語具體出處。相較而言，著作「五方元音」的釋文則源流更清晰、準確：

五方元音　韻書。清樊騰鳳撰。書成於清順治十一年至康熙三年（1654～1664）之間。……此書清年希堯先後兩次進行過增補，康熙四十九年（1710）第一次增補，書名為《五方元音大全》（也刻作《五方元音全書》）。雍正五年（1727）第二次增補，書名為《重校增補五方元音全書》（也刻作《新纂五方元音全書》）。年希堯以後，趙培梓於嘉慶十五年（1810）又進行改訂，書名為《剔弊廣增分韻五方元音》。……年希堯的增補本和趙培梓的改訂本跟樊騰鳳原本的內容不完全一樣。現在通常見到的都是年書或趙書，樊騰鳳的原本很難見到。（《音韻學辭典》232 頁）

依據上述釋文，《五方元音》及其增補本、改訂本名稱分別如下：

《五方元音》（清樊騰鳳撰）──《五方元音大全》（《五方元音全書》，年希堯第一次增補）──《重校增補五方元音全書》（《新纂五方元音全書》，年希堯第二次增補）──《剔弊廣增分韻五方元音》（趙培梓改訂）。該詞條雖然涉及諸多版本著作，但溯源信息十分清晰、準確。

此外，辭典在編輯的細節上也應該減少失誤。比如有的辭典在介紹「【謝紀鋒】」時就將其任副主編的《音韻學辭典》誤作《音韻學詞典》；「重唇」釋文以「并」代「並」，寫為「幫滂並明」。據統計，以「并」代「並」的辭典絕非少數，至少有 9 部。還有的辭典將「韻頭」詞條釋文中的「宣」注音為「xüan」，將「茀苢」的現代普通話讀音標為「fóu yǐ」，將錢大昕的《十駕齋養新錄》寫作《十駕齊養新錄》等等。

4.4 釋文的原則

音韻學辭典的編撰應該具備創新意識。這種創新意識不僅表現在術語的框架結構方面，也表現在立目、釋文等方面，比如收錄此前未曾進入辭典的術語、增加新的觀點等。這些都需要在準確把握學術動態、前沿的前提下，以敏銳的專業視角對既有研究成果進行鑒別，是在繼承優良研究傳統上的創新。「優良的學術傳統一定要繼承，因為這是學術發展的起點，而創新、進步則是學術發展的生命力所在。歷史有過去、有未來，否定了過去，當然就沒有未來，但如果只留戀過去，不思開創未來，怎麼會有前途？在歷史的每個新起點上，我們都應背負過去，面向未來。」〔註20〕一部優秀的音韻學辭典必然應在繼承前人成果基礎上進行大膽創新。因此，新的音韻學辭典還須挖掘、補充、完善詞目的溯源信息，在反映學界共識性觀點的同時，也介紹其他較有影響力的觀點，以促進漢語音韻學研究的繁榮。

4.4.1 有源必溯

對於有源可溯者，辭典應該保證溯源信息的顯豁和參考資料的準確。可通過「語言釋義」和「概念釋義」來說明術語的來由或者著作的命名來由。「語言釋義」和「概念釋義」見於蘇寶榮《專科辭典的語言釋義和概念釋義》：「專

〔註20〕麥耘，立足漢語，面向世界──中國語言學研究理念漫談〔J〕，語言科學，2006
　　　　（2）：62～65。

科辭典（包括綜合性辭典的專科詞條，下同）是以『知識性釋義』為主的，但也存在『語詞性釋義』的問題。人們查閱專科辭典時的求知欲與查閱語文辭典時的求知欲是不完全相同的。人們查閱專科辭典的目的，一是要知道所查名詞術語的字面意義，即命名的由來，二是要瞭解其所蘊含的科學內容。這就要求專科辭典具有兩種不同的釋義層次：即語言釋義和概念釋義。……在專科辭典編寫中，概念釋義在於揭示該術語的科學內涵，而語言釋義則在於說明其得名的由來。它們既彼此分工，各有其職，又相互聯繫，相互補充，相互制約。」〔註21〕也就是說，「概念釋義」解釋術語「是什麼」，而「語言釋義」闡明「為什麼」。因此對於有源可溯的詞目，其完整的溯源信息就包含了這兩種釋義。

　　蘇文以《辭海》（1979）的個別音韻學、文字學詞條為例，討論專科辭典中的語言釋義和概念釋義的關係以及編撰辭典時如何妥善處理二者的關係等問題。如「平水韻」「佩文韻府」，認為詞條應根據具體情況在不同程度上兼顧「語言釋義」與「概念釋義」兩個層面：

　　　　「平水韻　原為金代官韻書，供科舉考試之用。平水是舊平陽府城（今山西臨汾市）異稱，因刊行於此，故名。有兩種：一種將宋代《禮部韻略》注明同用之韻悉數併合，……共一百零六韻……其韻目見於金王文郁《平水新刊禮部韻略》……。又一種分一百零七韻……為宋末劉淵《壬子新刊禮部韻略》所本。」（引文有省略）

　　　　其中「平水是舊平陽府城（今山西臨汾市）異稱，因刊行於此，故名」就是對「平水韻」命名的由來進行的語言釋義。

　　　　……

　　　　「佩文韻府　分韻編排的韻書，清張玉書等奉敕編。正集四百四十四卷，拾遺一百二十卷。康熙時刊行。『佩文』為清帝書齋名。此書合《韻府群玉》、《五車韻瑞》兩書加以增補。……」

　　　　前句說明該書何以名「佩文」，後句說明「韻府」一詞的由來。

　　由上可見語言釋義和概念釋義在解說書名時發揮的重要作用。現有辭典在闡釋某些詞目時也使用了這種方式，但這種雙重釋義並沒有被貫徹於辭典始終。如《韻法直圖》和《韻法橫圖》：

〔註21〕蘇寶榮，專科辭典的語言釋義和概念釋義〔J〕，辭書研究，1991（4）：12～17。

　　韻法橫圖　音韻學著作。原名《切韻射標》，明李世澤撰。此書因與《韻法直圖》同附於梅膺祚《字彙》之後，遂被改名為《韻法橫圖》。此書正文為七個韻圖（平、上、去三聲各兩圖，入聲一圖）……。

　　韻法直圖　音韻學著作。撰人不詳。因附於明梅膺祚《字彙》而流行於世。此書繼承了明代一些音韻學著作合四等為二等，變兩呼為四呼的主張，按「呼」來分韻列圖。……（《音韻學辭典》279、280 頁）

　　「韻法橫圖」條說明了書名由來：「此書因與《韻法直圖》同附於梅膺祚《字彙》之後，遂被改名為《韻法橫圖》。」但溯源仍不夠顯豁，且「韻法直圖」亦未說明來由。邵榮芬曾對《韻法橫圖》和《韻法直圖》的得名由來進行了詳細的解釋：「《橫圖》和《直圖》的性質相近，都是教人根據反切以求字音的書，《橫圖》原名《標射切韻法》就是作者根據寫作目的確定的書名。因其圖式是聲母橫列，與《直圖》的聲母直列正好相反，梅氏為了使書名對稱，所謂『一直一橫，互相吻合』，於是把它改稱為《韻法橫圖》。」〔註22〕「《直圖》的列圖方式是聲母直列，韻母按四聲橫列，跟宋元韻圖聲母橫列、韻母直列的圖式正相反，故名直圖。」〔註23〕這些內容可寫入新的音韻學辭典中。

　　又如「聲母」的異稱有「字母」「聲類」「聲紐」，相關詞目釋文如下：

　　（1）**字母**　漢語音韻學家用來稱呼音節開頭的輔音（包括零輔音）的名字，相當於現代說的聲母。這是悉曇、等韻從印度輸入的術語。梵文摩多 māta 或 mātrka 本來指元音說的，後來詞義擴大到連輔音也包括了。傳入中國以來，又只限用在開頭輔音上。敦煌出土守溫字母殘卷列「不芳並明……」三十字母，後來有人「益以『娘床邦滂微奉』六母」，就有三十六字母（見《等韻》）。錢大昕《十駕齋養新錄》說：「卅六字母據中華之音……次第與《涅槃》同，可見其依仿涅槃也……其謂之『字母』，則沿襲於《華嚴》也。」《切韻考·外篇》說：「每一類以一字為標目：便於指說。」即每類聲母用

〔註22〕邵榮芬，《韻法橫圖》與明末南京方音〔J〕，漢字文化，1998（3）：25～38。
〔註23〕邵榮芬，釋《韻法直圖》〔C〕//邵榮芬，邵榮芬語言學論文集，北京：商務印書館，2009：326。

一個漢字為代表。（俞敏）

　　聲類　指聲母的類別，是某一類聲母的總稱。聲類是從韻書（或其他材料）的反切系聯或類似手段得來的，沒有經過音位歸納處理。在某一種韻書（或材料）中，凡是反切上字能夠系聯在一起的，就算一個聲類。……聲類有時也指聲母。等韻學家稱聲母為字母。清代錢大昕、陳澧認為字母這個名稱是從梵文來的，用在漢字上不合適，所以改稱聲類。……（謝紀峰）

　　聲紐　漢語聲母的別名，也稱紐或音紐。最初指韻書每韻中的小韻，一個小韻稱一紐。後來等韻興起，把一個字音分析成聲母、韻母兩部分，於是聲母也就沿用了聲紐這一名稱。（謝紀峰）（《中國大百科全書·語言文字卷》345 頁）

　　（2）紐　即聲類①

　　聲類　①也叫「聲紐」「音紐」「紐」。古代漢語聲母的類別。清代錢大昕《十駕齋養新錄》、陳澧《切韻考》都認為舊時表示聲母的字母這一名稱是襲用梵文的，不適用於漢字，故陳氏改稱聲類。……（《中國語言學大辭典》77 頁）

　　（3）聲　……㈢指聲母（紐）。㈣指韻母或韻類。邵氏所謂「聲」即一般韻書和韻圖所謂「韻」。……㈥指聲調。如平聲、上聲、去聲、入聲。……（《音韻學辭典》179 頁）

　　（4）聲母　音韻學術語。亦稱「聲紐」。指一個漢字音節開頭的輔音。

　　聲紐　音韻學術語。或單稱「紐」，也稱「音紐」。聲母的異稱。

　　音紐　音韻學術語。聲母的異稱。……（《大辭海·語言學卷》70 頁）

　　（5）紐　音韻學術語。（1）即聲紐。如黃侃的古本聲 19 紐。（2）韻書中的一個小韻。

　　聲　音韻學術語。㈠即聲母。㈡指韻、韻類或韻部。如宋邵雍《皇極經世·聲音唱和圖》分韻為 10 大類共 112 聲，清孔廣森《詩聲類》是專門研究《詩經》韻部的。㈢指聲調。如平聲、上聲、去

聲、入聲。……（《中國語言文字學大辭典》450、526 頁）

（6）聲　①initial（of a Chinese syllable）；②initial category；③ tone

①又稱「紐」。近代稱「聲母」。指由輔音（或零位）充任的音節的起首音。②指聲類。③近代稱「聲調」，指字音的高低升降模式。其聲學性質主要是音高，字音有塞音韻尾傳統上也被看作是一種聲調，稱為入聲。

聲母　initial　見「聲①」。

紐　①initial（of a Chinese syllable）；②to combine an initial and a final to form a syllable；③syllable

①稱「聲紐」。指聲母。②指聲韻拼合。③指聲韻拼合得出的字音，在韻書中即為「小韻」。（《語言學名詞》147 頁）

有的辭典說明了「字母」「聲類」的含義及其來由，如《中國大百科全書·語言文字卷》指出，「字母」是從印度傳入的術語，「沿襲於《華嚴》」，是聲母的代表字，但錢大昕、陳澧認為「字母」來自梵文，不適於漢字，故改稱「聲類」，指聲母的類別。《中國語言學大辭典》亦採用了該說法，但其餘辭典均未對「聲類」的得名進行解釋。至於「聲紐」「紐」，最初指的是小韻，何以後來作為聲母的別名，各辭典都無解釋。對此，蘇寶榮認為，可以使用語言釋義進行解釋：「紐，即樞紐之義，古代音韻學者認為聲母是字音的核心和語音轉化的樞紐，故名；古代音韻學者使用漢字作為聲母的代表字，故聲母又稱字母。」〔註24〕

並非每個詞條都需要語言釋義，但是語言釋義是高水平的專科辭典必不可少的釋義方式。因此在編撰辭典時應妥善處理二者之間的關係。具體來說，第一，要正視專科辭典釋義的兩重性，重視辭典的語言釋義。如有可能，最好將其列入專科辭典的編寫體例中，並認真貫徹。對於某些難以通過字面意義來理解其所表達的概念的詞目，進行語言釋義是非常有必要的。對其名稱由來加以闡釋的語言釋義和表達專業知識的概念釋義可以相得益彰，共同實現對詞目完整、深入的解讀。第二，要把握語言釋義和概念釋義的區別。語言釋義的目的

〔註24〕蘇寶榮，專科辭典的語言釋義和概念釋義〔J〕，辭書研究，1991（4）：12～17。

是幫助讀者從字面上瞭解該詞語，因此表達必須簡明而準確；概念釋義的目的是向讀者傳遞科學、準確的專業知識，因此內容上要反映出詞目的專業內涵和相關研究成果。以上兩點都要求釋文撰寫人具有極強的語言表達能力和較高的專業水平，並且對辭典的編撰工作具有高度的責任感。

4.4.2　兼收並蓄

作為音韻學學科知識的總結，音韻學辭典應該全面反映出近期的學術發展水平。力求既能滿足讀者學習的需求，又能為更高層次的研究人員創造條件。因此，釋文的撰寫應該兼收並收，不主一家之言，做到共識與創新並舉。在以學界共識性觀點或者代表性觀點為主的同時，也可以呈現其他重要的、有影響力的觀點。

如關於「重紐韻舌齒音的歸屬」，目前音韻學界意見尚未統一，有三種比較有影響力的代表性觀點，辭典予以收錄，以拓寬讀者的學術視野和進一步思考、研究的空間。如《中國語言學大辭典·音韻學卷》「重紐」一條的釋文：

【重紐】指《切韻》音系中支、脂、祭、真、仙、宵、侵、鹽八韻系裏的喉、牙、唇音字有小韻對立重出，等韻圖分別置於三、四等。音韻界一般稱之為重紐三等和重紐四等。或重紐 B 類與重紐 A 類。至於各韻的舌齒音究竟同於本韻的重紐三等還是重紐四等，目前國內有三種說法：（1）董同龢說。認為舌齒音和韻圖置於四等的喉牙唇音為一類，韻圖排在三等的喉牙唇音單獨為另一類。（2）陸志韋說。認為舌齒音中的莊、知兩組字和來母字同重紐三等為一類，其餘的同重紐四等字為一類。而且這兩種分法不僅使用於支、脂等八韻系，而且適用於全部邵榮芬所命名的三 B 類韻；（3）邵榮芬說。認為舌齒音和韻圖置於三等的喉牙唇音單獨為一類，韻圖排在四等的喉牙唇單獨為一類。國外音韻學界對《切韻》重紐韻的舌齒音歸屬問題採用所謂「類相關」的理論。關於「重紐」的語音區別，也說法不一。從擬音上看，可歸納為五派：（1）重紐三、四等的區別是由於元音得區別，周法高、董同龢、Paul Nagel 等主之；（2）重紐三、四等的區別是由於沒有介音，有阪秀世、河野六郎、李榮、蒲立本、俞敏、邵榮芬等主之；（3）重紐三、四等的區別是由於聲母

和介音，王靜如、陸志韋主之；（4）重紐三、四等確有語音上的差別，但無法說出區別在哪裏，陳澧、周祖謨等主之；（5）重紐並不代表語音上的區別，章炳麟、黃侃等主之。概括言之，此中（1）至（4）主張重紐三、四等有語音上的區別，（5）則反之。俞敏通過梵漢對音確認重紐三、四等是介音〔-r-〕與〔-j-〕的區別，此說對重紐擬測工作有重要意義。參見「重紐三等有 r 介音說」。（《中國語言學大辭典》124 頁）

　　音韻學辭典不同於教科書和學術專著，因此在處理個人創見方面更應慎重。在設立義項時，辭典可按照術語內涵或觀點的原始出處或創始人的時間順序編排次序，反映不同時期的研究成果。可參考的原始資料較多，如高本漢、董同龢、王力、李方桂、龔煌城、蒲立本、鄭張尚芳、斯塔羅斯金、包擬古、白一平、沙加爾、許思萊等的上古音研究成果，陳澧、高本漢、陸志韋、趙元任、李榮、邵榮芬、丁邦新等的中古音研究成果，陸志韋、羅常培、趙蔭棠、永島榮一郎等的近代音研究成果等。中華人民共和國成立 70 多年來，漢語音韻學研究取得了巨大進步，可參考《漢語音韻學研究 70 年》（麥耘，2019）和《中國音韻學研究 70 年》（喬全生，2020）等。尤其是學者的個人著作，常常包含創見，具有重要學術價值。如關於語音史的分期，麥耘（2009）在《音韻學概論》一書中的闡釋應該引起辭典關注。該著作「與同類著作相比，就具有較強的前沿意識，在編寫體例、新成果的吸收以及研究理念等方面都有新的突破。……對語音史的分期採取的是一種有層次的分期。在第一層次上把音韻史分成上古、中古、近代三個階段，在每個階段內部又做了下位層次的再分期。具體說來，上古音除了介紹《詩經》音系之外，還介紹了兩漢音系（以東漢為主）；中古音，除了介紹《切韻》音系之外，還介紹了唐末五代以至兩宋時期的音系；近代音除了介紹《中原音韻》音系之外，還介紹了明清官話語音。《概論》對每個時期音韻狀況的介紹都力求從整體上把握，強調系統性，分別從聲母、介音、韻腹、韻尾、聲調幾個方面講述，並且以表格的形式把各時期的聲母系統和韻母系統較為直觀地展示出來，然後再對其主要特點進行逐項說明。這種做法與通常把《詩經》音系、《切韻》音系和《中原音韻》音系三點連成一線的講述方式相比，內容充實了許多，使得我們對語音歷史發展的情況有了更為詳細的瞭解。當然，內部再分期的意義絕不僅僅在於填補了原有敘述模式

（三點一線式）造成的較長的時間空檔，更重要的意義在於這種做法有利於辨明學術界對一些音韻問題的模糊認識，促進音韻研究的科學化。中古音內部的再分期在這方面體現得尤為明顯。早期學者對中古音的分析和研究，一般是以《切韻》音系為代表。按照傳統的觀念，平時說到中古音往往指的就是《切韻》音，說到《切韻》音往往指的就是中古音，在好多人的意識中二者是一回事。問題在於，《切韻》產生於隋代初年，而中古音涵蓋的時間範圍則從南北朝到唐末五代甚至北宋。把前後相差七八百年之久的語音壓縮在一個平面上看待，實際上是不科學的。近些年的研究表明，中古音內部前後期的語音也存在不少差異，特別到了中唐時期是一個明顯的轉折點。《概論》主張以中唐為界（八世紀中葉）把中古音分成前後兩期，前期以《切韻》音系為代表，後期分別以慧琳音、韻圖音為代表。《概論》的這種劃分非常必要，在具體研究過程中如果注意這些時代差異，就可以避免一些無謂的爭論。例如，中古的聲母系統，一般舉傳統的三十六字母為代表，但是作為中古音代表音系的《切韻》的聲母系統與這三十六字母又有著明顯的不同（幫組和非組不分，照組再分為莊組和章組）。該如何看待這種差異呢？有些人在這個問題上迷惑不解。從歷史發展的眼光來看，這實際上是中古音內部前後期語音自然演變的結果，《切韻》的聲母系統代表的是中古前期的語音狀況，而三十六字母代表的是中古後期的語音狀況。」〔註25〕因此這種新的語音史分期具有重要學術意義，音韻學辭典在解釋「中古音」詞目時應該予以重視。

　　關於音韻學詞目的釋文，主要涉及四個主要問題：異稱的處理、釋文的溯源、釋文的準確性、釋文的原則。辭典編撰者不但要具備辭典編撰的豐富經驗，還要熟練掌握本學科的理論知識和相關文獻，具有開放的學術視野，對學術動向有敏銳的觀察和判斷力。只有這樣，才能在獲取豐富學術資料的基礎上，科學吸納學界新的研究成果，將之反映到辭典中。

〔註25〕馬德強，一部緊跟學術前沿的音韻學著作——麥耘《音韻學概論》評析〔J〕，2010（3）：82～86。

第 5 章　音韻學辭典編撰規範化問題研究

5.1　音韻學術語的規範化問題

漢語音韻學可分為傳統音韻學和現代音韻學兩個階段。楊劍橋《漢語現代音韻學》指出,「傳統的漢語音韻學是從東漢末年、魏晉南北朝的雙聲疊韻和反切的發明開始,歷經隋唐韻書、宋元字母等韻之學和明清的古音學,一直到樸學大師章炳麟、黃侃為止;現代的漢語音韻學是從汪榮寶發表《哥戈魚虞模古讀考》一文開始,歷經第一代學者高本漢、馬伯樂、西門華德,第二代學者趙元任、羅常培、李方桂、王力、陸志韋、董同龢等,一直發展到現在。……汪榮寶文章的發表,表明漢語音韻學的研究從此獲得了新觀點、新材料和新方法,並進而完成了傳統音韻學向現代音韻學的轉變。」[註1]在漫長的發展歷史中,漢語音韻學術語研究也日趨成熟。

漢語歷史語音是音韻學的研究對象,其研究主體包括歷史上各時代的語音狀況,比如各時代的音系、音類、字音以及聲母、韻母、聲調等都是音韻學研究的主要內容。在從事音韻學研究的漫長過程中,諸多學者著力於闡發歷史語音的發展和演變規律。在對各種歷史語音現象進行說明、描寫和解釋的過程中,逐

〔註1〕楊劍橋,漢語現代音韻學〔M〕,復旦大學出版社,2012:15。

步建立了獨特的理論體系，創造或使用了諸多音韻學名詞術語。因此，同漢語語音史一樣，音韻學基礎理論和音韻學術語都在音韻學學科中佔有重要地位，都是音韻學的重要研究內容。作為傳統文化重要組成部分的音韻學目前仍屬冷門學科，未能擺脫固有的「絕學」印象。羅常培（1944）論及學習音韻學的四種困難時，就曾經論及異名同實和同名異實兩種現象是導致音韻學玄虛高深的主要原因之一。而解決方法就是要在審音前提下，為這些紛繁交錯的術語重新確定名稱：「舊的韻學書裏往往有許多同名異實或異名同實的情形，鬧得人越看越糊塗，甚至於有些學問很好的人也會上了名實不清的當。現在講音韻學必須先作一番正名的工夫，把舊來所有同名異實和異名同實的例都搜集起來，用語音學的術語給他們每個確定一個清晰的概念，以後就不至於使初學的人枉費許多心血了。……」〔註2〕雖然某些術語名稱和內涵的混亂不會給社會帶來嚴重後果，但術語混亂的消極作用不容忽視，這就涉及音韻學術語的規範化問題。

「其實古代的一套音韻學理論和術語，如果拿現代語音學的理論和術語來對比，加以說明，也就變為比較易懂，甚至是很好懂的東西了。當然，由於時代的侷限，在傳統音韻學中，也有一些含糊的，甚至是錯誤的理論，和一些玄虛的，缺乏科學根據的術語。」〔註3〕因此，重視對傳統音韻學和現代音韻學術語的整理工作，必將有助於澄清某些含混的概念，甚至創造新的術語，推動漢語音韻學的發展。如魯國堯對「假二等」「假四等」的分析，以及創立了新的術語。〔註4〕

「現代音韻學者在進行這一門學科的研究時，除了沿用相當數量的清代以前的傳統音韻學術語之外，還創造了一批新的音韻學術語，當然，這些現代音韻學術語有的雖然是繼承傳統的音韻學術語而來，但均賦予了新的解釋或界說，如『旁轉』、『對轉』等名詞；至於新創造的術語（並不包括普通語音學術語），那是針對漢語音韻學中的一些特殊現象提出來的，如『喻化』、『重紐』、『重韻』等。」〔註5〕

〔註2〕羅常培，漢語音韻學·羅序（王力著）〔M〕，北京：中華書局，1981。

〔註3〕王力，漢語音韻〔M〕，北京：中華書局，1991：5。

〔註4〕魯國堯，音韻學話語體系的建構——「僑三等」VS「假二等」「假四等」及其他〔J〕，吉林大學社會科學學報，2019，59（06）：48～58＋219～220。

〔註5〕馮蒸，音韻學名詞術語的性質與分類——《漢語音韻學辭典》的編撰〔M〕，辭書研究，1988（2）：62～71。

　　羅常培曾經運用現代語言學理論解釋傳統音韻學術語，對傳統音韻學的成果進行了深入細緻的整理和研究。其著名的《漢語音韻學導論》就是根據語音學原理對部分傳統音韻學術語進行了一次梳理。書中整理的音韻學術語異名表和演進表學術價值頗高，是編撰音韻學辭典的重要參考資料。

　　羅常培較早地對音韻學名詞術語進行了詳細解讀，撰寫了一組「等韻釋詞」的論文〔註6〕，強調了研究和整理漢語音韻學術語的重要性。如《釋重輕〔等韻釋詞之三〕》（1932）、《釋內外轉〔等韻釋詞之二〕》（1933）、《釋清濁》（1936）、《從「四聲」到「九聲」》（1939）。《釋重輕》首先剖析前人關於「重」與「輕」的論述，參校宋元各種等韻圖，考證「重、輕」與「開、合」異名而同實，比較《七音略》與《韻鏡》，凡《七音略》標「重」與「輕」之處，《韻鏡》則標以「開」與「合」。《釋內外轉》分析前人關於內外轉的解說，遍考宋元韻圖，證以《切韻》音讀。參考江永及日本學者津高益興、大島正健、大矢透等人的學說，從語音學的角度對內外轉進行了如下區分：「內轉者，皆含有後元音〔u〕〔o〕、中元音〔ə〕及前高元音〔i〕〔e〕之韻；外轉者，皆含有前元音〔e〕〔ɛ〕〔æ〕〔a〕，中元音〔ɐ〕及後低元音〔a〕〔ɔ〕之韻。……內轉之發音部位較後而高，後則舌縮，高則口弇，故謂之內；外轉之發音部位較前而低，前則舌舒，低則口侈，故謂之外。」〔註7〕並在元音圖基礎上劃出了內外轉元音分配圖，十分便於讀者理解。後余迺永《再論〈切韻〉音——釋內外轉新說》〔註8〕、張玉來《再釋內外轉並論及早期韻圖的性質》〔註9〕也都對內外轉概念進行了分析。張文以羅常培（1933）的主要元音高低說為依據，論證了內外轉的韻圖分布及其音理依據，提出了內外轉為相關韻攝間主要元音對比的看法。文章還就早期韻圖所表現的語音系統的性質進行了討論，認為早期韻圖音系只表現《切韻》係韻書音系。俞敏在《等韻溯源》（1999）中對「七音、清濁、喉音、舌頭舌上、轉、內外、攝、輕重、重紐、四等」等音韻學概念也進行了闡釋，並堅決反對音韻學中故弄玄虛的做法。《釋清濁》在比較《韻鏡》

〔註6〕楊耐思、唐作藩，羅常培先生在漢語音韻學上的傑出貢獻〔J〕，中國語文，2009（4）：291～295。

〔註7〕羅常培，釋內外轉〔J〕，中央研究院歷史語言研究所，歷史語言研究所集刊（第四本第二分），1933：209～227。

〔註8〕余迺永，再論《切韻》音——釋內外轉新說〔J〕，語言研究，1993（2）：33～48。

〔註9〕張玉來，再釋內外轉並論及早期韻圖的性質〔J〕，語言研究，2009（3）：27～45。

《切韻指南》《切韻指掌圖》等各家對「清濁」的不同命名和分類之後，提出了自己的命名和解釋：「今據《韻鏡》分類，參酌諸家異名，定位全清（unaspirated surd）、次清（aspirated surd）、全濁（sonant）、次濁（liquid）四類。若以語音學術語釋之：則全清者，即不運氣不帶音之塞聲、擦聲及塞擦聲也；次清者，即送氣不帶音之塞聲、塞擦聲及不帶音之擦聲也；全濁者，即送氣帶音之塞聲、塞擦聲及帶音之擦聲也；次濁者，即帶音之鼻聲、邊聲及半元音（喻）也。」〔註10〕指明清濁是指聲母的帶音與不帶音而言，到了元代反映「中原之音」的《中原音韻》，聲母的清濁一變而為聲調之陰陽，告誡人們牢記「清濁和陰陽不可混淆」。

在這種研究方法的影響下，諸多學者也運用現代語音學方法解釋某些難以澄清的音韻學術語。如潘悟雲《「輕清、重濁」釋—羅常培〈釋輕重〉〈釋清濁〉補注》〔註11〕就運用現代語音學的方法對「輕清、重濁」兩組概念進行了補注，楊子儀《古代音韻基本概念新述》〔註12〕運用現代語音學知識對傳統音韻學的聲、韻、調術語進行了梳理和闡釋。時建國《〈切韻聲源〉》研究》〔註13〕分類解釋了《切韻聲源》涉及的術語：發聲基礎方面的術語如「折攝、臍輪、鼻輪」；聲類方面的術語如「發、送、收、合發、合送、合收、宮倡商和、粗聲、細聲、聲狀、餘聲」；韻類方面的術語如「翕闢、十二統和六餘聲」。孫宜志《也談〈西儒耳目資〉「甚」「次「中」的含義》〔註14〕據《耳目資》的表述及對相關韻母的分析與現代相關方言印證，認為 u 次為〔ɿ〕，u 中為〔u〕，u 甚為〔ɷ〕，u 中和 u 甚可以合併為一個韻母；o 甚為〔ɔ〕，o 次為〔o〕；e 甚為〔ɛ〕，e 次為〔e〕，並對前人關於「甚」「次」「中」含義的解釋進行了述評。

除了散見於期刊中的音韻學術語研究成果之外，很多專著也為音韻學術語的研究和整理做出了貢獻。張世祿《音韻學》（商務印書館，1932）在第一篇就討論音韻學的名稱、術語及研究方法和音韻學演進的大概，足見術語研究在本

〔註10〕羅常培，漢語音韻學導論〔M〕，長春：時代文藝出版社，2009：171。
〔註11〕潘悟雲，「輕清、重濁」釋—羅常培《釋輕重》《釋清濁》補注〔J〕，社會科學戰線，1983（2）：324～328。
〔註12〕楊子儀，古代音韻基本概念新述〔J〕，固原師專學報，1984（1）：15～48。
〔註13〕時建國，《切韻聲源》術語通釋〔J〕，古漢語研究，1996（1）：9～12＋8。
〔註14〕孫宜志，也談《西儒耳目資》「甚」「次」「中」的含義〔J〕，語言研究，2014，34（02）：90～94。

學科的重要地位。羅常培《漢語音韻學導論》（北京大學出版社，1956）運用現代語音學知識明晰了傳統音韻學名詞術語和基本概念的內涵，堪稱當代一部內容精粹、知識高度濃縮的漢語音韻學教科書。王力《漢語音韻學》（中華書局，1956）在緒論部分介紹了漢語音韻學名詞和等韻學。唐作藩《漢語音韻學常識》（上海教育出版社，1958）對音韻學基本概念做了通俗易懂的介紹。潘重規、陳紹棠《中國聲韻學》（臺灣東大圖書公司，1978）在編寫體例上注重講述聲、韻、調的基本內涵和相關術語。李新魁《漢語音韻學》（北京出版社，1986 年）的第三編講述了等韻的原理、名詞術語。陳振寰《音韻學》（湖南人民出版社，1986）、沈祥源和楊子儀《實用漢語音韻學》（山西教育出版社，1991）、汪壽明和潘文國《漢語音韻學引論》（華東師範大學出版社，1992）、潘文國《韻圖考》（華東師範大學出版社，1997）也涉及部分音韻學基本術語的介紹。劉志成《漢語音韻學研究引論》（巴蜀書社，2004）通過講清音韻學的概念來理清音韻學發展的脈絡，將術語的發展和學術的認識結合起來。孫伯君《〈解釋歌義〉研究》（甘肅文化出版社，2004）詳細解釋了等韻學若干概念。譚慧穎《〈西儒耳目資〉源流辨析》（外語教學與研究出版社，2008）第三章考證了《耳目資》中概念術語的來源。張世祿和楊劍橋《音韻學入門》（復旦大學出版社，2009）收錄並解釋了部分音韻學概念。李無未《臺灣漢語音韻學史》（2017）呈現了臺灣學者對清濁、平仄、陰陽對轉的觀點，並涉及音韻學術語的標準化問題。成果之多，不勝枚舉。這些研究都促進了音韻學術語命名和定義的理論探索，為辭典術語編撰提供了重要參考。

　　科學方法的運用，必將推動音韻學術語的闡釋朝著精密化方向發展：「每一門學科的發展，關鍵是研究方法和研究工具的突破性改變。從這個意義看，漢語音韻學已經經歷了兩個階段。顧炎武開始的乾嘉學派是漢語音韻學的第一個階段，或者說是漢語音韻學的前科學期。高本漢把西方的語言理論帶給漢語音韻學，從此漢語音韻學擺脫了經學的隨從身份，而以獨立的學科得到科學的、系統的研究。但是，這一階段的研究方法還只能是史學的、描寫的。近年來，漢語音韻學逐漸接受現代科學思潮和方法的影響。我們相信第三代的漢語音韻學一方面將以通過廣泛的歷史比較建立漢語歷史形態學為其特徵，另一方面語音規則的研究將具有更多的定量思想、演繹思想，更大的解釋能力，一句話，

將逐漸地向精密科學靠攏，變得更加規範、更加成熟。」〔註15〕而音韻學術語名稱及概念正是這些思想的載體。從這個角度來看，音韻學術語研究是探索「音韻學史」「音韻思想史」〔註16〕之必需。

因此，在規範音韻學術語時，應該重視和吸收現代語音學理論和研究方法。比如《語言學名詞》（156 頁）在「語音通轉和古音學」部分收錄了「正聲、變聲、正韻、支韻」這些不常用的音韻學術語：

09.167　正聲　①rhyme shifting proper；②initials proper

與「變聲」相對。①章炳麟指主要元音相同和相近的韻部之間的通轉。包括近旁轉、次旁轉、正對轉、次對轉四種情況。②黃侃指「影曉匣見溪疑端透定泥來精清從心幫滂並明」十九個上古音中原本存在的聲紐，即「古本紐」。

09.168　變聲　①rhyme shifting additional；②initials generated

與「正聲」相對。①章炳麟指韻尾不同的韻部之間的通轉。包括交紐轉、隔越轉兩種情況。②黃侃指「古本紐」十九紐之外的中古聲紐。它們是「古本紐」經過後世音變分化出來的聲紐，例如「非敷奉微知徹澄娘」等。

09.169　正韻　①old rhyme proper；②rhyme categories with proper initials

與「支韻」相對。①章炳麟指上古原本就有的韻，即「古本音」。②黃侃指《廣韻》一韻分成二類、三類，其中有「正聲」（古本紐）的韻類。

09.170　支韻　①old rhyme generated；②rhyme categories with generated initials

與「正韻」相對。①章炳麟指上古音變異後新產生的韻。②黃侃又稱「變韻」。《廣韻》一韻分成二類、三類，其中有「變聲」的韻類。

這些術語的釋文中又包含若干相關術語，如「近旁轉、次旁轉、正對轉、

〔註15〕潘悟雲，高本漢以後漢語音韻學的進展〔J〕，溫州師院學報，1988（2）：35～51。

〔註16〕王松木，明清韻圖研究之思想史轉向，《中國音韻學：中國音韻學研究會南昌國際研討會論文集（2008）》〔C〕，南昌：江西人民出版社，2010 年。

次對轉、交紐轉、隔越轉」等。如在新的音韻學辭典中用現代語音學知識進行詳細解釋，則將更便於讀者理解。

《語言學名詞》（156 頁）在這部分中還收錄了「通轉」：

09.175　通轉　tongzhuan；relation between different phonological categories

一個漢字在押韻、諧聲、通假等方面顯示出的讀音從一個音類轉入另一個音類的現象，以及由此顯示出的音類間的關係。通轉的形式主要是對轉和旁轉。

試將該釋文與《古漢語知識寶典》（178 頁）的釋文進行對比：

【通轉】古代詩韻、諧聲、假借、讀若、重文、異文、同源詞、方言詞等材料中的語音轉變現象。其主要形式是對轉和旁轉，主要形成原因是方言的差異和歷史音變。如楊雄《方言》：「逢、逆，迎也。自關而東曰逆，自關而西或曰迎。」鐸部字「逆」和陽部字「迎」對轉，這是方言差異造成的；「風」字在《詩經》中與侵部字押韻，其上古音當收〔-m〕尾，到《廣韻》則旁轉入東韻，收〔-ŋ〕尾，這是歷史音變造成的。

二者比較，可以看出現代語音學對於傳統音韻學術語的解釋力。

音韻學術語的規範是國家語言文字規範工作的重要組成部分，是音韻學學科體系建設內容之一。作為音韻學術語規範的階段性成果，凝聚諸多專家學者心血的《語言學名詞》尊重學界共識性觀點，力求實現術語規範的科學性，在音韻學術語規範工作中邁出了重要的一步，在語言文字規範工作中具有開拓性和示範性意義。隨著更多音韻學研究成果的出現，音韻學術語的規範化工作必能日臻成熟、漸趨完善。

5.2　音韻學辭典編撰的規範化問題

音韻學辭典是讀者便捷查檢音韻學知識的「典範」，不論在形式方面還是在內容方面都應該為讀者提供高質量的參考。一部高質量的音韻學辭典，不但有益於當代學人，更應惠澤後來學者。就形式層面而言，要保證行文符合相關技術規範；就內容層面而言，要力求知識準確無誤，資料可靠翔實。具體表現為

給詞目標注漢語拼音和譯名，標明釋文資料來源、參考文獻，保持釋文體例一致，合理設置檢索系統。

5.2.1　詞目標注漢語拼音和英語譯名

　　音韻學是我國歷史悠久、獨具特色的學科，豐富的學科術語尤其是傳統音韻學術語具有濃鬱的民族特色，如借用的「宮商角徵羽」等。同時它也是一門國際性學科，在吸收現代語言學理論的過程中也創造了一些現代音韻學術語，如「喻化」「重紐」等。因此術語的翻譯既要體現出民族特色，又要符合英語的翻譯習慣，努力擴大本土術語的影響力。「我國在古代是術語輸出大國，傳統的漢字文化圈內的國家都曾從我國吸收了大量的科技術語⋯⋯今天我國仍然具有一定的術語輸出資本。傳統上獨具特色的科學技術領域，如中醫中藥、藏醫藏藥、武術、傳統語言學等，在今天的科技學苑中仍在發揮作用，並吸引著國際的注意力。⋯⋯中國學者要認識到術語輸出的重大意義，樹立術語輸出的自覺意識，在論文論著撰寫和擁有自主知識產權的發現發明中，優先使用漢語語素構造術語（包括有意識地使用漢語拼音構造術語），逐漸增加『漢源術語』在國際術語庫中的比重。」〔註17〕因此，給音韻學術語加注漢語拼音和規範英語譯名也是音韻學術語規範所需。就本書研究對象而言，為音韻學術語標注漢語拼音和英語譯名的具體情況如下表：

國內辭典音韻學術語詞目注音和譯名情況表

編號	書　名	詞目注音	英語譯名
1	《文字學名詞詮釋》	無	無
2	（1）《語言文字學名詞解釋》 （2）《辭海・語言文字分冊》	無	無
3	《簡明語文知識辭典》	無	無
4	《語文知識詞典》	無	無
5	《中國語言學名詞彙編》（臺灣）	無	有
6	《簡明語言學詞典》	無	無
7	《辭海・語言學分冊》	無	無
8	《中國大百科全書・語言文字卷》	有	有

〔註17〕李宇明，術語論〔J〕，語言科學，2003（2）：3～11。

9	《中華小百科全書・語言文字卷》	無	無
10	《古代漢語知識辭典》	無	無
11	《古漢語知識辭典》	無	無
12	《中學語文教學手冊》	無	無
13	《傳統語言學辭典》	無	無
14	《簡明古漢語知識辭典》	無	無
15	《世界漢語教學百科辭典》	無	無
16	《中國語言學大辭典・音韻學卷》	無	無
17	《古代漢語教學辭典》	無	無
18	《音韻學辭典》	無	無
19	《實用中國語言學詞典》	無	無
20	《語言學百科詞典》	無	無
21	《王力語言學詞典》	無	無
22	《語文百科大典》	無	無
23	《漢語知識詞典》	無	無
24	《古漢語知識詳解辭典》	無	無
25	《語言文字詞典・音韻學卷》	無	無
26	《多功能漢語拼音詞典》	無	無
27	《語言文字學常用辭典》	無	有
28	《實用古漢語知識寶典》	無	無
29	《大辭海・語言學卷》	無	無
30	《語言學辭典》（增訂版）（臺灣）	有	有
31	《中國語言文字學大辭典》	無	無
32	《語言學名詞》	無	有

　　有兩部辭典為術語加注漢語拼音和英語譯名：《中國大百科全書・語言文字卷》和《語言學辭典》；有三部辭典只為術語附注英語譯名：《中國語言學名詞彙編》（臺灣）、《語言文字學常用辭典》《語言學名詞》。其餘辭典的術語既無漢語拼音也無英語譯名。

　　《語言學名詞》是迄今官方組織審定的語言學術語規範辭典，因此本節主要對其中的音韻學術語譯名進行分析。

　　這些譯名按照構成方式可分四種：漢語拼音單獨作為譯名、漢語拼音譯名和英語譯名同列、漢語拼音和英語譯名組合、純英語譯名。

　　漢語拼音單獨作為譯名的術語如：對轉 duizhuan、平分陰陽 ping fen yin

yang、入派三聲 ru pai san sheng、旁轉 pangzhuan 等。

漢語拼音譯名和英語譯名同列的術語如：舌頭音 shetou；apical、攝 she；rhyme groups、獨韻 duyun；a rhyme table with exclusively rounded or unrounded finals、門法 menfa；guiding principles for understanding rhyme tables、窠切 keqie；a menfa principle relating zhi initial group 等。

漢語拼音和英語譯名組合（部分漢字用拼音）的術語如：尖團音 jianyin vs. tuanyin 輕重 qing vs. zhong；light vs. heavy、內外 nei vs. wai；inner vs. outer、平水韻 Pingshui rhyming system、陰陽對轉 duizhuan between rhymes with nasal and vowel endings

純英語譯名的術語如：音韻 phonology、上古音 old Chinese sounds、清 voiceless、全清 unaspirated voiceless initials、紐　①initial (of a Chinese syllable)；②to combine an initial and a final to form a syllable；③syllable 等。

綜觀全部術語的漢語名稱和英語譯名，可發現如下幾個問題：

1. 英語譯名相同，漢語術語內涵不同

部分術語的英語譯名相同，但漢語術語內涵卻不同，因此單從英語譯名上無法觀察出兩個術語的差別。如「等韻學」和「切韻學」的英語譯名相同，「等韻圖」和「切韻圖」的英語譯名相同。

09.106　切韻學　study of rhyme tables

唐宋金元時期稱分析漢語語音成分、闡釋漢語音系結構或以圖表形式展示研究成果的學問。

09.108　等韻學　study of rhyme tables

明清時期稱分析漢語語音成分、闡釋漢語音系結構或以圖表形式展示音韻研究成果的學問。後也兼括明清以前的切韻學。

09.110　切韻圖　rhyme tables

簡稱「韻圖」。唐宋金元時期稱顯示漢語音系結構的圖表。其內容包括以五音（七音）、清、濁等給聲母分類，以開合、四等、攝、轉等給韻母分類，聲韻縱橫相交體現音系結構。

09.111　等韻圖　rhyme tables

簡稱「韻圖」。明清時期稱顯示漢語音系結構的圖表。其內容包

括以五音（七音）、清、濁等給聲母分類，以開合、四等、攝、轉等
給韻母分類，聲韻縱橫相交體現音系結構。後也兼括明清以前的切
韻圖。

2. 漢語拼音相同，英語譯名不同

部分術語既標注了漢語拼音，又附上了英語譯名。兩個術語內涵不同，英
語譯名不同，但漢語拼音相同。如「開合韻」和「開合」：

09.088　開合韻　kaihe；a rhyme table with both rounded and
unrounded finals

既有開口又有合口的韻。

09.085　開合　kaihe；both rounded and unrounded articulation

開口與合口的合稱。

3. 漢語拼音與術語名稱部分對應

有的術語只標注了個別成分的拼音，如「精照互用」「輕重交互」「日寄憑
切」「寄韻憑切」：

09.118　精照互用　huyong；a menfa principle relating jing and
zhao initial groups

門法的一種。反切上字為精組字、反切下字為二等字時，被切
字為照組二等字；反切上字為照組二等、反切下字為一等字時，被
切字為精組一等字。

09.119　輕重交互　jiaohu；a menfa principle relating light and
heavy labials

門法的一種。反切上字為輕唇音聲母字，反切下字為一、二、
四等韻字，被切字聲母讀為重唇音；反切上字為重唇音聲母字，反
切下字為三等韻字，被切字聲母讀為輕唇音聲母。

09.120　日寄憑切　riji；a menfa principle relating the ri initial

門法的一種。只要反切上字是日母字，無論反切下字在哪個等，
被切字都是三等。

09.121　寄韻憑切　jiyun；a menfa principle relating the zhao initial
group

門法的一種。反切上字為照組三等、反切下字為一等或四等字時，被切字在三等。

　　某些音韻學術語沒有對應的英語譯名或者英語譯名沒有統一的表述形式，《語言學名詞》直接為其標注漢語拼音，如「對轉 duizhuan、平分陰陽 ping fen yin yang、入派三聲 ru pai san sheng、旁轉 pangzhuan」等。從宏觀角度來看，為術語加注漢語拼音具有雙重現實意義：既能凸顯中華民族傳統學科漢源術語的特色，又有助於讀者掌握術語的正確讀音，有益於學科知識的普及和國際傳播，尤其是那些英語譯名相同而漢語內涵不同的術語。《中國大百科全書‧語言文字卷》音韻學部分就為每個詞目標注了漢語拼音，為部分詞目標注了英語譯名。因此，新的音韻學辭典，從弘揚中華民族文化、展現漢源術語特色、促進中國學術話語傳播的角度考慮，應該為術語加注漢語拼音。

5.2.2　釋文標明資料來源、參考文獻和撰寫人姓名

　　釋文中標出術語和所參考資料的來源，既便於讀者查閱和進一步研究，又體現了辭典編撰工作的求實、求真精神。《中國大百科全書》《中國語學新辭典》《語言與語言學詞典》（布斯曼，外語教學與研究出版社，2000）等都做如此安排。甚至有的詞條後多達 80 個參考文獻，且按照辭典、期刊等分類列出，一目了然，便於讀者查閱。如：

　　Qieyun

　　　《切韻》中國重要韻書。隋代陸法言著，成書於公元 601 年。原書已經失傳。20 世紀初以來陸續發現了不少唐五代的寫本和刻本。……

　　　參考書目

　　　王國維：《觀堂集林》卷八

　　　劉復、魏建功、羅常培合編：《十韻彙編》，北京大學印行，1935。

　　　姜亮夫：《瀛涯敦煌韻集》，上海出版公司，1955。

　　　周祖謨：《唐五代韻書集成》，中華書局，北京，1983。（邵榮芬）

　　（《中國大百科全書》318 頁）

　　Qieyunkao

　　　《切韻考》研究《切韻》語音系統的著作。清代陳澧著。作者認

為《切韻》雖然亡佚了，但是間架還保存在《廣韻》裏，所以就利用《廣韻》考證《切韻》的語音系統。《切韻考》是第一部利用反切研究韻書音韻系統的專著。……（俞敏）（《中國大百科全書》318 頁）

Qingzhuo

清濁　漢語輔音發音時候聲帶不顫動的叫清，顫動的叫濁。這兩個術語是從古音樂術語借來的。《禮記·樂記》「倡和清濁」，《正義》說：「長者濁也……短者清也。」這是說管樂器長的音低，短的音高。輔音裏聲帶顫動經常是低頻的，所以借用濁來表示。早起等韻家把「見溪群疑」叫「清，次（第二個）清，濁，清濁」。後來等韻家有把「疑」等鼻音叫「次濁」的，也有在「清」「濁」上加「全」字的（陳澧等人又借用「清」「濁」來表示「陰陽」調）。另外，《韻鏡》把鼻輔音也叫「清濁」。原意大約是指口腔無音，鼻腔出音。這種用法忽略了清跟濁的分別在於聲帶的狀況。（俞敏）（《中國大百科全書》323 頁）

Sun Yan

孫炎　中國三國時期經學家。字叔然，樂安（今山東博興）人。受業於鄭玄，時人稱為「東州大儒」。曾著《周易·春秋例》，為《毛詩》、《禮記》、《春秋三傳》、《國語》、《爾雅》和《尚書》作過注，所著《爾雅音義》影響較大。……（劉廣和）（《中國大百科全書》377 頁）

漢語音韻學歷史悠久，多數術語及其闡釋已為學界所公認，辭典在撰寫這些術語的釋文時常常借鑒前人時賢的相關成果。在釋文中標明參考資料來源、相關學者姓名、著作名稱等，不但便於讀者學習和查閱，更體現出辭典編撰的規範意識和專業水平，凸顯辭典編撰的嚴謹作風。既可保護詞條撰寫人的學術成果，又可為其他人借鑒時提供查閱參考資料的便利。

5.2.3　釋文體例保持一致

釋文是一部辭典的靈魂，屬辭典的微觀結構內容。釋文體例的一致性是辭典微觀結構嚴密性的體現，也是辭典編撰規範化的內容之一。釋文體例的一致性主要針對關係密切的成對、成套詞目或同類同級詞目而言，具體表現為詞目

的釋文要素儘量一致，釋文用語儘量統一。劉瑾《大中型辭書編修中釋義基本要求的落實考察》〔註18〕考察了四部國內大中型品牌辭書部分詞目釋義的系統性，該文對音韻學辭典的釋文體例具有啟發意義。

在本文主要研究的 6 部辭書中，《中國大百科全書・語言文字卷》隸屬於百科全書，其行文體例與其餘辭典不同。因此本章主要以《中國語言學大辭典》《音韻學辭典》《大辭海・語言學卷》《中國語言文字學大辭典》《語言學名詞》為考察對象，以個別術語、著作詞目為例，探索釋文體例一致性的相關問題。

5.2.3.1 術語釋文體例的一致性

同類或同級術語、成套術語在保證釋文準確的前提下，儘量具備同樣的釋文要素，使用統一的用語形式，儘量保持釋文形式與內容的相對平衡。試以以下術語為例：

1.「重唇音、輕唇音」

（1）重唇音 「唇音」的一種。相當於「雙唇音」。包括幫、滂、並、明四母。音值一般分別擬為〔p〕、〔pʻ〕、〔b〕、〔m〕。

輕唇音 「唇音」的一種。相當於「唇齒音」。包括非、敷、奉、微四母。音值一般擬為〔f〕〔fʻ〕〔v〕〔ɱ〕。也有擬非、敷、奉、微為〔pf〕〔pfʻ〕〔bv〕〔ɱ〕的。（《中國語言學大辭典》78 頁）

（2）輕唇音 音韻學術語。又稱輕唇、唇音輕、唇輕。指三十六字母中非、敷、奉、微四母。近代勞乃宣《等韻一得》稱之為輕唇音。中古以前沒有輕唇音，中古以後重唇音的三等合口字變為輕唇。今人為這四個輕唇音構擬的音值分別是〔f〕〔fʻ〕〔v〕〔ɱ〕。參見「唇音」條。

重唇音 音韻學術語。又稱重唇、唇音重、唇重。指三十六字母中幫、滂、並、明四母。近代勞乃宣《等韻一得》稱之為重唇音。今人為這四個重唇音構擬的音值分別是〔p〕、〔pʻ〕、〔b〕、〔m〕。參見「唇音」條。（《音韻學辭典》163、316 頁）

（3）重唇音 音韻學術語。即雙唇塞音和雙唇鼻音。由上下唇

〔註18〕劉瑾，大中型辭書編修中釋義基本要求的落實考察〔J〕，辭書研究，2013（4）：9～18。

接觸以節制外出之氣息而成。如三十六字母中之「幫」(b)〔p〕、「滂」(p‘)〔p'〕、「並」〔b〕、「明」(m)〔m〕四母。

　　輕唇音　音韻學術語。即唇齒擦音和唇齒鼻音。由下唇和上齒接觸以節制外出的氣息而成。如「三十六字母」中的非(f)〔f〕、敷〔f'〕、奉(v)〔v〕、微〔m〕四母。(《大辭海·語言學卷》72 頁)

　　(4)【輕唇音】　音韻學術語。唇音的一種。指非敷奉微 4 母。現代語音學屬唇齒音〔pf〕、〔pf'〕、〔bv〕、〔m〕。

　　【重唇音】　音韻學術語。唇音的一種。指幫滂並明 4 母。現代語音學屬雙唇音〔p〕、〔p'〕、〔b〕、〔m〕。(《中國語言文字學大辭典》483、829 頁)

　　(5)重唇音　heavy labial；bilabial

　　九音的一種。中古重唇音包括三十六字母的「幫滂並明」四個，一般構擬作雙唇音〔p〕〔p'〕〔b〕〔m〕。

　　輕唇音　light labial；labiodental

　　九音的一種。中古輕唇音包括三十六字母的「非敷奉微」四個，一般構擬作唇齒音〔pf〕〔pf'〕〔v〕〔m〕，後來演變為〔f〕〔v〕等。

(《語言學名詞》149 頁)

　　《中國語言學大辭典》這一對術語的釋文，不但都包含對該術語類屬的描述：「『唇音』的一種」，而且統一使用了「相當於……」「包括……」「音值一般分別擬為……」的句式。釋文結構完全一致，釋文用語模式統一，釋文篇幅均衡。利於讀者將二者釋文互相參照，準確把握「重唇音」和「輕唇音」的關聯之處和相異之處。

　　《音韻學辭典》《中國語言文字學大辭典》《語言學名詞》三部辭典中這對術語的釋文體例比較一致。釋文體例相差較大的是《大辭海·語言學卷》。辭典中這一對術語同頁編排，依次而列，相比某些按照音序排列而將「重唇音」和「輕唇音」分列的辭典而言，體例一致性和釋文均衡性的對比更加明顯。該辭典的這對術語釋文信息要素一致，但語言風格、釋文格式不一致：「重唇音」使用「節制外出之氣息」「三十六字母中之……」，而「輕唇音」卻用「節制外出的信息」「『三十六字母』中的……」，語言風格不同。「重唇音」中的「三十六

字母」未用雙引號而「幫滂並明」四母使用雙引號，但「輕唇音」中「三十六字母」使用雙引號而「非敷奉微」四母未使用雙引號，行文格式迥異。

2.「四呼」「曲韻六部」

龐大的音韻學術語系統中還存在若干微小的術語系統。在術語微系統中，每個術語都與其上位術語具有領屬關係，或者術語之間呈現對立關係。因此，各術語與上位術語的釋文相照應、各術語的釋文也要彼此觀照，表現出體例的一致性。比如以下幾組術語的釋文：

第一組 「幾呼」：

（1）四呼　音韻學術語。清代等韻家把以不同的元音或半元音開頭的韻母分成四類，即開口呼、齊齒呼、合口呼、撮口呼，或簡稱「開齊合撮」。……

撮口呼　音韻學術語。四呼之一，指具有〔y〕介音或主要元音是〔y〕的韻母。如穴〔çye〕、居〔tçy〕。清代等韻家所說的撮口呼大體上相當於宋元等韻圖中的合口細音。中古漢語沒有〔y〕介音和〔y〕元音，撮口呼中的〔y〕是由中古的〔i〕介音和〔u〕介音或〔u〕元音合併而變化來的。

合口呼　音韻學術語。四呼之一。指具有 u 介音或主要元音是 u 的韻母。如說〔ʂuo〕書〔ʂu〕。清代等韻學中所說的合口呼大體上相當於宋元韻圖中的合口洪音，但由於語音的變化，這種對應並不十分整齊。比如《韻鏡》第三十一圖、《切韻指掌圖》第十三圖列在開口二等位置上的「莊瘡床霜」等字，後來變成了合口呼。

開口呼　音韻學術語。四呼之一，指沒有介音，主要元音又不是〔i〕、〔u〕、〔y〕的韻母。如開〔k'ai〕、口〔k'ou〕。清代等韻學中所說的開口呼大體上相當於宋元韻圖中的開口洪音。但由於語音的變化，這種對應並不十分整齊。比如《韻鏡》第四圖開口細音「支眵施觜雌斯」等字後來韻母變成了〔ʅ〕〔ɿ〕，而歸屬開口呼，《韻鏡》第十七圖開口洪音「吞」字，後來合口呼，「垠」字則變入齊齒呼。

齊齒呼　音韻學術語。四呼之一，又稱「啟門齊齒呼」。指具有 i 介音或主要元音是 i 的韻母。如寫〔çie〕、信〔çin〕。清代等韻學中所說的齊齒呼大體上相當於宋元等韻圖中的開口細音。但由於語音

的變化，這種對應並不十分整齊。宋元等韻圖中開口二等牙音字後世多變為齊齒呼（如家、皆、姦等字），而止攝開口的舌音和齒音字則多變為開口呼（如：知馳紙侈舐等字）。(《音韻學辭典》204、19、90、113、151 頁)

（2）【四呼】開口呼、合口呼、齊齒呼、撮口呼的合稱。……

【開口呼】四呼之一。指沒有韻頭，而韻腹又不是 i、u、ü 的韻母。如大（dà）、任（rèn）中的 a、en。

【合口呼】四呼之一。韻頭或韻腹是 u 的韻母。如礦（kuàng）、姑（gū）中的 uang、u。

【齊齒呼】四呼之一。韻頭或韻腹是 i 的韻母。如堅（jiān）、棋（qí）中的 ian、i。

【撮口呼】四呼之一。韻頭或韻腹是 ü 的韻母。如捐（juān）、去（qù）中的 üan、ü。(《中國語言學大辭典》85 頁)

（3）【四呼】音韻學術語。即開口呼、齊齒呼、合口呼、撮口呼。……

【開口呼】音韻學術語。四呼之一，指沒有介音，主要元音又不是〔i〕〔u〕〔y〕的韻母。開口呼大體來源於宋元韻圖中的開口一二等。

【齊齒呼】音韻學術語。四呼之一，指帶有介音〔i〕或主要元音為〔i〕的韻母。齊齒呼大體來源於宋元韻圖開口三四等。

【合口呼】音韻學術語。四呼之一，指帶有介音〔u〕或主要元音為〔u〕的韻母。合口呼大體來源於宋元韻圖的合口一二等。

【撮口呼】音韻學術語。四呼之一，指帶有介音〔y〕或主要元音為〔y〕的韻母。撮口呼大體來源於宋元韻圖的合口三四等。(《中國語言文字學大辭典》561、350、280、471、99 頁)

（4）呼　articulation

根據介音或主要元音給韻母分類的一種方法。元代《切韻指南》有開口呼、合口呼的名目，明末有開口呼、合口呼、齊齒呼、撮口呼的「四呼」名目。

開口呼　articulation when neither〔i〕〔u〕or〔y〕is used as medial

or main vowel

　　明清四呼的一種。不以〔i〕〔u〕〔y〕為介音或作韻腹的韻母。

　　合口呼　articulation with〔u〕as medial or main vowel

　　明清四呼的一種。有〔u〕介音或以〔u〕作韻腹的韻母。

　　齊齒呼　articulation with〔i〕as medial or main vowel

　　明清四呼的一種。有〔i〕介音或以〔i〕作韻腹的韻母。

　　撮口呼　articulation with〔y〕as medial or main vowel

　　明清四呼的一種。有〔y〕介音或以〔y〕作韻腹的韻母。(《語言

學名詞》151 頁)

　　《大辭海‧語言學卷》將「開口呼」設為主條,「合口呼」「齊齒呼」和「撮口呼」均立為副條,定義「參見『開口呼』」。《音韻學辭典》《中國語言學大辭典》《中國語言文字學大辭典》《語言學名詞》的總詞目「四呼」(「呼」)和各分詞目構成一個微系統,四個分詞目的釋文都和總詞目「四呼」呼應,都明確了是「四呼之一」。四個下位術語的釋文信息要素基本一致,釋文內容比較均衡,行文體例也高度一致。

　　《音韻學辭典》相關術語釋文對國際音標的處理略有不同:「撮口呼」和「開口呼」釋文中的介音使用了中括號,而「合口呼」和「齊齒呼」沒有使用。釋文用語方面:「撮口呼」是「清代等韻學家所說的……」,而其餘三者則使用「清代等韻學中所說的……」;「撮口呼」「齊齒呼」使用「相當於宋元等韻圖中的……」,而「開口呼」「合口呼」使用「相當於宋元韻圖中的……」;舉例說明語音的演變情況時,「合口呼」「開口呼」使用了「比如……」,而「齊齒呼」並未使用。釋文要素方面:「開口呼」「合口呼」「齊齒呼」都舉例說明語音的變化,唯「撮口呼」缺失相關例證。《中國語言文字學大辭典》闡釋各「呼」的來源時,分別使用了「宋元韻圖中的……」「宋元韻圖……」「宋元韻圖的……」,用語不完全一致。

　　《語言學名詞》在「呼」條釋文中提及術語「四呼」,並在各「呼」的分詞目釋文中明確了「明清四呼」,但沒有設立「四呼」這一總詞目。

　　第二組 「曲韻六部、閉口、穿鼻、抵齶、斂唇、展輔、直喉」:

　　(1)閉口　音韻學術語。㊀又稱閉口韻、閉口音。指收唇音尾

的韻，陽聲韻收〔-m〕尾，入聲韻收〔-p〕尾，統稱閉口韻。此術語本為詞曲家分別韻類所用。等韻家常用此術語指深、咸兩攝陽聲韻。近代勞乃宣《等韻一得》稱為「唇音部」。㈢比況注音用法，也是指閉口韻說的，一個音節的收尾音雙唇合攏。《淮南子·俶真》：「牛蹄之涔，無尺之鯉。」東漢高誘注：「涔讀延祐曷問（此 4 字當有誤——編者），急氣閉口言也。」涔，正為收〔-m〕尾字。

　　穿鼻　音韻學術語。指韻尾為〔-ŋ〕的一類韻。此術語本為詞曲家分別韻類所用，明清間等韻家常用此術語指通、江、宕、梗、曾諸攝陽聲韻。近代勞乃宣《等韻一得》稱此為「鼻音部」。

　　抵齶　音韻學術語。指韻尾為-n 的一類韻。此術語本為詞曲家分別韻類所用，等韻家常用以指臻、山兩攝陽聲韻。近人勞乃宣《等韻一得》稱此為「舌齒音部」。

　　斂唇　音韻學術語。指韻尾為-u 的一類韻。此術語本為詞曲家分別韻類所用，等韻家常用以指遇、流、效諸攝陰聲韻。近人勞乃宣《等韻一得》之喉音三部及喉音一部下聲之合口、撮口合起來與之相當。

　　展輔　音韻學術語。指韻尾為-i 的一類韻。此術語本為詞曲家分別韻類所用。等韻學家常用以指止、蟹兩攝陰聲韻。近人勞乃宣《等韻一得》之喉音二部及喉音一部下聲之齊齒呼合起來與之相當。

　　直喉　音韻學術語。指沒有韻尾的一類韻。此術語本為詞曲家分別韻類所用。等韻家常用以指果、假兩攝陰聲韻。近人勞乃宣《等韻一得》喉音一部之陰聲韻與此相當。（《音韻學辭典》5、16、29、123、295、305 頁）

《音韻學辭典》這組術語釋文中的音標處理方式不同，「閉口」「穿鼻」的音標加中括號，其餘術語的音標未加；「閉口」標出「又稱」，「穿鼻」未標出又稱「礙喉」。六個術語同屬「曲韻六部」，若為其設立一個總詞目，則有益於讀者把握這組術語的內在聯繫。《大辭海·語言學卷》也如此：六個分詞目的釋文體例、用語嚴格一致，釋文篇幅均衡，但只收錄六個分詞目而未收錄「曲韻六部」總詞目。

　　《中國語言學大辭典》和《中國語言文字學大辭典》均設立了「曲韻六部」
總詞目，各分詞目釋文體例也嚴格統一，總詞目和分支詞目形成了一個語義系
統：

　　（2）【曲韻六部】曲韻韻尾分類的一種學說。清初毛先舒《韻
學通指》把陰聲韻韻尾分為直喉、展輔、斂唇三部，陽聲韻韻尾分
為閉口、抵齶、穿鼻三部。明末沈寵綏《度曲須知》已使用這類名
稱，但該書只分韻尾為五類，名稱也與戈載所定不盡相同。

　　【直喉】曲韻六部之一。指陰聲韻中無韻尾的韻母。

　　【展輔】曲韻六部之一。指陰聲韻中以〔i〕為韻尾的韻母。

　　【斂唇】曲韻六部之一。指陰聲韻中以〔u〕為韻尾的韻母。

　　【抵齶】①曲韻六部之一。指陽聲韻中以〔n〕為韻尾的韻母。
②指入聲韻中以〔t〕為韻尾的韻母。

　　【穿鼻】①曲韻六部之一。指陽聲韻中以〔ŋ〕為韻尾的韻母。
②也叫「礙喉」。入聲韻中以〔k〕為韻尾的韻母。

　　【閉口】①曲韻六部之一。指陽聲韻中以〔m〕為韻尾的韻母。
②指入聲韻中以〔p〕為韻尾的韻母。（《中國語言學大辭典》86 頁）

　　（3）【曲韻六部】曲韻韻尾分類的一種學說。明末沈寵綏《度
曲須知》開始對曲韻韻尾進行分類，分鼻音、噫音、鳴音、於音、
抵齶 5 類。清初毛先舒《韻學通指》把陰聲韻尾分為直喉、展輔、
斂唇 3 部，陽聲韻尾分為閉口、抵齶、穿鼻 3 部。清戈載《詞林正
韻》對上述 6 部收音狀況進行了精確的描述。

　　【閉口】音韻學術語。曲韻六部之一。指陽聲韻中以〔-m〕為
韻尾的韻母。

　　【穿鼻】音韻學術語。曲韻六部之一。指陽聲韻中以〔-ŋ〕為韻
尾的韻母。

　　【抵齶】音韻學術語。曲韻六部之一。指陽聲韻中以〔-n〕為韻
尾的韻母。

　　【斂唇】音韻學術語。曲韻六部之一。指陰聲韻中的〔u〕韻母
和以〔u〕為韻尾的韻母。

【展輔】音韻學術語。曲韻六部之一。指陰聲韻中以〔-i〕為韻尾的韻母和〔i〕韻母。

【直喉】音韻學術語。曲韻六部之一。指陰聲韻中無韻尾的韻母。(《中國語言文字學大辭典》492、29、82、122、383、796、805頁)

術語釋文的系統性和平衡性不僅反映本語義場內術語之間的關係，還會影響相關聯的其他術語的信息完整性。我們可以從下面「陰聲韻、陽聲韻」的釋文中發現對等詞目釋文的失衡現象對其他相關詞目信息自足性的影響。

陰聲韻　音韻學術語。以元音收尾或沒有韻尾的韻母，叫做「陰聲韻」。跟「陽聲韻」相對。也叫「不附聲韻」。如現代普通話的「媽」〔ma〕、「來」〔lai〕、「高」〔kau〕都是陰聲韻字。上古三十韻部中「之、幽、宵、侯、魚、支、歌、脂、微」九部是陰聲韻；《廣韻》平聲五十七韻中「支、脂、之、微、魚、虞、模、齊、佳、皆、灰、咍、蕭、宵、肴、豪、歌、戈、麻、尤、侯、幽」二十二韻是陰聲韻。清代考古派古音學家把上古韻部分為「陰聲」「陽聲」兩大類，收塞音韻尾〔-p〕、〔-t〕、〔-k〕的古入聲字也包括在陰聲韻部裏。

陽聲韻　音韻學術語。以鼻音〔m〕、〔n〕、〔ŋ〕收尾的韻母，叫做「陽聲韻」。跟「陰聲韻」相對。也叫「附聲韻」。如現代普通話的「人」〔zən〕、「民」〔min〕、「英」〔iŋ〕、「雄」〔ɕiuŋ〕，廣東話的「堪」〔ham〕、「憾」〔ham〕都是陽聲韻字。上古三十韻部中「蒸、冬、東、陽、耕、寒（元）、真、文、侵、談」十部是陽聲韻。《廣韻》平聲五十七韻中，有三十五韻是陽聲韻。其中，「東、冬、鐘、江、陽、唐、庚、耕、清、蒸、登」十一韻收〔ŋ〕尾，收〔ŋ〕的陽聲韻又叫「穿鼻韻」，「真、諄、臻、文、欣、魂、痕、元、寒、桓、刪、山、先、仙」十四韻收〔n〕尾，收〔n〕尾的陽聲韻又叫「抵顎韻」；「侵、覃、談、鹽、添、咸、銜、嚴、凡」九韻收〔m〕尾，收〔m〕尾的陽聲韻又叫「閉口韻」（「閉口韻」本是舊戲曲家創設的名稱，為音韻學家所沿用）。(《古代漢語知識辭典》167頁)

「陰聲韻」「陽聲韻」這兩個術語的釋文信息要素的順序大概一致：定義、對稱和又稱；現代普通話示例、上古韻部示例、《廣韻》示例。但在使用《廣

韻》例證時，二者處理有差異。「陽聲韻」的釋文，將《廣韻》平聲五十七韻中的三十五個陽聲韻按照韻尾的不同，又進一步分為「穿鼻韻」「抵顎韻」和「閉口韻」，並指出各自包括哪些韻。但「陰聲韻」的釋文僅僅指出《廣韻》平聲五十七韻中哪些韻是陰聲韻，並未進一步指出「直喉」「展輔」「斂唇」包括哪些韻。此外，由於該辭典沒有收錄「曲韻六部」詞目，只在「陽聲韻」中提到「穿鼻、抵顎、閉口」，而「展輔、斂唇、直喉」三個術語卻無處可尋，妨礙讀者從整體上把握「曲韻六部」和各分支詞目之間的密切關係。

成套、成對術語的釋文應該儘量保持體例一致，單個術語內部各義項的釋文亦應如此。例如：

> 【本音】㊀見「古本韻」；㊁見「古本音」㊀㊁；㊂清顧炎武《音學五書‧詩本音》所用術語。顧氏在《詩經》韻腳下注出他所認為的該字的古音。凡與今音相合的，就注明《廣韻》韻目，與今音不合的，就根據《詩經》全書的用韻並參證其他古書韻文，用直音或反切正其音讀；㊃方言學術語。指方言本字原來的讀音，與「變音㊁」「訓讀音」相對；㊄方言學術語。指單字的讀音，與「變音㊂」相對；㊅語音學術語。語音教學中對輔音實際讀音的稱呼；㊆音韻學術語。與「破讀音」相對。如「春風人人」。前一個「風」字讀平聲為本音，後一個「風」字讀去聲為「破讀音」（簡稱「破讀」或「讀破」）。（《音韻學辭典》4頁）

「本音」條一共有七個義項。㊃㊄㊅㊆四個義項均首先明確術語所屬類別，分別指明為「方言學術語」「語音學術語」「音韻學術語」，但㊀㊁㊂義項中並沒有如此定性語。㊀㊁㊂㊆四個義項均為音韻學術語，但只有㊆有定性語，㊀㊁㊂皆無。

《古代漢語知識辭典》多數音韻學術語的釋文中都標明「音韻學術語」，如「聲母」（156頁）、「舌上音」（160頁）、「輕唇音」（162頁）等。但個別的標明「音韻學名詞」，如「入聲」（168頁）。還有的沒有任何描述性語言，如「反切」（174頁）、「重紐」（177頁）等。同一語義場的術語，其釋文處理方式也不完全相同，如「清音、全清、次清、濁音、全濁、次濁」（163頁）均為「音韻學術語」，但「清濁」（162頁）無說明。

《語言學名詞》部分術語釋文的「對稱」「又稱」就體現體例的一致性，所

有術語的對稱用語都是「與……相對」，並全部出現於釋文首句：

09.049　陽調　tone with a voiced initial

與「陰調」相對。漢語一個聲調分化後原濁聲母字所讀的聲調。

09.050　陰調　tone with a voiceless initial

與「陽調」相對。漢語一個聲調分化後原清聲母字所讀的聲調。

09.136　今音　middle Chinese sounds

與「古音」相對。清人指《廣韻》音系所代表的中古漢語語音。

09.139　同用　①shared rhyme；②identical application

①與「獨用」相對。韻書韻目下的標注用語。指允許臨近的韻在一起押韻。

09.140　獨用　exclusive rhyme

與「同用①」相對。韻書韻目下的標注用語。指只同本韻字押韻。

09.164　古音　old Chinese sounds

與「今音」相對。清人指以《詩經》音為代表的語音。

09.167　正聲　①rhyme shifting proper；②initials proper

與「變聲」相對。①章炳麟指主要元音相同和相近的韻部之間的通轉。包括近旁轉、次旁轉、正對轉、次對轉四種情況。②黃侃指「影曉匣見溪疑端透定泥來精清從心幫滂並明」十九個上古音中原本存在的聲紐，即「古本紐」。

09.168　變聲　①rhyme shifting additional；②initials generated

與「正聲」相對。①章炳麟指韻尾不同的韻部之間的通轉。包括交紐轉、隔越轉兩種情況。②黃侃指「古本紐」十九紐之外的中古聲紐。它們是「古本紐」經過後世音變分化出來的聲紐，例如「非敷奉微知徹澄娘」等。

09.169　正韻　①old rhyme proper；②rhyme categories with proper initials

與「支韻」相對。①章炳麟指上古原本就有的韻，即「古本音」。

②黃侃指《廣韻》一韻分成二類、三類，其中有「正聲」（古本紐）的韻類。

09.170　支韻　①old rhyme generated；②rhyme categories with generated initials

與「正韻」相對。①章炳麟指上古音變異後新產生的韻。②黃侃又稱「變韻」。《廣韻》一韻分成二類、三類，其中有「變聲」的韻類。

09.186　主諧字　zhuxiezi；sinigram used as the phonetic symbol

與「被諧字」相對。指同一諧聲系列中的聲符字。

09.187　被諧字　biexiezi；sinigram using zhuxiezi as the phonetic symbol

與「主諧字」相對。指諧聲系列中從主諧字（聲符）得聲的形聲字。

對稱用語和出現位置均保持高度一致，但異稱的多種用語形式則需要進一步規範。《語言學名詞》的異稱用語就有「又稱、即」，有 17 條術語的釋文使用「又稱」，有 2 條術語的釋文使用「即」。具體釋文如下：

（1）「又稱」

09.001　音韻學　historical phonology

又稱「聲韻學」。研究漢語各個時期語音狀況及其發展的學科。研究材料主要有韻書、等韻、反切、韻文、諧聲、異文、讀若和讀如、聲訓、直音、對音、漢語方言和親屬語言等，研究內容包括漢語語音史、音韻學理論、音韻學史等。

09.002　音韻　phonology

又稱「聲韻」。漢語語音中聲母、韻母、聲調三個要素以及漢語各個時代語音系統的總稱。

09.003　古音構擬　reconstruction of ancient pronunciation

又稱「古音重建」。主要運用歷史語言學理論和方法推測古代某一時期的語音情況。

09.023　複輔音聲母　consonant cluster as an initial

又稱「複聲母」。一種觀點認為，上古漢語有兩個或兩個以上輔音結合成的聲母，稱為「複輔音聲母」。

09.031　韻頭　medial

又稱「介音」。韻母中位於韻腹前的部分。

09.094　尖團音　jianyin vs. tuanyin

又稱「尖圓音」。尖音和團音的合稱。聲母屬古「精清從心邪」五母，韻母為細音的，稱為尖音；聲母屬古「見溪群曉匣」五母，韻母為細音的，稱為團音。方言中有分尖團音的，有不分的；普通話不分，都是〔tɕ〕〔tɕʻ〕〔ɕ〕。

09.124　押韻　rhyme

又稱「協韻」「叶韻」「壓韻」。韻文中一種使同韻字有規則地反覆出現的手法。

09.125　叶音　adaptation

又稱「取韻」「叶句」「叶韻」。「叶」也寫作「協」。臨時改變某字的讀音使韻腳和諧。這是後人以時音誦讀先秦韻文感覺某字不押韻時而採取的做法。

09.129　合轍　rhyme

又稱「押韻」。特指按照十三轍的標準押韻。

09.142　小韻　syllable in a rhyme dictionary

又稱「紐」。指韻書中聲、韻、調完全相同的同音字組。

09.144　重紐　redundant syllable in rhyme tables

又稱「重出唇牙喉音」。指「支脂祭真仙宵侵鹽」等三等韻系裏的唇牙喉音聲母字成系列地重出小韻。例如，虧去為反，窺去隨反，反切上字同是「去」，溪母，反切下字都是支韻合口字。這兩類兩兩對立的重紐，在韻圖裏被分別置於三等和四等地位，分別被稱為重紐三等和重紐四等。

09.147　反切　fanqie；sinigraphic spelling

又稱「反」「翻」「切」。用兩個漢字給一個漢字注音的方法。兩

個字中上字取其聲，下字取韻與調，拼合出被注音字的讀音。

09.153　倒紐　anti-pronunciation

又稱「到紐」。以反切下字的聲母與反切上字的韻母、聲調拼出另一個被切字的讀音。

09.172　韻部　rhyme group

①又稱「部」。在歸納韻文押韻字的基礎上經音韻分析而歸納出的部類。②韻書中的韻。如《廣韻》的二百零六韻也有人稱為二百零六韻部，《中原音韻》的十九韻也稱十九韻部。

09.190　譬況　description

又稱「比況」。早期的漢字注音法的一種。以同音字或近音字比擬被注音字的讀音，或對其發音特徵加以描寫。包括長言、短言、急氣、緩氣、內言、外言等。

09.191　急聲　quick pronunciation

又稱「急讀」。與「慢聲」相對。古人有兩字急讀成一音（例如「之乎」急讀為「諸」），慢讀仍為二音的說法。前者稱「急聲」，後者稱「慢聲」。

09.211　越漢對音　Vietnamese transcription of the borrowed Chinese words

又稱「漢越語」。越南語中借入的漢語詞語的語音。

以上術語以「主詞條」〔註19〕形式出現於辭典中，其異稱不立目，不需要參考其他詞條來理解本術語。下面兩例則是需要結合其他詞條進行解讀的「副詞條」〔註20〕：

09.044　平聲陰　level tone with a voiceless consonant

即陰平。見「平聲」。

09.045　平聲陽　level tone with a voiced consonant

即陽平。見「平聲」。

〔註19〕又稱「主條」「正條」。與「副詞條」「次詞條」相對。宏觀結構的構成單元。有獨立的注釋和釋文，其基本內容的理解無須依賴其他詞條。——《語言學名詞》，96頁。

〔註20〕又稱「副條」。與「主詞條」相對。宏觀結構的構成單元，但沒有獨立釋文，需要參見主詞條或其他詞條才能理解其意義。——《語言學名詞》，96頁。

「平聲陰」又稱「陰平」,「平聲陽」又稱「陽平」,二者都需要參考「平聲」
的釋文進行理解。

《語言學名詞》術語釋文中表示又稱時,除了使用「又稱、即」等之外,
還出現了「簡稱」「有人稱」「通常稱」等用語形式。這些用語形式的術語釋文
共有 12 例,其中「簡稱」10 例,「有人稱」1 例,「通常稱」1 例。

前例中某些術語釋文中的又稱也是該術語的簡稱,但釋文並未標出「簡稱」
字樣,如「反切」:

09.147　反切　fanqie;sinigraphic spelling

又稱「反」「翻」「切」。用兩個漢字給一個漢字注音的方法。兩

個字中上字取其聲,下字取韻與調,拼合出被注音字的讀音。

在該術語釋文中,「反切」的又稱「反」「翻」「切」也是它的簡稱,但釋文
只有「又稱」,未出現「簡稱」字樣。與此相反的情況是,某些術語的簡稱可作
為又稱存在,但釋文中只標示其為「簡稱」。這樣的術語釋文有 10 例:

09.043　平聲　level or even tone

簡稱「平」。四聲中的一類。近代以來多數方言裏,平聲以中古
聲母的清濁為條件,分化為陰、陽兩類,中古清聲母的平聲字讀陰
平,中古濁聲母的平聲字讀陽平。

09.046　上聲　rising tone

簡稱「上」。四聲中的一類。見「四聲」。

09.047　去聲　departing or going tone

簡稱「去」。四聲中的一類。見「四聲」。

09.048　入聲　entering tone

簡稱「入」。四聲中的一類。見「四聲」。

09.071　照二組　Zhao group at the second division;Zhuang group

簡稱「照二」。韻圖上列在二等的正齒音字。後人以「莊初崇生
俟」(或「莊初床山俟」)作為《切韻》音系中這組聲母的代表字,
稱為莊組,有的構擬作舌叶音〔tʃ〕〔tʃʻ〕〔dʒ〕〔ʃ〕〔ʒ〕,有的構
擬為捲舌音〔tʂ〕〔tʂʻ〕〔dʐ〕〔ʂ〕。

09.072　照三組　Zhao group at the third division;Zhang group

簡稱「照三」。韻圖上列在三等的正齒音字。後人以「章昌船書禪」作為《切韻》音系中這組聲母的代表字，稱為章組，一般構擬作舌面前塞擦音和擦音〔tɕ〕〔tɕʻ〕〔dʑ〕〔ɕ〕〔ʑ〕。

09.110　切韻圖　rhyme tables

簡稱「韻圖」。唐宋金元時期稱顯示漢語音系結構的圖表。其內容包括以五音（七音）、清、濁等給聲母分類，以開合、四等、攝、轉等給韻母分類，聲韻縱橫相交體現音系結構。

09.111　等韻圖　rhyme tables

簡稱「韻圖」。明清時期稱顯示漢語音系結構的圖表。其內容包括以五音（七音）、清、濁等給聲母分類，以開合、四等、攝、轉等給韻母分類，聲韻縱橫相交體現音系結構。後也兼括明清以前的切韻圖。

09.149　反切上字　first sinigram in a fanqie

簡稱「切上字」。反切注音法中用來注音的兩個漢字中的前一個漢字。表示被切字的聲母。古人直行書寫，前一個注音字在上面，所以稱為反切上字。宋元學者稱反切上字為「切」。

09.150　反切下字　second sinigram in a fanqie

簡稱「切下字」。反切注音法用來注音的兩個漢字中的後一個漢字。表示被切字的韻母和聲調。古人直行書寫，後一個注音字在下面，所以稱為反切下字。宋元學者稱切下字為「韻」。

另有下列 2 例既非「簡稱」也非「又稱」的釋文方式：

09.006　近代音　recent Chinese sounds；early Mandarin

近代漢語的語音。有人稱「近古音」。多以《中原音韻》音系為代表。

09.032　韻腹　main vowel

漢語韻母中必要的核心部分。通常稱「主（要）元音」。

釋文中使用「有人稱」「通稱」作為該術語的異稱表述形式，與前面數例皆不相同。辭典正文之前的「編排說明」對「簡稱」「又稱」有過如下說明：「八、異名用楷體表示。『簡稱』『全稱』『又稱』『俗稱』可以繼續使用，『曾

稱」為被淘汰的舊名。」但未包括「有人稱、通稱」等。至於「簡稱」「有人稱」「通稱」是否都可以作為其又稱，各辭典的具體處理並不完全相同。編撰者需要在綜合考慮辭典體例、術語內涵等各方面因素的基礎上，對術語又稱、對稱的表現形式和行文體例進行統一和規範，以體現辭典編撰的規範性。

5.2.3.2　著作釋文體例的一致性

本節以收錄著作規模最大的《音韻學辭典》為例，比較部分亡佚著作和現存著作的釋文方式，從釋文信息要素、釋文用語角度來探析著作詞目釋文體例的一致性。

1. 亡佚著作

（1）楚辭韻解　書名。清丘仰文撰。今亡佚，內容不可考。（16頁）

（2）切韻指南　音韻學著作。……㈡明朱載堉撰。已佚，內容無考。（160頁）

（3）爾雅便音　書名。明薛敬之撰。未見傳本，內容不可考。書目見於《經義考》。（36頁）

（4）爾雅釋文　音義書。北宋孫奭撰。1卷，今亡佚，內容不可考。書目見於《宋人軼事彙編》。（36頁）

《楚辭韻解》和《切韻指南》既已亡佚，書名出於何處應當注明。而且《音韻學辭典》其他亡佚著作也有注明出處的情況。如「爾雅便音」「爾雅釋文」條。

（5）翻切縱橫圖　等韻學著作。明吳季鸚撰。書目見《桐城藝文志》。（37頁）

（6）集韻　韻書。……㈡明釋竹川撰。見於《浙江通志》書目。（101頁）

（7）切韻渠鏃　音韻學著作。明喬邦俊撰。二十四卷，書目見《山西通志》。（158頁）

《音韻學辭典》的現存著作，其釋文大多詳細介紹作者、具體內容、現存何處、流傳版本等信息。另參考其餘亡佚、未見著作的釋文體例，一般或注明「亡佚」，或注明「未見」。上述三部著作，據釋文內容分析，應屬亡佚或未見

傳本之列。查《小學考》卷三十五・二十六有「吳氏季鴨《翻切縱橫圖》,《桐城藝文志》一卷,未見。」卷三十四・三十一有「釋竹川《集韻》,《浙江通志》書目,未見。」上述兩條釋文可以此為參考。

（8）古今韻會　韻書。元黃公紹撰。劉辰翁於至元壬辰年（1292）為該書作序,書大約也成於那時。據《小學考》載,此書共30卷,分107韻,即上平15韻、下平15韻、上聲30韻、去聲30韻、入聲17韻,收12652字。訓釋考證群籍,凡經史子集的正音、次音、叶音莫不詳備,故卷帙浩繁。原書已佚。(51頁)

（9）漢紀音義　音義書。北魏崔浩撰。後漢荀悅撰《漢紀)》30卷,記事全採自《漢書》。崔浩為此書作音義。《新唐書・藝文志》著錄為《漢書音義》2卷。書今已佚。(79頁)

以上兩部著作原書均已亡佚,「古今韻會」釋文明確指出,該書的詳細情況據《小學考》記載。但已佚的「漢紀音義」卻並未指明關於該書的詳細情況是從何處所得。可參考「古今韻會」釋文方式列出相關信息,便於讀者查閱、參考和進行深入研究。

2. 現存著作

（1）拍掌知聲切音調平仄圖　等韻學著作。為《拍掌知音》一書之全名。清廖綸璣作。見「拍掌知音」條。(144頁)

拍掌知音　音韻學著作。全稱《拍掌知聲切音調平仄圖》。清廖綸璣撰。……(144頁)

同一部著作,正條「拍掌知音」定性語為「音韻學著作」,副條「拍掌知聲切音調平仄圖」定性語為「等韻學著作」。「切韻指南」亦是如此:

（2）經史正音切韻指南　等韻圖,或簡稱《切韻指南》。元劉鑒撰。……(110頁)

切韻指南　音韻學著作。○《經史正音切韻指南》的簡稱。○……(160頁)

正條標明為「等韻圖」,副條為「音韻學著作」。雖然二者定性語不一致,但都有這一信息要素。

（3）曲韻驪珠　韻書。又稱《韻學驪珠》、《曲韻探驪》。……

（166 頁）

　　曲韻探驪　　即《曲韻驪珠》。（167 頁）

　　韻學驪珠　　即《曲韻驪珠》，見該條。（290 頁）

正條「曲韻驪珠」釋文指出該著作為「韻書」，且列出其餘兩個又稱。但兩個副條均未說明著作的性質，且同為副條，二者的釋文方式也不一致。

　　（4）切韻射標　　書名。明李世澤撰。此書為《韻法橫圖》的原名。見「韻法橫圖」條（162 頁）

　　韻法橫圖　　音韻學著作。原名《切韻射標》，明李世澤撰。……（279 頁）

　　二者為同一部著作。但「韻法橫圖」定性語為「音韻學著作」，「切韻射標」定性語為「書名」。

通過對以上釋文的對比和分析，我們在為著作撰寫釋文時可注意以下幾點：

第一，著作定性語應統一。根據著作的具體情況，「書名、音韻學著作、音義書、等韻學著作、韻書」等定性語的使用應該統一。

第二，著作存佚狀態應明確。現存著作最好標出文獻來源；亡佚著作最好統一「原書已佚」「書今已佚」等句式的使用，並且標出書名出處或者參考來源，便於讀者查閱。

第三，釋文要素和釋文句式應一致。如作者、著作內容、出處、存佚狀態、學術價值等最好按照統一的順序安排。

嚴格按照辭典體例撰寫釋文，重視釋文的系統性，有利於內容互相關聯的詞條之間彼此呼應。如《音韻學辭典》在「凡例」中已說明「凡是立人名條的，也為其著作建立詞目；凡是收錄的著作詞目，其著者一般也見於人名條。」在撰寫詞條時應注意將之貫徹到底。如人名條「賈善翊」和與之相應的著作詞目「莊子音」的釋文就不符：

　　（1）賈善翊　　宋以前人。字、裏、生卒不詳。著作有《莊子音》3 卷，今亡佚。書目見於《通志》。（《音韻學辭典》104 頁）

　　莊子音　　音義書。㊀晉向秀撰。3 卷。書今已佚。㊁晉司馬彪撰。3 卷。書今已佚。清茆泮林《十種古逸書》輯有司馬氏《莊子音》1 卷、《莊子音補遺》1 卷。㊂晉李軌撰。1 卷。書今已佚。㊃晉

徐邈撰。3 卷。書今已佚。㊄晉郭象撰。3 卷。書今已佚。㊅晉李頤
撰。1 卷。書今已佚。㊆晉王穆撰。1 卷。書今已佚。有人認為王穆
即王叔之。(《音韻學辭典》323 頁)

莊子直音　音義書。宋賈善翊撰。3 卷，書今已佚。(《音韻學辭
典》323 頁)

人名詞條指出，賈善翊只撰《莊子音》一書，但在「莊子音」詞條中卻缺
少該作者的義項；「莊子直音」詞條中注明為「宋賈善翊撰」，但人名詞條卻並
未提及《莊子直音》，導致人名詞目的釋文和著作詞目的釋文不相對應。

又如「顎化」和「齶化」通用，但辭典內部最好統一。如《音韻學辭典》
「喻化」釋文將又稱寫作「顎化」，但辭典只設立「齶化」條，且釋文中並無說
明：

(2) 喻化　語音學術語。又稱「顎化」。

齶化　語音學術語。又稱「軟化」或「喻化」。……(《音韻學辭
典》275、35 頁)

而同類情形的「到紐」則處理不同：

(3) 到紐　音韻學術語。又作倒紐，與正紐相對。把某切語上
下字本來的順序顛倒一下，又構成新的切語，叫到紐。到，即倒之
借字。如：章，灼良切；良灼切則為到紐。參見「正紐」條。

倒紐　音韻學術語。即「到紐」。(《音韻學辭典》22 頁)

「到紐」不但在釋文中指明「又作倒紐」，而且將二者分別設為正條、副條。
《語言學名詞》(155 頁) 也標明又稱「到紐」：

09.153　倒紐　anti-pronunciation

又稱「到紐」。以反切下字的聲母與反切上字的韻母、聲調拼出
另一個被切字的讀音。

為保證辭典釋文的嚴謹性和編撰的規範性，編撰者應該認真對待任何細
節問題。這不僅關乎音韻學辭典的專業水平，更關乎求實務實學術傳統的發
揚。

釋文體例的一致性，既是音韻學術語詞目、著作詞目的釋文規範要求，也
是人物詞目釋文應注意的問題。慧生曾抽樣統計《音韻學辭典》所收錄的學者

詞目，發現關於幾位學者的釋文篇幅相差懸殊〔註21〕：

　　董同龢　　　1488 字

　　王力　　　　1044 字

　　俞敏　　　　882 字

　　周祖謨　　　244 字

　　邵榮芬　　　193 字

　　趙元任　　　182 字

　　李榮　　　　152 字

　　唐作藩　　　93 字

　　字數最多者 1488 字，最少者 93 字。儘管並非所有的詞目釋文都有如此大的差別，但有必要保持釋文篇幅的平衡。人名詞目的釋文都應該包括生卒年（可考者）、籍貫、身份、成就、著作等信息。在包含信息要素基本一致的基礎上，對成就、著作等進行客觀描述。

　　根據以上詞目釋文的比較，我們可以看出，釋文體例的一致性也是辭書編撰規範化的重要內容。編撰者必須具有辭書規範意識，注重釋文體例的規範，對釋文格式、釋文要素、釋文篇幅等要妥善處理，保證辭典微觀內容的系統性和完整性，提升辭典的編撰質量。又如著作卷數的數字使用方式。多數著作釋文中的卷數用阿拉伯數字表示，如「四聲韻略 13 卷」「四聲韻林 28 卷」「韻歧 5 卷」「周官音 1 卷」等，但有個別著作的卷數用大寫漢字表示，如「韻略一卷」「韻譜五卷」「篇韻筌蹄三卷」等。甚至一個著作詞目下的釋文兼用兩種數字表示方式，如「聲韻圖」（《音韻學辭典》184 頁）詞條中的兩部著作：「北宋夏竦撰 1 卷」，「無名氏撰一卷」。十分影響詞目內部和整部辭典行文的一致性和規範性。

5.2.4　檢索系統設置合理

　　有效的檢索方式可便於讀者快速查閱到所需知識點。現有音韻學辭典的檢索方式主要有三種：第一，檢索順序與辭典正文內容順序一致，並輔以其他檢索方式。如《中國語言學大辭典》和《語言文字詞典》的音韻學卷，都在正文前設立了音韻學術語詞目表，該表即可檢索正文內容。為便於讀者查閱，辭典還在詞目表後設立了音序檢索。第二，檢索方式與辭典正文內容編排順序不一

〔註21〕慧生，從兩本傳統語言學辭典談起〔J〕，《辭書研究》，1997（1）：131～132。

致。如《音韻學辭典》的正文詞目是按照音序編排的，但在文末設置了筆劃索引作為唯一檢索方式。第三，辭書正文內所提示的「參見」。「『參見』是辭書的一種比較特殊的檢索系統，它將某些意義上有關聯的詞條聯結起來，讓讀者由此及彼，把一個個相對獨立、被拆散打碎的知識點又串了起來，實質上是一種特定的組合方式，將辭書所包含的知識系統中的一個個截面展示出來。……增強了辭書的實用性。」〔註22〕囿於體例，各辭典之間對參見的處理並不一致，辭典內部的處理也有差異。為了更好地發揮辭典的檢索功用，適應讀者的使用習慣，檢索系統應該內容完整、表述嚴謹，檢索方式要豐富，參見也要嚴密。

有的辭典檢索項目比較豐富，在詞目分類目錄之外還設置其他索引方式。如《大辭海·語言學卷》在正文前設置分類詞目目錄，在文末附加詞目筆劃索引。《實用古漢語知識寶典》除正文前的詞目分類目錄之外，也在文末設置詞目音序索引。在諸多工具書中，檢索方式較為全面、富有特色的是《中國大百科全書·語言文字卷》。《中國大百科全書·語言文字卷》除了在正文前有詞目分類目錄之外，卷末還有「條目漢字筆劃索引」「外文條目索引」「內容索引」。「內容索引」按照音序把音韻學部分的全部條目和釋文中提到但未單獨設立條目的術語、人物、著作等都列入檢索項目，充實了詞目分類目錄的內容，便於讀者檢索到更全面、更詳細的內容。如「上古音」未見於詞目分類目錄中，但通過「內容檢索」即可檢索到。

至於參見，由於參見的詞條分散於辭典各處，因此極容易出現參見詞條前後未能呼應的情況。或者詞條名稱、內涵不一致，或者參見落空。此外，參見用語的統一也十分必要，因為這是辭典體例一致性的體現。

除上述問題以外，其他相關的規範亦應引起重視。如數字、國際音標和漢字的使用規範。

數字的使用規范主要指釋文中的數字書寫應保持形式上的一致，包括著作卷數的數字、音韻學術語附帶的數字。如：

照二組　音韻學術語。即「莊組」。見「莊組」條。

莊組　音韻學術語，又稱照二組。對中古聲母分類的名稱，屬知

系。指中古正齒音二等聲母，即照二穿二床二審二禪二，現代趙元任重

〔註22〕史建橋，談辭書的檢索〔C〕//中國辭書論輯（第七集），北京：外語教學與研究出版社，2007：141～147。

立代表字為莊、初、崇、生、俟。當代學者都使用趙氏所定代表字。
參見「系組」條。(《音韻學辭典》300、323 頁)

　　照三組　音韻學術語。即「章組」。見「章組」條。

　　章組　音韻學術語，又稱照組、照三組。對中古聲母分類的名
稱，屬知系。指中古正齒音三等聲母，即照三穿三床三審三禪三，
現代趙元任重立代表字為章、昌、船、書、禪。當代學者多用趙氏
所定代表字。參見「系組」條。(《音韻學辭典》301、299 頁)

此外還應該避免數字使用的失誤，如某些術語釋文中沒有義項○，只有義
項○。又如下文阿拉伯數字和漢字大寫數字的混用：

　　尖團音　尖音和團音的合稱。凡古代「精」「清」「從」「心」「邪」
5 母字，近代或現代的韻母屬細音的，叫尖音字，如「將」「節」；
凡古代「見」「溪」「群」「曉」「匣」五母字，近代或現代的韻母屬
細音的，叫團音字。尖音字的音叫尖音，團音字的音叫團音。有的
方言分尖團，如鄭州「精」念〔tsiŋ〕、「經」念〔tɕiŋ〕，「清」念〔
ts'iŋ〕、「輕」念〔tɕ'iŋ〕，「新」念〔sin〕、「欣」念〔ɕin〕。普通話不
分尖團，「精、經」，「清、輕」，「新、欣」都同音。「尖團」之得名
與清代滿漢對譯有關，凡用圓頭滿文字對譯的叫圓音，用尖頭滿文
字對譯的叫尖音，「圓音」後來訛作「團音」，沿用至今。(《世界漢
語教學百科辭典》332 頁)

至於國際音標的使用，部分辭典也有疏忽，特別是某些相近似的符號極容
易被誤用。《新訂音標規範應加大區別度》一文〔註23〕曾專門闡述過國際音標的
規範問題，應引起重視。如：

　　【七音】音韻學術語。傳統的音韻學指按照聲母的發音部位區
分出來的唇音、舌音、牙音、齒音、喉音、半舌音和半齒音七類。
唇音又分為重唇音和輕唇音兩類，重唇音即雙唇音，如三十六字母
中的「幫、滂、並、明」〔p、p'、b、m〕，輕唇音即唇齒音，如三十
六字母中的「非、敷、奉、微」〔pf、pf'、bv、mɱ〕；舌音又分為舌
頭音和舌上音兩類⋯⋯(《實用古漢語知識寶典》128 頁)

〔註23〕鄭張尚芳，新訂音標規範應加大區別度〔J〕，民族語文，2012 (5)：49～50。

重唇音　音韻學術語。唇音的一類。指「三十六字母」中的「幫、
滂、並、明」4個聲母。這4個聲母，現在一般擬作雙唇塞音和雙唇
鼻音〔P P' b m〕。(《漢語知識詞典》704 頁)

上述辭典或將「微」母的音標〔ɱ〕誤作〔mɱ〕，或以〔P〕代替〔p〕。此
外，「七音」作為詞目，釋文應包括兩個義項：一是指音韻學術語；二是指《七
音三十六字母通考》。

又如，「入聲」釋文在標示三種塞音韻尾〔-p〕〔-t〕〔-k〕時，有的例字音標
使用了「-」，有的音標未使用：

入聲　音韻學名詞。既是漢語聲調的一類，又是韻部的一類。
入聲的特點是帶有〔-p〕、〔-t〕、〔-k〕三種塞音韻尾，發音短促。……
如廣州話「盒」〔ha：p〕、「鴨」〔a：p〕收〔-p〕尾，「必」〔pit〕、「雪」
〔syt〕收〔t〕尾，「踢」〔t'ɛk〕、「國」〔kwɔk〕收〔k〕尾。……
(《古代漢語知識辭典》168 頁)

多數辭典都在範例或前言中闡明辭典規範的重要性，並對體例進行了規定
和說明，但在辭典內容中仍出現錯誤。因此，規範細節如何強調都不為過，規
範意識必須貫穿於辭典編撰全過程中。

總之，音韻學術語規範化和音韻學辭典編撰規範化是普及漢語音韻學學科
知識以及構建中國特色學科體系、學術體系之所需。

結　論

　　20 世紀初至今，漢語音韻學專科辭典及其他相關工具書日趨豐富，其中不乏特色鮮明者。這些特色或表現在音韻學術語的框架結構設置方面，或表現在詞目收錄範圍、規模方面，或表現在釋文內容等方面。對這些工具書予以關注的成果尚不多見，這與音韻學學科的發展形勢不相符合。在前人時賢的研究基礎上，從辭典學、學科體系、學術史的角度對音韻學辭典加以關注，對音韻學辭典的編撰現狀進行梳理，探索音韻學辭典編撰的術語框架構建原則、立目原則和釋文原則，可行且必要。這既是傳承音韻學學科知識的需要，亦是豐富專科辭典編撰理論的需要。

　　本書通過梳理、比較國內外音韻學專科辭典及收錄音韻學詞目的工具書的編撰情況，嘗試提出編撰音韻學辭典需要遵循的原則，以期為新的音韻學辭典的術語框架結構、詞目收錄、釋文內容、行文規範等提供參考。

　　作為辭典編撰的指導理論，音韻學辭典的編撰原則需要以音韻學辭典的功能為導向。關於辭書的功能，蘇寶榮（2008）認為，辭書功能具有兩重性：現實功能和潛在功能。「現實功能」是辭書共有的，體現在辭書的「編寫說明」中，是編者預期之中的功能。「潛在功能」是編者預料之外的功能，只有傳世的優秀辭書具備。現實功能和潛在功能可以表現在共時層面上，即辭典問世時；更主要表現在歷時層面上，即辭書在後世產生的價值和影響上。優秀的辭書既可以服務於當世，又可造福於後人，乃至為學術的發展和新說的創立提供契機。

現實功能和潛在功能的大小都是衡量一部辭書質量的重要標誌。因此，一部優秀的音韻學辭典不僅可以作為專業知識載體便於當代人查閱，而且要在體現漢語音韻學學科體系的前提下傳承學界優秀成果，便於後人進行深入研究，保持學科長久的生命力。

參考文獻

一、辭書類

1. 北京教育學院，1990，《中學語文教學手冊》，北京：北京教育出版社。

2. 蔡富有、郭龍生，2001，《語言文字學常用辭典》，北京：北京教育出版社。

3. 曹述敬，1991，《音韻學辭典》，長沙：湖南出版社。

4. 陳海洋，1991，《中國語言學大辭典》，南昌：江西教育出版社。

5. 陳建初、吳澤順，1997，《中國語言學人名大辭典》，長沙：嶽麓書社。

6. 陳新雄等，2005，《語言學辭典（增訂版）》，臺北：三民書局。

7. 董紹克等，1996，《漢語知識詞典》，北京：警官教育出版社。

8. 馮春田等，1995，《王力語言學詞典》，濟南：山東教育出版社。

9. 復旦大學語言研究室，1978，《語言文字學名詞解釋》，北京：商務印書館。

10. 高更生等，1992，《現代漢語知識大詞典》，濟南：山東教育出版社。

11. 葛本儀，1993，《實用中國語言學詞典》，青島：青島出版社。

12. 郭芹納等，1990，《簡明古漢語知識辭典》，西安：陝西人民出版社。

13. 河北師範學院《語文知識詞典》編寫組，1984，《語文知識詞典》，石家莊：河北人民出版社。

14. 季羨林，1998，《敦煌學大辭典》，上海：上海辭書出版社。

15. 林燾，2002，《20世紀中國學術大典（語言學）》，福州：福建教育出版社。

16. 劉興策等，1983，《語文知識千問》，武漢：湖北人民出版社。

17. 羅邦柱，1988，《古漢語知識辭典》，武漢：武漢大學出版社。

18. 馬文熙、張歸璧，1996，《古漢語知識詳解辭典》，北京：中華書局。

19. 駢宇騫、王鐵柱，1999，《語言文字詞典》，北京：學苑出版社。

20. 戚雨村等，1993，《語言學百科詞典》，上海：上海辭書出版社。

21. 日本音聲學會，1976，《音聲學大辭典》，東京：日本三修社。

22. 唐作藩，2007，《中國語言文字學大辭典》，北京：中國大百科全書出版社。

23. 王德春、許寶華，2003，《大辭海·語言學卷》，上海：上海辭書出版社。

24. 王鳳，1983，《簡明語文知識辭典》，武漢：湖北人民出版社。

25. 王今錚等，1985，《簡明語言學詞典》，呼和浩特：內蒙古人民出版社。

26. 溫知新、楊福綿，1985，《中國語言學名詞彙編》，臺北：學生書局。

27. 向熹等，1988，《古代漢語知識辭典》，成都：四川人民出版社。

28. 許寶華等，1987《，辭海》（語言學分冊二版），上海：上海辭書出版社。

29. 許嘉璐，1990，《傳統語言學辭典》，石家莊：河北教育出版社。

30. 楊劍橋，2003，《實用古漢語知識寶典》，上海：復旦大學出版社。

31. 葉長青，1927，《文字學名詞詮釋》，上海：上海群眾圖書公司。

32. 語言學名詞審定委員會，2011，《語言學名詞》，北京：商務印書館。

33. 張普，1994，《中華小百科全書·語言文字卷》，成都：四川辭書出版社，四川教育出版社。

34. 鄭振濤，1996，《語文百科大典》，北京：國際文化出版公司。

35. 中國大百科全書總編輯委員會《語言文字》編輯委員會，中國大百科全書出版社編輯部，1988，《中國大百科全書·語言文字卷》，北京：中國大百科全書出版社。

36. 中國語學會，1969，《中國語學新辭典》，東京：日本光生館。

37. 中國語學研究會，1958，《中國語學事典》，東京：江南書院。

38. 周大璞，1991，《古代漢語教學辭典》，長沙：嶽麓書社。

二、專著類

1. 北京大學圖書館，1999，《北京大學圖書館藏古籍善本書目》，北京：北京大學出版社。

2. 〔明〕陳第《毛詩古音考·屈宋古音義》，康瑞琮點校，北京：中華書局，2008年。

3. 陳高春，1986，《中國語文學家辭典》，鄭州：河南人民出版社。

4. 陳廣忠，2003，《韻鏡通釋》，上海：上海辭書出版社。

5. 陳新雄，2004，《廣韻研究》，臺北：學生書局。

6. 陳振寰，1986，《音韻學》，武漢：湖南人民出版社。

7. 董同龢，2011，《漢語音韻學》北京：中華書局。

8. 方孝岳，2005，《廣韻韻圖》，北京：中華書局。

9. 馮蒸，1997，《漢語音韻學論文集》，北京：首都師範大學出版社。

10. 馮蒸，2006，《馮蒸音韻論集》，北京：學苑出版社。

11. 高本漢，1940，《中國音韻學研究》，趙元任等譯，北京：商務印書館。

12. 耿振生，2004，《20世紀漢語音韻學方法論》，北京：北京大學出版社。

13. 龔益，2009，《社科術語工作的原則與方法》，北京：商務印書館。

14. 國家質量技術監督局，2001，《GB／T15238——2000術語工作・辭書編撰基本術語》，北京：中國標準出版社。

15. 胡安順，2003，《音韻學通論》，北京：中華書局。

16. 〔清〕黃虞稷，《千頃堂書目・附索引》，上海：上海古籍出版社，2001年。

17. 蔣冀騁，1997，《近代漢語音韻研究》，長沙：湖南師範大學出版社。

18. 蔣冀騁、吳福祥，1997《近代漢語綱要》，長沙：湖南教育出版社。

19. 李方桂，1980，《上古音研究》，北京：商務印書館。

20. 李榮，1956，《切韻音系》，北京：科學出版社。

21. 李無未，2007，《音韻學論著指要與總目》（上、下），北京：作家出版社。

22. 李無未，2011，《日本漢語音韻學史》，北京：商務印書館。

23. 李新魁、麥耘，1993，《漢語韻學古籍述要》，西安：陝西人民出版社。

24. 劉冠才，2007，《西漢韻部與聲調研究》，成都：巴蜀書社。

25. 劉曉南，2011，《音韻學讀本・前言》上海：上海交通大學出版社。

26. 劉志成，2004，《漢語音韻學研究導論》，成都：巴蜀書社。

27. 陸志韋，1985，《陸志韋語言學著作集》（一），北京：中華書局。

28. 羅常培，2004，《羅常培語言學論文集》，北京：商務印書館。

29. 羅常培，2009，《漢語音韻學導論》，長春：時代文藝出版社。

30.《羅常培文集》編委會，2008，《羅常培文集》（第1～10卷），濟南：山東教育出版社。

31. 〔清〕馬國瀚《玉函山房輯佚書》（三），上海：上海古籍出版社，1990年。

32. 麥耘，2009，《音韻學概論》，南京：江蘇教育出版社。

33. 聶鴻音、孫伯君，2006，《黑水城出土音韻學文獻研究》，北京：文物出版社。

34. 寧繼福，1985，《中原音韻表稿》，長春：吉林文史出版社。

35. 寧忌浮，2000，《古今韻會舉要及相關韻書》，北京：中華書局。

36. 潘鈞，2008，《日本辭書研究》，上海：上海人民出版社。

37. 潘文國，1997，《韻圖考》，上海：華東師範大學出版社。

38. 潘悟雲，2007，《漢語歷史音韻學》，上海：上海教育出版社。

39. 濮之珍，2004，《中國歷代語言學家》，上海：上海文化出版社。

40.〔清〕錢大昕，《十駕齋養新錄》，楊勇軍整理，上海：上海書店出版社，2011年。

41. 邵榮芬，1982，《切韻研究》，北京：中國社會科學出版社。

42. 邵榮芬，2009，《邵榮芬語言學論文集》，北京：商務印書館。

43. 邵榮芬，2010，《漢語語音史講話》，北京：中華書局。

44. 沈祥源、楊子儀，1991，《實用漢語音韻學》，太原：山西教育出版社。

45. 史建橋，2007，《談辭書的檢索》，中國辭書論輯（第七集），北京：外語教學與研究出版社。

46. 孫殿起，1999，《販書偶記》（經部・小學類・音韻之屬），上海：上海古籍出版社。

47. 孫啟治、陳建華，1997，《古佚書輯本目錄・附考證》，北京：中華書局。

48. 譚慧穎，2008，《〈西儒耳目資〉源流辨析》，北京：外語教學與研究出版社。

49. 唐作藩，1938《漢語音韻學常識》，上海：上海新知識出版社。

50. 汪壽明、潘文國，1992，《漢語音韻學引論》，上海：華東師大出版社。

51. 王洪君，2014，《歷史語言學方法論與漢語方言音韻史個案研究》，北京：商務印書館。

52. 王力，1963，《漢語音韻學》，北京：中華書局。

53. 王力凱，1980，《漢語史稿》，北京：中華書局。

54. 王力，2008，《漢語語音史》，北京：商務印書館。

55. 王力，2013，《清代古音學》，北京：中華書局。

56. 王立達，1959，《漢語研究小史》，北京：商務印書館。

57. 翁連溪，2005，《中國古籍善本總目》（小學類・韻書），北京：線裝書局。

58. 〔清〕謝啟昆《小學考》上海：漢語大詞典出版社，1997 年。

59. 徐慶凱，2008，《辭書思索集》，上海：復旦大學出版社。

60. 徐慶凱，2011，《專科詞典論》，上海：上海辭書出版社。

61. 陽海清、褚佩瑜、蘭秀英，2002，《文字音韻訓詁知見書目》，武漢：湖北人民出版社。

62. 楊劍橋，2005，《漢語音韻學講義》，上海：復旦大學出版社。

63. 楊劍橋，2012，《漢語現代音韻學》，上海：復旦大學出版社。

64. 楊祖希、徐慶凱，1991，《專科辭典學》，成都：四川辭書出版社。

65. 雍和明、羅振躍、張相明，2006，《中國辭典史論》，北京：中華書局。

66. 俞敏，1984，《等韻溯源》，北京：中華書局

67. 余迺永，1985，《上古音系研究》，香港：中文大學出版社。

68. 俞敏，1999，《俞敏語言學論文集》，北京：商務印書館。

69. 張寶三，2008《，臺灣大學圖書館藏珍本東亞文獻目錄——日本漢籍篇》，臺北：臺大出版中心。

70. 張斌、許威漢，1993，《中國古代語言學資料彙編——音韻學分冊》，福州：福建人民出版社。

71. 張世祿，1987，《音韻學入門》，上海：復旦大學出版社。

72. 張渭毅，2006，《中古音論》，鄭州：河南大學出版社。

73. 張玉來、耿軍，2013，《中原音韻校本》，北京：中華書局。

74. 章宜華、雍和明，2007，《當代詞典學》，北京：商務印書館。

75. 趙誠，2003，《中國古代韻書》，北京：中華書局。

76. 趙振鐸，2006，《集韻研究》，北京：語文出版社。

77. 鄭偉，2012，《漢語音韻與方言研究》，上海：上海三聯書店。

78. 鄭張尚芳，2013，《上古音系》，上海：上海教育出版社。

79. 中國科學院圖書館《續修四庫全書總目提要·經部》（下冊）音韻，北京：中華書局，1993 年。

80. 《中國現代語言學家》編寫組，1989，《中國現代語言學家》（上下卷），石家莊：河北教育出版社。

81. 中國語言學會，2004，《中國現代語言學家傳略》（四卷），石家莊：河北教育出版社。

82. 中華民國聲韻學學會、臺灣師範大學國文系所主編，1994，《聲韻論叢》（第一輯~第十四輯），臺北：學生書局。

83. 周祖謨，2004，《文字音韻訓詁講義》，天津：天津古籍出版社。

84. 周祖謨，2004，《問學集》（上、下），北京：中華書局。

85. 李無未，《臺灣漢語音韻學史》，北京：中華書局。

86. David Prager Branner, 2006, *The Chinese rime tables:linguistic philosophy and historic-al-comparativephonology*, John Benjamins Publishing Company, Amsterdam/ Philadelphia.

三、期刊文獻類

1. 北京師範學院中文系，1990，《語言文學論叢》（第三輯），北京：北京師範學院出版社。

2. 陳晨，1990，《漢語音韻箚記四則》，《漢字文化》第 4 期。

3. 陳晨，1991，《〈漢語音韻箚記四則〉補論》，《漢字文化》第 1 期。

4. 陳海洋，2014，《〈中國語言學大辭典〉的歷史意義》，《漢字文化》第 1 期。

5. 陳滿華，1996，《評〈中國語言學大辭典〉》，《中國語文》第 4 期。

6. 陳亞川，1986，《反切比較法例說》，《中國語文》第 2 期。

7. 馮蒸，1988，《論漢語音韻學的發展方向——為紀念李方桂先生而作》，《湖南師範大學社會科學學報》第 2 期。

8. 馮蒸，1988，《音韻學名詞術語的性質與分類——〈漢語音韻學辭典的編撰〉》，《辭書研究》第 2 期。

9. 馮蒸，1989，《漢語音韻研究方法論》，《語言教學與研究》第 3 期。

10. 馮蒸，1996，《趙蔭棠音韻學藏書臺北目睹記——兼論現存的等韻學古籍》，《漢字文化》第 4 期。

11. 馮蒸，2000，《論中國戲曲音韻學的學科體系——音韻學與中國戲曲學的整合研究》，《首都師範大學學報》第 3 期。

12. 馮蒸，2012，《上古音單聲母構擬體系四個發展階段的方法論考察——兼論研究上

古聲母的四種方法：諧聲分析法（離析字母法）、等韻分析法、歷史比較法和漢藏語比較法》，中國社會科學院語言研究所《歷史語言學研究》編輯部，《歷史語言學研究》第五輯，北京：商務印書館。

13. 馮蒸，2014，《論音韻學辭典的編撰原則與創新——〈中國語言學大辭典〉和〈語言文字詞典〉音韻學詞目表分析》，《漢字文化》第 5 期。

14. 傅定淼，2004，《「切腳、反腳」名義》，《古漢語研究》第 1 期。

15. 古屋昭弘，2002，丁鋒、切通筱（譯）2005，《近二十年來音韻學海外研究動向》，《音史新論》，北京：學苑出版社。

16. 蔣冀騁，1990、1991，《論近代漢語的上限（上、下）》，《古漢語研究》第 4 期，第 2 期。

17. 李方桂，1982，《漢語研究的方向》，《音韻學研究通訊》第 1 期。

18. 李方桂，1983，《上古音研究中聲韻結合的方法》，《語言研究》第 2 期。

19. 李榮，1983，《關於方言研究的幾點意見》，《方言》第 1 期。

20. 李小凡，2009，《吳語的「清音濁流」和南曲的「陰出陽收」》，《語文研究》第 3 期。

21. 李宇明、龐洋，2006，《關於辭書現代化的思考》，《語文研究》第 3 期。

22. 李宇明，2003，《術語論》，《語言科學》第 2 期。

23. 劉瑾，2013，《大中型辭書編修中釋義基本要求的落實考察》，《辭書研究》第 4 期。

24. 陸嘉琦，2007，《專科辭典編撰規範化初探》，《中國辭書論輯》（第七輯），北京：外語教學與研究出版社。

25. 羅常培，1932，《釋重輕〔等韻釋詞之三〕》，《中央研究院歷史語言研究所集刊》2 本 4 分。

26. 羅常培，1933，《釋內外轉〔等韻釋詞之二〕》，《中央研究院歷史語言研究所集刊》2 本 4 分。

27. 馬德強，2010，《一部緊跟學術前沿的音韻學著作——麥耘〈音韻學概論〉評析》，第 3 期。

28. 麥耘，1995，《論近代漢語-m 韻尾消變的時限》，《音韻與方言研究》，廣州：廣東人民出版社。

29. 麥耘，2006，《立足漢語，面向世界——中國語言學研究理念漫談》，《語言科學》第 2 期。

30. 潘悟雲，1997，《喉音考》，《民族語文》第 5 期。

31. 潘悟雲，「輕清、重濁」釋——羅常培《釋輕重》《釋清濁》補注〔J〕，社會科學戰線，1983（02）：324～328。

32. 潘悟雲，1988，《高本漢以後漢語音韻學的進展》，《溫州師院學報》第 2 期。

33. 邵榮芬，1998，《〈韻法橫圖〉與明末南京方音》，《漢字文化》第 3 期。

34. 施向東、黃海英 2008《俞敏先生〈後漢三國梵漢對音譜〉的學術貢獻》，《南開語

言學刊》第 1 期。

35. 時建國，2004，《〈切韻聲源〉〉研究》，中國音韻學研究會、石家莊師範專科學校《音韻論叢》，濟南：齊魯書社。

36. 壽明，1981，《中國語學新辭典簡介》，《國外語言學》第 3 期。

37. 松尾良樹，1975，馮燕（譯），1999，《論〈廣韻〉反切的類相關》，《語言》（第一卷），北京：首都師範大學出版社。

38. 蘇寶榮，1991，《專科辭典的語言釋義和概念釋義》，《辭書研究》第 4 期。

39. 隋千存，1997，《專科、專家、專書詞典的融合——〈王力語言學詞典〉評介》，《辭書研究》第 4 期。

40. 孫強，2004，《論撮口呼的形成》，《音韻論叢》，齊魯書社。

41. 孫宜志，2014，《也談〈西儒耳目資〉「甚」「次「中」的含義》，《語言研究》第 2 期。

42. 汪業全、孫建元，2013，《陸德明叶音及其古韻分部》，《語言研究》第 7 期。

43. 向惠芳、鄭雅玲、王燕卿 1996《近五年來（1991～1995）大陸地區漢語音韻研究概況》，《聲韻學會通訊》第 5 期。

44. 徐通鏘、葉蜚聲，1980，《譯音對勘與漢語音韻研究——五四時期漢語音韻研究方法的轉折》，《北京大學學報》第 3 期。

45. 徐通鏘、葉蜚聲，1980，《歷史比較法和〈切韻〉音系的研究》，《語言研究》第 1 期。

46. 許寶華、潘悟雲，1994，《釋二等》，《音韻學研究》第三輯，北京：中華書局。

47. 楊振淇，1990，《「陰出陽收」解》，《戲曲藝術》第 4 期。

48. 楊子儀，1984，《古代音韻基本概念新述》，《固原師專學報》第 1 期。

49. 余迺永，1993，《再論〈切韻〉音——釋內外轉新說》，《語言研究》第 2 期。

50. 張玉來，2004，《點檢廿世紀漢語音韻學通論性著作》，中國音韻學研究會、石家莊師範專科學校編《音韻論叢》，濟南：齊魯書社。

51. 張玉來，2009，《再釋內外轉並論及早期韻圖的性質》，《語言研究》第 3 期。

52. 鄭張尚芳，1987，《上古音構擬小議》，《語言學論叢》（第十四輯），北京：商務印書館。

53. 鄭張尚芳，1987，《上古韻母系統和四等、介音、聲調的發源問題》，《溫州師範學院學報》第 4 期。

54. 鄭張尚芳，1995，《重紐的來源及其反映》，載《第四屆國際暨第十三屆全國聲韻學學術研討會論文集》。

55. 鄭張尚芳，1996，《上古漢語韻母系統及聲調的發源》，1996 年北京語言學院講稿（據刊登在 1987 年《溫州師院學報》第 4 期第 67～90 頁的《上古韻母系統和四等、介音、聲調的發源問題》一文改訂）。

56. 鄭張尚芳，1998，《上古音研究十年回顧與展望（一）》，《古漢語研究》第 4 期。

57. 鄭張尚芳，1999，《上古音研究十年回顧與展望（二）》，《古漢語研究》第 1 期。

58. 鄭張尚芳，2000，《上古音研究的新近動態》，《溫州師範學院學報》第 8 期。

59. 鄭張尚芳，2000，《中古音的分期與擬音問題》，《中國音韻學研究會第十一屆學術討論會漢語音韻學第六屆國際學術研討會論文集》，香港：文化教育出版社有限公司。

60. 鄭張尚芳，2003，《中古三等專有聲母非、章組、日喻邪等母的來源》，《語言研究》第 23 卷，第 2 期。

61. 鄭張尚芳，2011，《〈辯十四聲例法〉及「五音」試解》，《語言研究》第 1 期。

62. 鄭張尚芳，2012，《新訂音標規範應加大區別度》，《民族語文》第 5 期。

63. 朱聲琦，1996，《一部簡明的漢語音韻學史——讀〈音韻學辭典〉》，《江蘇教育學院學報》第 2 期。

64. 朱曉農，2022，《從語音數據到音法範疇——類型和演化觀中的基本概念和認知範疇》，《常熟理工學院學報》第 3 期。

65. 朱曉農，2019，《聲調發生的五項前提》，《語言科學》第 6 期。

66. 朱曉農，2009，《聲調起因於發聲——兼論漢語四聲的發明》，《語言研究集刊》（第六輯）。

四、碩博論文類

1. 蔡宗祈，1979，《聲韻學名詞彙釋》，臺灣私立東海大學中文研究所碩士論文。

2. 沙宗元，2004，《文字學名詞術語規範化研究》，安徽大學博士學位論文。

附錄一　《音韻學辭典》著作詞目分類表

《音韻學辭典》現存古代音韻學著作（382 部）

（1）《八矢注字圖說》（2）《本韻一得》（3）《辯十四聲例法》（4）《辯四聲輕清重濁法》（5）《辨字五音法》（6）《炳燭篇》（7）《並音連聲字學集要》（8）《補禮部韻略》（9）《潮聲十五音》（10）《重訂司馬溫公等韻圖經》（11）《重校增補五方元音全書》_{《新纂五方元音全書》}（12）《重刊廣韻》（13）《重修廣韻》_{《廣韻》}（14）《楚辭辨韻》（15）《楚辭韻讀》（16）《楚騷協韻》（17）《詞林韻釋》（18）《詞林正韻》（19）《大藏字母九音等韻》（20）《戴東原轉語釋補》（21）《等切元聲》（22）《等音》（23）《等韻便讀》（24）《等韻法》（25）《等韻輯略》（26）《等韻簡明指掌圖》（27）《等韻精要》（28）《等韻切音指南》_{撰人不詳}（29）《等韻切音指南》_{清高秋卿}（30）《等韻學》（31）《等韻一得》（32）《等韻易簡》（33）《等子述》（34）《讀詩拙言》（35）《讀書正音》（36）《讀易韻考》（37）《敦煌寫本守溫韻學殘卷》（38）《翻切簡可編》（39）《翻切指掌》（40）《風雅遺音》（41）《附釋文互注禮部韻略》（42）《歌麻古韻考》_{清吳樹聲}（43）《歌麻古韻考》_{清苗夔}（44）《古代漢語發音學》（45）《古今通韻》（46）《古今文字假借考》（47）《古今韻表新編》（48）《古今韻分注撮要》（49）《古今韻考》（50）

《古今韻略》（51）《古今韻準》（52）《古今中外音韻通例》（53）《古文韻語》（54）《古無輕唇音》（55）《古叶讀》《古音叶讀》（56）《古音表》（57）《古音叢目》（58）《古音附錄》（59）《古音複字》（60）《古音後語》（61）《古音輯略》（62）《古音類表》（63）《古音獵要》（64）《古音略例》（65）《古音諧》（66）《古音餘》（67）《古音正義》（68）《古韻標準》（69）《古韻表集說》（70）《古韻發明》（71）《古韻論》（72）《古韻旁證》（73）《古韻譜》（74）《古韻溯源》（75）《古韻釋要》（76）《古韻通》（77）《古韻通說》（78）《古韻叶音》（79）《官話合聲字母》（80）《廣韻諧聲表》（81）《漢學諧聲》（82）《漢音存正》（83）《合併字學集篇集韻》《合併字學篇韻便覽》（84）《橫切五聲圖》（85）《洪武正韻》《正韻》（86）《華夷譯語》（87）《皇極經世起數訣》《起數訣》（88）《皇極經世聲音唱和圖》（89）《皇極圖韻》（90）《黃鐘通韻》（91）《回溪史韻》（92）《匯音妙悟》（93）《擊掌知音》（94）《集古文韻海》（95）《集韻》（96）《集韻校勘記》（97）《集韻考正》（98）《交泰韻》（99）《校定廣韻》（100）《揭韻攝法》（101）《經籍舊音辯證》（102）《經籍舊音序錄》（103）《九經補韻》（104）《刊謬補缺切韻》（105）《考聲切韻》（106）《空谷傳聲》（107）《類音》（108）《類字本義》（109）《禮部韻略》《景祐禮部韻略》（110）《隸前考聲定韻》（111）《六書賦音義》（112）《六書音均表》（113）《律古詞曲賦叶韻》（114）《毛詩訂韻》（115）《毛詩古音考》（116）《毛詩群經楚辭古韻譜》（117）《毛詩叶韻》（118）《蒙古字韻》（119）《南曲入聲客問》（120）《難字直音》（121）《拍掌知音》《拍掌知聲切音調平仄圖》（122）《佩文詩韻》（123）《佩文詩韻釋要》（124）《佩文詩韻釋要辯證》（125）《佩文韻府》（126）《篇海類編》（127）《篇韻貫珠集》（128）《七音略》（129）《七音譜》（130）《七音韻準》（131）《七音字母》（132）《戚參軍八音字義便覽》（133）《戚林八音》（134）《奇字韻》（135）《切法辨疑》（136）《切音捷訣》（137）《切音蒙引》（138）《切韻復古編》（139）《切韻考》清陳澧（140）《切韻考》李鄴（141）《切韻求蒙》（142）《切韻聲原》（143）《切韻正音經緯圖》（144）《切韻指南》劉鑒《經史正音切韻指南》（145）《切韻指掌圖》（146）《切韻指掌圖檢例》（147）《切韻肆考》（148）《切字圖訣》（149）《琴律四聲分部合韻同聲譜》（150）《瓊林雅韻》（151）《屈宋古音義》（152）《群經韻讀》（153）《榕村韻書》（154）《入聲表》《廣韻入聲表》（155）《三教經書文字根本》（156）《三聲經緯

圖》(157)《山門新語》(158)《舌音類隔之說不可信》(159)《射聲小譜》(160)《沈氏四聲考》(161)《審定風雅遺音》(162)《聲類表》(163)《聲類拾存》(164)《聲譜》(165)《聲說》(166)《聲位》(167)《聲音表》(168)《聲音發原圖解》(169)《聲韻補遺》(170)《聲韻叢說》(171)《聲韻會通》(172)《聲韻考》(173)《聲韻圖譜》(174)《聲韻源流考》(175)《聲韻雜著》《青郊雜著》(176)《詩本音》(177)《詩古音表廿二部集說》(178)《詩經叶音辨訛》(179)《詩經韻讀》(180)《詩聲類》(181)《詩雙聲疊韻譜》(182)《詩音辨》(183)《詩音表》(184)《詩韻辨略》(185)《詩韻歌訣初步》(186)《詩韻更定》(187)《詩韻輯略》(188)《詩韻釋要》(189)《詩韻四聲譜廣注》(190)《詩韻析》(191)《詩傳叶音考》(192)《十三經音略》(193)《示兒切語》(194)《書文音義便考私編》(195)《書學正韻》(196)《書韻會通》(197)《述均》(198)《雙聲疊韻一貫圖》(199)《說文疊韻》(200)《說文分韻易知錄》(201)《說文解字舊音》(202)《說文解字雙聲疊韻譜》《說文雙聲疊韻譜》(203)《說文解字五音韻譜》(204)《說文解字音韻表》(205)《說文解字韻譜》《說文解字篆韻譜》(206)《說文舊音補注》(207)《說文審音》(208)《說文聲訂》(209)《說文聲讀表》(210)《說文聲類》清嚴可均(211)《說文聲類》清徐養原(212)《說文聲系》清姚文田(213)《說文聲系》清錢塘(214)《說文諧聲》(215)《說文諧聲譜》《諧聲譜》(216)《說文諧聲孳生述》(217)《說文形聲表》(218)《說文韻譜校》(219)《說文字原韻表》(220)《四聲等子》(221)《四聲定切》(222)《四聲括韻》(223)《四聲篇海》(224)《四聲切韻》(225)《四聲切韻表》(226)《四聲切韻表補正》(227)《四聲切韻類表》(228)《四聲五音九弄反紐圖》(229)《四聲韻和表》(230)《四聲韻譜》(231)《宋韻合抄》(232)《太古元音》(233)《泰律篇》(234)《唐韻別考》(235)《唐韻輯略》(236)《唐韻考》(237)《唐韻四聲正》(238)《唐韻正》(239)《剔弊廣增分韻五方元音》(240)《天籟新韻》(241)《同文鐸》(242)《同文形聲故》(243)《同文韻統》(244)《同音字辨》(245)《童山詩音說》(246)《文韻考衷六聲會編》(247)《五方元音》(248)《五方元音大全》《五方元音全書》(249)《五聲反切正韻》(250)《五音集韻》(251)《五音聲論》(252)《五音正韻萬韻圖》(253)《五音之圖》(254)《五均論》(255)《西儒耳目資》(256)《悉曇輪略圖抄八聲圖》(257)《先秦韻讀》(258)

《小學庵遺書》（259）《嘯餘譜》（260）《諧聲補逸》（261）《諧聲品字箋》（262）《形聲輯略》（263）《形聲類篇》_{《說文諧聲類篇》}（264）《徐氏等韻捷法》_{《等韻捷法》}（265）《押韻釋疑》（266）《雅俗通十五音》（267）《一日通韻》（268）《儀禮漢讀考》（269）《易音》清顧炎武（270）《易韻》（271）《挹涑軒切韻宜有圖》_{《切韻宜有圖》}（272）《音辭篇》（273）《音泭》（274）《音鑒》_{《李氏音鑒》}（275）《音切譜》（276）《音聲紀元》（277）《音釋》明徐官（278）《音釋》清龍啟瑞（279）《音學辨微》（280）《音學秘書》（281）《音學全書》（282）《音學十書》（283）《音學五書》（284）《音韻闡微》（285）《音韻闡微韻譜》（286）《音韻問答》（287）《音韻逢源》（288）《音韻考異》（289）《音韻清濁鑒》（290）《音韻日月燈》（291）《音韻源流》（292）《元音統韻》（293）《元韻譜》（294）《圓音正考》（295）《韻白》（296）《韻辨附文》（297）《韻表》明葉秉敬（298）《韻表》清劉逢祿（299）《韻表後編》（300）《韻補》（301）《韻補正》（302）《韻蕘》（303）《韻法傳真五美圖》（304）《韻法橫圖》_{《切韻射標》}（305）《韻法直圖》（306）《韻府鉤沉》（307）《韻府群玉》（308）《韻會定正》（309）《韻會舉要》_{《古今韻會舉要》}（310）《韻會小補》（311）《韻箋》（312）《韻經》明郭正域（313）《韻鏡》_{《洪韻》}（314）《韻考略》（315）《韻籟》（316）《韻類》宋周弁（317）《韻類》元李世真（318）《韻略分毫補注字譜》（319）《韻略匯通》（320）《韻略易通》明蘭茂（321）《韻略易通》明釋本悟《捷要易通》（322）《韻母》（323）《韻譜》明董難（324）《韻譜》博園手訂（325）《韻譜本義》（326）《韻譜彙編》（327）《韻譜約觀》（328）《韻歧》（329）《韻切指歸》（330）《韻通》（331）《韻統圖說》_{《韻統》}（332）《韻問》（333）《韻叶考》（334）《韻學》（335）《韻學辨中備》（336）《韻學大成》（337）《韻學集成》（338）《韻學經緯》（339）《韻學驪珠》_{《曲韻探酈》《曲韻驪珠》}（340）《韻學溯源》（341）《韻學通指》（342）《韻學要指》_{《古今通韻括略》}（343）《韻學臆說》（344）《韻學源流》（345）《韻學指南》（346）《韻雅》（347）《韻玉函書》（348）《韻鑰》（349）《韻徵》_{《六書韻徵》《諧聲韻徵》}（350）《韻宗正派》（351）《韻總》（352）《韻總持》（353）《增補廣韻》（354）《增補韻法直圖》（355）《增訂中州全韻》_{《新訂中州全韻》}（356）《增修互注禮部韻略》（357）《增修校正押韻釋疑》_{《雲紫韻》《紫雲韻》}（358）《張氏古韻叶考》_{《古韻叶考》}（359）《正音咀華》（360）《正音切韻指掌》（361）《正音通俗表》（362）《正韻彙編》（363）《正韻箋》（364）《正字

韻綱》（365）《直音篇》（366）《直指玉鑰匙門法》（367）《中原音韻》《中州音韻》（368）《中原音韻問奇集》（369）《中州全韻》（370）《中州全韻輯要》《音韻輯要》（371）《中州樂府音韻類編》《中州音韻》《中原音韻類編》《北腔韻類》《中州韻》（372）《周禮漢讀考》（373）《珠玉同聲》（374）《轉聲經緯圖》（375）《轉注古音略》（376）《拙庵韻悟》（377）《字母切韻要法》《康熙字典字母切韻要法》（378）《字學呼名能書》（379）《字學音韻辨》（380）《字學元元》（381）《纂韻譜》（382）《佐同錄》

《音韻學辭典》現存近現代音韻學著作（116 部）

（1）《安南語音史研究》（2）《八思巴字與古漢語》（3）《成均圖》（4）《楚辭韻讀》（5）《等切南針》（6）《等韻述要》（7）《等韻源流》（8）《敦煌掇瑣》（9）《反切概說》（10）《反切釋要》（11）《反切直圖》（12）《歌戈魚虞模古讀考》（13）《古漢語音韻學述要》（14）《古今聲類通轉表》（15）《古今韻會舉要的語音系統》（16）《古今字音對照手冊》（17）《古音概說》（18）《古音娘日二紐歸泥說》（19）《古音說略》（20）《古音系研究》（21）《古音學發微》（22）《古韻通曉》（23）《廣韻校本》（24）《廣韻校錄》（25）《廣韻聲繫》（26）《廣韻四聲韻字今音表》（27）《廣韻研究》（28）《廣韻韻圖》（29）《國故論衡》（30）《國語運動史綱》（31）《漢魏晉南北朝韻部演變研究》（32）《漢魏六朝韻譜》（33）《漢語等韻學》（34）《漢語「兒」〔ɚ〕音史研究》（35）《漢語拼音方案》（36）《漢語史稿》（37）《漢語音韻》（38）《漢語音韻論文集》（39）《漢語音韻講義》（40）《漢語音韻學》王力《中國音韻學》（41）《漢語音韻學》董同龢《中國語音史》（42）《漢語音韻學》李新魁（43）《漢語音韻學常識》（44）《漢語音韻學導論》（45）《漢語音韻學史》（46）《漢語音韻學綱要》（47）《漢語音韻學基礎》（48）《漢語語音史》（49）《漢語語音史概要》（50）《漢語語音史綱要》（51）《漢語語音史講話》（52）《漢字古今音匯》（53）《漢字古今音匯附錄》（54）《漢字古音手冊》（55）《互注校正宋本廣韻》（56）《黃侃論學雜著》（57）《黃侃聲韻學未刊稿》（58）《歷代漢語音韻學文選》（59）《兩周金石文韻讀》（60）《六十年來之聲韻學》（61）《陸志韋近代漢語音韻論集》（62）《羅常培語言論文選集》（63）《蒙古字韻校本》（64）《錢玄同音學論著選輯》（65）《切韻研究》（66）《切韻音系》（67）《切韻指掌》《劉氏切韻指掌》（68）《清代韻圖之研究》（69）《上古音手冊》（70）《上古音系研究》（71）《上古音研究》（72）《上古音韻表稿》（73）《聲

類新編》（74）《聲韻概要》（75）《聲韻學表解》（76）《詩經韻讀》（77）《詩經韻讀》（78）《十韻彙編》（79）《說文古音譜》（80）《說文解字讀若音訂》（81）《唐代長安方言考》（82）《唐五代西北方音》（83）《唐五代韻書集存》（84）《唐寫本王仁昫刊謬補缺切韻校箋》（85）《文字學音篇》（86）《問學集》（87）《音略》（88）《音韻存稿》（89）《音韻學》（90）《音韻學初步》（91）《音韻學入門》（92）《音韻學通論》（93）《音韻學研究》（94）《瀛涯敦煌韻輯》（95）《瀛涯敦煌韻輯別錄》（96）《瀛涯敦煌韻輯新編》（97）《應用音韻學》（98）《韻鏡校正》（99）《韻鏡研究》（100）《張氏音括》《張氏音括》（101）《中國古代韻書》（102）《中國古音學》（103）《中國聲韻學》（104）《中國聲韻學概要》（105）《中國聲韻學通論》（106）《中國音韻學史》（107）《中國音韻學研究》（108）《中國語文學論文選》（109）《中日漢字形聲論》《漢文典》（110）《中上古漢語音韻綱要》（111）《中原雅音研究》（112）《中原音韻表稿》（113）《中原音韻研究》（114）《中原音韻音系》（115）《中原音韻音系研究》（116）《周祖謨語言文史論集》

《音韻學辭典》亡佚音韻學著作（241 部）

（1）《北韻》（2）《辨體補修加字切韻》（3）《辨嫌音》（4）《補韻略》（5）《滄湄學詩》（6）《朝野新聲》（7）《重校韻書》（8）《重修唐韻》（9）《崇古韻證》（10）《楚辭韻解》（11）《詞林要韻》（12）《存古辨誤韻譜》（13）《等切開蒙》（14）《等韻》（15）《等韻切要》（16）《疊韻譜》（17）《定清濁韻鈐》（18）《對偶叶音》（19）《翻切縱橫圖》（20）《古今通韻輯要》（21）《古今韻》（22）《古今韻會》（23）《古今韻釋》（24）《古今韻轉》（25）《古今字韻全書》（26）《古文韻》（27）《古易補音》（28）《古易叶韻》（29）《古易協音》（30）《古音備徵記》《音韻備徵記》（31）《古音表》（32）《古音考》（33）《古音勸學》（34）《古韻》（35）《古韻譜》（36）《古韻通補》（37）《古韻通式》《古音通式》《韻式》（38）《古韻總論》（39）《廣韻表》（40）《廣韻分母表》（41）《廣籀韻經存》（42）《歸字圖》（43）《國朝韻對》（44）《漢魏韻讀》（45）《漢韻》（46）《洪武正韻玉鏈釋義》（47）《洪武正韻注疏》（48）《互注集韻》（49）《華夏同音》（50）《稽古叶聲》（51）《集韻》（52）《集韻正》（53）《監韻》（54）《校正詩韻》（55）《借音字》（56）《經史動靜字音》（57）《經語協韻》（58）《經韻鉤沉》（59）《經韻廣證》（60）《類聚音韻》（61）《類音通考》（62）《禮部韻括遺》（63）《劉氏正韻

類鈔》（64）《六書考》（65）《毛詩補音》《毛詩叶韻補音》（66）《毛詩古音疏證》（67）
《毛詩類韻》（68）《毛詩韻》（69）《蒙古韻類》（70）《免疑字韻》（71）《內外
轉歸字》（72）《內外轉歸字圖》（73）《內外轉鈐指歸圖》（74）《篇韻筌蹄》（75）
《平水韻》劉淵《淳祐壬子新刊禮部韻略》《壬子新刊禮部韻略》（76）《平水韻》金毛麾（77）《七
音類集述》（78）《七音通軌》（79）《啟蒙韻略》（80）《啟蒙韻學》（81）《錢氏
史韻增補》（82）《切韻》隋陸法言（83）《切韻》唐李舟（84）《切韻箋注》（85）《切
韻訣》（86）《切韻類例》（87）《切韻內外轉鈐》（88）《切韻渠鏃》（89）《切韻
拾玉》（90）《切韻圖譜》（91）《切韻心鑒》（92）《切韻義》（93）《切韻指南》
明朱載堉（94）《切韻指玄論》（95）《切韻指元疏》（96）《切韻指掌圖節要》（97）
《切字要訣》（98）《切字正譜》（99）《群玉韻典》（100）《三十六字母圖》（101）
《聲類》三國魏李登（102）《聲類》清錢寶惠（103）《聲譜》（104）《聲系圖說》（105）
《聲音經緯書》（106）《聲韻》（107）《聲韻圖》北宋夏竦（108）《聲韻圖》不詳撰人
（109）《詩古音辨》《古音辨》（110）《詩經叶韻》（111）《詩經音考》（112）《詩經
音韻》（113）《詩聲譜》（114）《詩聲衍》（115）《詩叶糾訛》（116）《詩叶正韻》
（117）《詩韻辨音》（118）《詩韻訂》（119）《詩韻釋略》（120）《史漢音辨》（121）
《釋字同音》（122）《雙聲譜》明末林霔（123）《雙聲譜》清繆尚誥（124）《說文分
韻》（125）《說文聲讀考》（126）《說文聲律》（127）《說文形聲會元》（128）《說
文形聲疏證》（129）《四庫韻對》（130）《四聲等第圖》（131）《四聲論》南朝王斌
（132）《四聲論》隋劉善經（133）《四聲韻》宋曾致堯（134）《四聲韻》明釋迴（135）
《四聲韻類》（136）《四聲韻林》（137）《四聲韻略》（138）《四聲韻譜》（139）
《四聲指歸》（140）《遂初堂類音辨》（141）《大和正韻》（142）《唐廣韻》（143）
《唐切韻》（144）《唐宋韻補異同》（145）《唐韻》（146）《唐韻更定部分》（147）
《唐韻聲類》（148）《唐韻要略》（149）《同文韻》（150）《文韻考衷》（151）《文
章音韻》（152）《五經音考》（153）《五書韻總》（154）《五音廣韻》（155）《五
音切韻樞》《切韻樞》（156）《五音韻》（157）《五音韻總》（158）《五音字書辨訛》
（159）《修校韻略》（160）《續音韻決疑》（161）《押韻》（162）《易韻》（163）
《音匯》（164）《音訣》（165）《音譜》（166）《音書考原》（167）《音學辨訛》
（168）《音韻訂訛》（169）《音韻管見》（170）《音韻類編》（171）《音韻啟鑰》
（172）《音韻通括》（173）《音韻正訛》（174）《音韻指掌》（175）《雍熙廣韻》
（176）《有聲無字》（177）《韻辨》（178）《韻表長編》（179）《韻補》《錢氏韻補》

（180）《韻補正》（181）《韻鈔》（182）《韻對》（183）《韻法指南》（184）《韻府大成》（185）《韻府續編》（186）《韻關》（187）《韻海》元陳元吉（188）《韻海》元鄭介夫（189）《韻海鏡源》（190）《韻會增注》（191）《韻集》西晉呂靜（192）《韻集》六朝段宏（193）《韻集》無名氏（194）《韻輯》（195）《韻經》清武維揚（196）《韻略》北齊陽休之（197）《韻略》北齊杜臺卿（198）《韻略》明仁澄清（199）《韻略補遺》（200）《韻譜》明方豪（201）《韻譜》明朱睦桔（202）《韻銓》（203）《韻書》（204）《韻通》（205）《韻學辨》（206）《韻學大成》（207）《韻學大全》（208）《韻學新說》（209）《韻學字類》（210）《韻言》（211）《韻要》（212）《韻英》隋以前釋靜洪（213）《韻英》唐元廷堅（214）《韻英》唐玄宗（215）《韻原》（216）《韻苑考遺》（217）《韻旨》（218）《韻纂》（219）《雜字音》（220）《占畢音學》（221）《正叶韻》（222）《正韻便覽》（223）《正韻偏旁》（224）《正韻統宗》（225）《正韻玉鏈釋義》（226）《正字韻類》（227）《指微韻鏡》《五音韻鑒》《七音韻鑒》（228）《中原雅音》（229）《中原音韻注釋》（230）《周易韻叶》（231）《轉語》（232）《字學補韻》（233）《字韻同音辨解》（234）《總明韻》（235）《纂韻錄》（236）《四聲譜》（237）《文字音》（238）《字書音同異》（239）《聲音文字通》（240）《敘同音義》（241）《楚辭釋音》

《音韻學辭典》現存音義著作（58部）

（1）《春秋公羊音義》（2）《春秋穀梁音義》（3）《春秋左氏音義》（4）《春秋左氏傳音》孫邈（5）《大藏音》（6）《爾雅一切注音》（7）《爾雅音疏》（8）《番漢合時掌中珠》（9）《國語補音》（10）《韓柳音辯》（11）《漢書音》隋包愷（12）《淮南鴻烈音》（13）《假借蠡測》（14）《兼韻音義》（15）《晉書音義》（16）《經典釋文》（17）《經典釋文辯證》（18）《經典釋文考證》（19）《經書音釋》（20）《九經音釋》（21）《九經直音》（22）《開寶新定尚書釋文》（23）《老子音義》（24）《禮記音義》（25）《列子釋文》（26）《律文音義》（27）《論語音義》（28）《毛詩集解釋音》（29）《毛詩音義》唐陸德明（30）《毛詩傳箋通釋》（31）《孟子音義》（32）《南唐書音釋》（33）《群經音辨》（34）《三傳釋文》（35）《尚書釋文音義》（36）《十三經集字音訓》（37）《太玄經釋文》無名氏（38）《太玄經釋文》宋司馬光（39）《唐書釋音》（40）《文選音》清余蕭客（41）《孝經音義》（42）《新集藏經音義隨函錄》（43）《新譯大方廣佛華嚴經音義》（44）《學林》（45）《一切

經音義》《眾經音義》《玄應音義》唐釋玄應（46）《一切經音義》《眾經音義》唐釋慧琳（47）《一切經音義通檢》（48）《儀禮音義》（49）《雜字音義》（50）《曾子音訓》（51）《周官儀禮音》（52）《周官音詁》（53）《周禮音義》（54）《周易音義》（55）《莊子音義》（56）《資治通鑑釋文》（57）《資治通鑑釋文辨誤》（58）《左傳奇字古字音釋》

《音韻學辭典》亡佚音義著作（275部）

（1）《百賦音》（2）《抱朴子內篇音》（3）《抱朴子音》（4）《本草音》（5）《本草音義》隋姚最（6）《本草音義》唐甄立言（7）《本草音義》唐孔志（8）《本草音義》唐李含光（9）《本草音義》唐殷子嚴（10）《陳氏五經直音》《五經直音》（11）《楚辭補音》（12）《楚辭音》晉徐邈（13）《楚辭音》劉宋諸葛氏（14）《楚辭音》孟奧（15）《楚辭音》無名氏（16）《楚辭音》隋釋道騫（17）《春秋公羊音》《春秋公羊傳音》晉李軌（18）《春秋公羊音》《春秋公羊傳音》晉江惇（19）《春秋公羊音》蕭齊王儉（20）《春秋穀梁音》（21）《春秋音》（22）《春秋音義賦》（23）《春秋章句音義》（24）《春秋直音》（25）《春秋傳類音》（26）《春秋左氏傳口音》（27）《春秋左氏傳音》漢服虔《春秋左氏音隱》《春秋左氏音》《左氏音》（28）《春秋左氏傳音》魏高貴鄉公曹髦《春秋左氏音》《左氏音》（29）《春秋左氏傳音》晉嵇康《春秋左氏音》《左氏音》（30）《春秋左氏傳音》晉杜預《春秋左氏音》《左氏音》（31）《春秋左氏傳音》晉李軌《春秋左氏音》《左氏音》（32）《春秋左氏傳音》晉荀訥《春秋左氏音》《左氏音》（33）《春秋左氏傳音》晉徐邈《春秋徐氏音》《春秋左氏音》《左氏音》（34）《春秋左氏傳音》晉曹耽、荀訥《春秋左氏音》《左氏音》（35）《春秋左氏傳音》陳王元規《春秋音》《春秋左氏音》《左氏音》《左傳音》（36）《春秋左氏傳音》無名氏（37）《大學中庸孝經諸書集解音釋》（38）《大藏經音》（39）《大傳音》（40）《道藏音義目錄》（41）《帝王世紀音》（42）《爾雅便音》（43）《爾雅釋文》（44）《爾雅音》南朝陳謝嶠（45）《爾雅音》南朝陳施乾（46）《爾雅音》南朝陳顧野王（47）《爾雅音義》三國魏孫炎（48）《爾雅音義》東晉初郭璞（49）《爾雅音義》隋曹憲（50）《二京賦音》晉李軌（51）《二京賦音》綦毋邃（52）《二十一部韻譜》（53）《範漢音》（54）《範漢音訓》（55）《范氏周易音》（56）《賦音》（57）《公羊音》（58）《古文尚書音》東晉李軌（59）《古文尚書音》東晉徐邈（60）《古文尚書音義》（61）《古易音訓》宋呂祖謙（62）《古易音訓》宋朱熹（63）《古梁音》三國魏糜信（64）《古梁音》北魏劉芳（65）《國語音》撰者失載（66）《國語音》北魏劉芳（67）《國語音略》

（68）《國語音義》（69）《漢紀音義》（70）《漢書集解音義》後漢應劭（71）《漢書集解音義》晉陳瓚（72）《漢書律曆志音義》（73）《漢書音》三國蜀諸葛亮（74）《漢書音》三國魏孟康（75）《漢書音》梁劉顯（76）《漢書音》夏侯詠（77）《漢書音》隋蕭該（78）《漢書音訓》後漢服虔《漢書音義》（79）《漢書音義》後漢應劭（80）《漢書音義》三國魏孟康（81）《漢書音義》三國魏蘇林（82）《漢書音義》三國吳韋昭（83）《漢書音義》晉晉灼（84）《漢書音義》北魏崔浩（85）《漢書音義》隋蕭該（86）《漢書音義》劉嗣（87）《漢書音義》唐劉伯莊（88）《漢書音義》唐敬播（89）《漢書音義抄》（90）《後漢書音》後魏劉芳（91）《後漢書音》南朝陳臧兢（92）《後漢書音》隋蕭該（93）《後漢書音義》（94）《後漢音》（95）《淮南鴻烈音》（96）《今文尚書音》（97）《經典集音》（98）《經史專音》（99）《九經直音》（100）《亢倉子音略》（101）《亢倉子音釋》（102）《老子道德經音》（103）《老子音》晉戴逵（104）《老子音》晉李軌（105）《老子音訓》（106）《老子音義》（107）《離騷釋文》（108）《左傳音》唐徐文遠（109）《禮記音》漢鄭玄（110）《禮記音》曹魏王肅（111）《禮記音》晉李軌（112）《禮記音》劉昌宗（113）《禮記音》晉徐邈（114）《禮記音》三國吳射（或謝）慈（115）《禮記音》謝楨（116）《禮記音》晉孫毓（117）《禮記音》繆炳（118）《禮記音》晉曹耽（119）《禮記音》晉尹毅（120）《禮記音》晉蔡謨（121）《禮記音》晉范宣（122）《禮記音》劉宋徐爰（123）《禮記音》北周沈重（124）《禮記音》陳王元規（125）《禮記音訓指說》（126）《禮記音義隱》謝慈（127）《禮記音義隱》無名氏（128）《禮音》（129）《列子音義》（130）《六經音考》（131）《六經直音》（132）《論語集音》《集音》（133）《論語音》（134）《毛詩箋音證》（135）《毛詩音》《詩音》漢鄭玄（136）《毛詩音》《詩音》三國魏王肅（137）《毛詩音》《詩音》《毛詩音隱》晉干寶（138）《毛詩音》《詩音》晉李軌（139）《毛詩音》《詩音》晉阮侃（140）《毛詩音》《詩音》晉徐邈（141）《毛詩音》《詩音》晉江惇（142）《毛詩音》《詩音》蔡氏（143）《毛詩音》《詩音》孔氏（144）《毛詩音》《詩音》劉宋徐爰（145）《毛詩音》《詩音》北周沈重（146）《毛詩音》《詩音》徐邈等（147）《毛詩音訓》（148）《毛詩音義》北周沈重（149）《毛詩音義》隋魯世達（150）《毛詩正韻》（151）《毛詩諸家音》（152）《毛詩注並音》（153）《孟子手音》（154）《孟子音義》（155）《南華論音》（156）《齊都賦音》（157）《前漢音義》（158）《群書治要音》（159）《三京賦音》（160）《三禮音義》（161）《尚書蔡傳音釋》（162）《尚書音》漢孔安國（163）《尚書音》漢鄭玄（164）《尚書音》晉李軌（165）《尚書音》漢孔安國、鄭玄、李軌、徐邈等（166）《尚書音》北魏

劉芳（167）《尚書音》明吳國琦（168）《尚書音義》（169）《詩集傳音釋》（170）《詩集傳音義會通》（171）《詩經音釋》（172）《詩釋音》《詩音釋》（173）《十四音訓敘》（174）《史記音義》漢延篤（175）《史記音義》晉徐廣（176）《史記音義》劉宋裴駰（177）《史記音義》南齊鄒誕生（178）《史記音義》隋柳顧言（179）《史記音義》唐劉伯莊（180）《史記音義》唐許子儒（181）《史記音隱》（182）《四書明音》（183）《四書音考》明周賓（184）《四書音考》明周寅（185）《四書音考》明李果（186）《四書音釋》明王廷煜（187）《四書音釋》明金德玹（188）《四書音證》元明汪克寬（189）《孫子釋文》（190）《大和通選音義》（191）《太玄經釋文》宋林瑀（192）《太玄經手音》（193）《太玄經音解》（194）《太玄音》（195）《太玄音訓》（196）《太玄音義》（197）《唐史音義》無名氏（198）《唐史音義》宋呂科（199）《唐書音訓》（200）《唐書傳音訓》（201）《唐藏經音義》（202）《通鑑綱要音釋》（203）《通鑑釋文》（204）《通鑑音義》（205）《魏書音義》（206）《魏志音義》（207）《文選音》隋蕭該（208）《文選音》唐許淹（209）《文選音》唐公孫羅《文選音訣》（210）《文選音義》釋道淹（211）《文選音義》唐曹憲（212）《文選音義》唐公孫羅（213）《文子釋音》（214）《五經明音》明王覺（215）《五經明音》胡一愚（216）《五經四書明音》（217）《五經音詁》（218）《五經音韻》（219）《五經字義》（220）《詳定經典釋文》（221）《小四書音釋》（222）《儀禮釋文校補》（223）《儀禮音》漢鄭玄（224）《儀禮音》曹魏王肅（225）《儀禮音》晉李軌（226）《儀禮音》劉昌宗（227）《儀禮音》北周沈重（228）《儀禮音》無名氏（229）《儀禮音》北魏劉芳（230）《儀禮音》晉范宣（231）《易音》三國魏王肅《周易音》（232）《易音》晉李軌《周易音》（233）《易音》晉徐邈《周易音》（234）《易音》晉袁悅之（235）《易音》劉宋荀柔之（236）《易音》劉宋徐爰（237）《易音訓》（238）《翼孟音解》（239）《音分古義》（240）《周官音義》（241）《周禮音》漢鄭玄《周官音》（242）《周禮音》晉徐邈（243）《周禮音》晉李軌（244）《周禮音》晉劉昌宗（245）《周禮音》曹魏王肅（246）《周禮音》晉王曉（247）《周禮音》晉陳戚袞（248）《周禮音》北周沈重（249）《周禮音》聶氏（250）《周禮音釋》（251）《周書音訓》宋王曙（252）《周書音訓》南宋王炎（253）《周易本義音釋》（254）《周易並注音》（255）《周易程朱傳義音考》（256）《周易楚辭經傳諸子音證》（257）《周易音》范氏（258）《周易音注》（259）《周易雜音》（260）《莊子集音》（261）《莊子內篇音義》（262）《莊子釋文》（263）《莊子外篇雜音》（264）《莊子音》晉向秀（265）《莊子音》晉司馬彪（266）《莊子音》晉

李軌（267）《莊子音》晉徐邈（268）《莊子音》晉郭象（269）《莊子音》晉李頤（270）《莊子音》晉王穆（271）《莊子直音》（272）《資治通鑒音注》（273）《字林音義》（274）《字書音訓》（275）《字義訓音》

附錄二 「尖音」「圓音（團音）」「尖圓音（尖團音）」對照表

序號	詞　目　釋　文
1	尖團音　「尖音」和「團音」的合稱。聲母「z」〔ts〕、「c」〔ts'〕、「s」〔s〕跟韻頭或韻腹是「i」〔i〕、「ü」〔y〕的韻母拼成的音叫做「尖音」。聲母引「j」〔tɕ'〕、「q」〔tɕ'〕、「x」〔ɕ〕跟韻頭或韻腹是「i」〔i〕、「ü」〔y〕韻母拼成的音叫做「團音」。換言之，「尖音」是齒頭音「z」〔ts〕、「c」〔ts'〕、「s」〔s〕的細音，「團音」是由舌根音「g」〔k〕、「k」〔k'〕、「h」〔X〕顎化而來的舌面音「j」〔tɕ〕、「q」〔tɕ'〕、「x」〔ɕ〕。「尖音」來源於「精」組字，「團音」來源於「見」組字。清乾隆年間（公元 1736～1795）無名氏作的《團音正考》說：「試取三十六字母審之，隸見、溪、群、曉、匣五母者屬團，隸精、清、從、心、邪五母者屬尖。」當時「尖團音」已經相混，「z」〔ts〕、「c」〔ts'〕、「s」〔s〕和「g」〔k〕、「k」〔k'〕、「h」〔X〕的齊齒呼和撮口呼都已變成 j〔tɕ〕、q〔tɕ'〕、x〔ɕ〕。現代漢語有少數方言仍分尖團。如「將」〔tsiaŋ〕、「秋」〔ts'iou〕、「小」〔siau〕屬尖音，「姜」〔kiaŋ〕、「丘」〔k'iou〕，「曉」〔Xiau〕屬團音，兩者讀音不同。（《古代漢語知識辭典》202 頁）
2	尖團　尖音和團音的合稱。漢語語音系統出現四呼之後，齊齒、撮口兩呼韻母與「精」組聲母相拼的音節稱為尖音，與「見」組及曉、匣兩母相拼的音節稱為團音。這兩類音節現代漢語某些方言還有區別，如河南、山東某些地區「精 zīng」≠「經 jīng」，「清 cīng」≠「輕 qīng」，「星 sīng」≠「興 xīng」。普通話裏已經沒有區別，精與經、清與輕、星與興完全相同，叫作「不分尖團」。（《古漢語知識辭典》75 頁）
3	尖團音　最初流行於京劇藝人中間的術語，後被音韻學所借用。尖音與團音的合稱。所謂尖音指 36 字母中精、清、從、心、邪和〔i〕相拼。所謂團音，指 36 字母中的見、溪、群、疑和〔i〕相拼。現代漢語普通話已不分尖團音，

・189・

	如精母的「津」字和見母的「斤」字今讀音一樣。但在京劇中，津讀〔tsin〕、斤讀〔tɕin〕，仍分尖團音。現代漢語方言中也有分尖團音的現象。（《簡明古漢語知識辭典》45頁）
4	尖團音　尖音和團音的合稱。凡古代「精」「清」「從」「心」「邪」5母字，近代或現代的韻母屬細音的，叫尖音字，如「將」「節」；凡古代「見」「溪」「群」「曉」「匣」五母字，近代或現代的韻母屬細音的，叫團音字。尖音字的音叫尖音，團音字的音叫團音。有的方言分尖團，如鄭州「精」念〔tsiŋ〕、「經」念〔tɕiŋ〕，「清」念〔ts'iŋ〕、「輕」念〔tɕ'iŋ〕，「新」念〔siŋ〕、「欣」念〔ɕin〕。普通話不分尖團，「精、經」，「清、輕」，「新、欣」都同音。「尖團」之得名與清代滿漢對譯有關，凡用圓頭滿文字對譯的叫尖音，用尖頭滿文字對譯的叫尖音，「圓音」後來訛作「團音」，沿用至今。（《世界漢語教學百科辭典》332頁）
5、6	尖音　也叫「尖字」。同「圓音」相對。指古代精、清、從、心、邪五母的字中今韻母或介音是〔i〕、〔y〕的。如「將」「節」等。「尖音」一名最早見於清代存之堂1743年編撰的刻本《圓音正考》。因該書精、清、從、心、邪五母用尖頭的滿文字母c、j、s拼寫，故名。 圓音　也叫「團字」「團音」。同「尖音」相對。指古代見、溪、群、曉、匣（包括喻、雲母的「雄」字、「熊」字）五母的字中今韻母或介音是〔i〕、〔y〕的。如「姜」「結」等。「圓音」一名最早見於清代存之堂編撰的《圓音正考》。因該書見、溪、群、曉、匣五母用圓頭的滿文字母k、g、h拼寫，故名。「圓」後訛為「團」。 尖圓音　也叫「尖團音」。「尖音」與「圓音」的合稱。 尖團音　即「尖圓音」。（《中國語言學大辭典》82頁，《語言文字詞典》334頁）
7	尖團不分　漢語語音演變現象之一。尖音是精組細音字，團音是見、曉組細音字。中古時，精組為齒頭音，而見組為舌根音，曉組為喉音，區別較大。後來由於顎化，這兩組字按韻母的洪細發生分化：見、曉組的洪音字聲母變為〔k〕、〔k'〕、〔x〕，細音字變為〔tɕ〕、〔tɕ'〕、〔ɕ〕；精組的洪音字聲母變為〔ts〕、〔ts'〕、〔s〕，細音字也變成〔tɕ〕、〔tɕ'〕、〔ɕ〕。這兩組的細音字的讀音不再區別，就叫「尖團不分」。但在某些方言中，這兩組細音字的讀音仍有一定的區別，就叫「分尖團」。如粵方言，「將」〔tʃœn〕、「相」〔ʃœn〕，「疆」〔kœn〕、「香」〔hœn〕。（《古代漢語教學辭典》73頁）
8	尖團音　尖音和團音和合稱。凡是〔ts〕、〔ts'〕、〔s〕和〔i〕、〔y〕或以〔i〕、〔y〕為韻頭的韻母相拼，叫尖音；凡是〔tɕ〕、〔tɕ'〕、〔ɕ〕和〔i〕、〔y〕或以〔i〕、〔y〕為韻頭的韻母相拼，叫團音。現代漢語某些方言裏還保存尖音，構成〔ts〕、〔tɕ〕兩組聲母在齊齒、撮口二呼裏的對立，如「精」〔tsin〕——「經」〔tɕin〕，「清」〔ts'in〕——「輕」〔tɕ'in〕，「星」〔sin〕——「興」〔ɕin〕，故有尖、團之分。現代普通話裏〔　〕組不和齊齒、撮口二呼的韻母相拼，這些字的聲母都是〔tɕ〕、〔tɕ'〕、〔ɕ〕，故無尖、團之分。（《語言學百科詞典》178頁）
9	尖團音　尖音和團音的合稱。聲母為〔ts〕、〔ts'〕、〔s〕的齊齒呼、撮口呼的音，叫尖音，來源於古精系字；聲母為〔tɕ-，tɕ'-，ɕ-〕的齊齒呼、撮口呼的音，叫團音，來源於古見系字。如有些方言裏，「青」讀〔ts'in〕、「輕」讀〔tɕ'in〕，分尖團；普通話裏，「青」「輕」均為團音，讀〔tɕ'in〕，不分尖團。（《中華小百科全書·語言文字卷》174頁）

10	尖團　見「尖團音」。
	尖團音　尖音和團音。尖音指古代精清從心邪五母的字中今韻母或介音是〔i〕、〔y〕的，尖字（讀尖音的字）就是精系齊撮字，讀〔ts-，ts‘-，s-〕；團音也叫圓音，指古代見溪群曉匣五母的字中今韻母或介音是〔i〕、〔y〕的，團字（讀團音的字）就是見系齊撮字，讀〔tɕ-，tɕ‘-，ɕ-〕。在清乾隆年間（18世紀），有一個不知名的作者寫了一部《圓音正考》（1743），才區別了尖音和團音，這部書的序說：「試取三十六字母審之，隸見溪群曉匣者屬團，隸精清從心邪者屬尖。」直到後來，京劇在唱和白裏還講究尖團音的區別。
	尖團字　見「尖團音」
	尖音　見「尖團音」。（《王力語言學詞典》320 頁）
11	尖音　也叫「尖字」。同「圓音」相對。指古代精、清、從、心、邪五母的字中今韻母或介音是〔i〕、〔y〕的。如「將」「節」等。「尖音」一名最早見於清代存之堂 1743 年編撰的刻本《圓音正考》。因該書精、清、從、心、邪五母用尖頭的滿文字母 c、j、s 拼寫，故名。
	圓音　也叫「團字」「團音」。同「尖音」相對。指古代見、溪、群、曉、匣（包括喻、雲母的「雄」字、「熊」字）五母的字中今韻母或介音是〔i〕、〔y〕的。如「姜」「結」等。「圓音」一名最早見於清代存之堂編撰的《圓音正考》。因該書見、溪、群、曉、匣五母用圓頭的滿文字母 k、g、h 拼寫，故名。「圓」後訛為「團」。（《語文百科大典》449 頁）
12	尖團音　①又稱尖圓音。尖音和團音的合稱。②戲曲界有把〔ts〕、〔ts‘〕、〔s〕跟〔i〕、〔y〕或〔i〕、〔y〕開頭的韻母拼成的音節當尖音，把〔tʂ〕、〔tʂ‘〕、〔ʂ〕、〔ʐ〕聲母的音節（如「沖〔tʂ‘auŋ〕」「川〔tʂ‘uau〕」）當團音。現在普通話語音教學指的是①。
	尖音　與團音相對。此名始見於清代存之堂編撰的《圓音正考》（1743 年）。因該書精、清、從、心、邪五母用尖頭的滿文字母 c、j、s 拼寫，故得此名。（《漢語知識詞典》260 頁）
13	團音　也稱「圓音」。與「尖音」對稱。見溪曉三母與齊齒、撮口韻相拼變為舌面前塞擦音〔tɕ〕〔tɕ‘〕與擦音〔ɕ〕。《中原音韻》中「見、溪、曉」（包括併入的濁輔音）三母在明代北方官話裏，與齊齒呼、撮口呼韻母相拼時，皆變為「團音」。清乾隆年間無名氏《圓音正考》云：「隸見溪群匣曉五母者屬圓」。如金〔tɕin〕、君〔tɕyn〕、橋〔qiao〕、缺〔tɕ‘ye〕、希〔i〕、虛〔ɕy〕等。
	尖音　與「團音」對稱。精清心三母知舌面前塞擦音〔tɕ〕〔tɕ‘〕、擦音〔ɕ〕讀為原舌尖音〔ts〕、〔ts〕、〔s〕。《中原音韻》裏精清心（包括併入的濁輔音從母邪母）三母在清代的北方官話裏，與齊齒呼、撮口呼韻母相拼時讀為「團音」。而京劇唱腔則要求仍讀成原來的舌尖音〔ts〕、〔ts‘〕、〔s〕。王力《漢語語音史·現代音系》指出：「所謂尖音，指〔tsi〕，〔ts‘i〕，〔si〕等；所謂團音，指〔tɕi〕，〔tɕ‘i〕，〔ɕi〕等。大約見系齊撮字先變為〔tɕ〕，〔tɕ‘〕，〔ɕ〕。所謂區別尖團音，並不是保存見系的〔ki〕，〔k‘i〕，〔Xi〕，而是保存精系的〔tsi〕，〔ts‘i〕，〔si〕。如「新先宣」仍讀〔sīn〕〔siān〕〔syān〕。（《古漢語知識詳解辭典》361 頁）

14	尖團音　尖音和團音的合稱。聲母 z〔ts〕、c〔ts‘〕、s〔s〕跟 i〔i〕、ü〔y〕或以 i〔i〕、ü〔y〕開頭的韻母相拼，叫尖音；聲母 j〔tɕ〕、q〔tɕ‘〕、x〔ɕ〕跟 i〔i〕、ü〔y〕或以 i〔i〕、ü〔y〕開頭的韻母相拼，叫團音。如：有的方音裏，「精」念 zing〔tsiŋ〕，「經」念 jing〔tɕiŋ〕；「青」念 cing〔ts‘iŋ〕，「輕」念 qing〔tɕ‘iŋ〕；「星」念 sing〔siŋ〕，「興」念 xing〔ɕiŋ〕，各分尖團。普通話不分尖團，「精經」「青輕」「星興」都團音。（《多功能漢語拼音詞典》119 頁）
15	尖團　「尖」是尖音，指古精組聲母在今細音韻母前的讀音；「團」是團音，指古見曉組聲母在今細音韻母前的讀音。分尖團指的是古精組聲母和見曉組聲母在今細音韻母前的讀音有區別。不分尖團指的是古精組聲母和見曉組聲母在今細音韻母前的讀音沒有區別。尖音和團音的具體讀音有方言差別。在山西、河南以及京劇中，尖音字讀〔ts ts‘ s〕，團音字讀〔tɕ tɕ‘ ɕ〕，但在山東的一些方言中，尖音字是讀〔tɕ tɕ‘ ɕ〕，團音字是讀〔tθ tθ‘ θ〕。尖音和團音是相對而言的，在不分尖團的方言中就無所謂尖音團音了。因此，不能說北京話中只有「團音」，沒有「尖音」。（《語言文字學常用詞典》145 頁）
16	尖團音　音韻學術語。尖音和團音的合稱。尖音指精〔ts〕、清〔ts‘〕、從〔dz〕、心〔s〕、邪〔z〕五個古聲母，跟〔i〕、〔y〕或以〔i〕、〔y〕起頭的古韻母相拼而成的音節，如「清」〔tsiŋ〕、「青」〔ts‘iŋ〕、「星」〔siŋ〕；團音是指見〔k〕、溪〔k‘〕、群〔g〕、曉〔h〕、匣〔ɣ〕五個古聲母，跟〔i〕、〔y〕或以〔i〕、〔y〕起頭的古韻母相拼而成的音節，如「經」〔kiŋ〕、「輕」〔k‘iŋ〕、「興」〔hiŋ〕。因清代分別用滿文尖頭字母和圓頭字母對譯而得名，「團」就是圓的意思。現代漢語有的方言保留尖音和團音的古讀並且分尖團，如蘇州話「精」讀〔tsiŋ〕、「經」讀〔tɕiŋ〕，廣州話「精」讀〔tʃiŋ〕、「經」讀〔kiŋ〕，有的方言不保留尖團音的古讀並且不分尖團，如北京話「精」「經」都讀〔tɕiŋ〕，保留尖團音古讀最完整的是閩方言和客家方言，如廈門話「精」讀〔tsiŋ〕，「經」讀〔kiŋ〕。 圓音　同「團音」。「團」就是圓的意思，因稱。如清代存之堂有《圓音正考》一書。（《實用古漢語知識寶典》134、135 頁）
17	尖團音　尖音和團音的合稱。凡古代「精」「清」「從」「心」「邪」五母字，近代以來韻母屬細音（高元音）的叫尖音字，如「將」「槍」「節」；凡古代「見」「溪」「群」「曉」「匣」五母字，近代以來韻母屬細音（高元音）的叫團音字。如「姜」「腔」「結」。尖音字的讀音以 zi-〔tsi-〕、ci-〔ts‘i-〕、si-〔si-〕為一般形式，叫做尖音；團音字的讀音以 gi-〔ki-〕、ki-〔k‘i-〕、hi-〔xi-〕為一般形式，叫做團音。有的方言分尖團，如老派上海話「精」念〔tsiŋ〕、「經」念〔tɕiŋ〕，「青」念〔ts‘iŋ〕，「輕」念〔tɕ‘iŋ〕，「星」念〔siŋ〕、「興」念〔ɕiŋ〕。相應的尖音字和團音字都不同音。普通話不分尖團，「精」同「經」，「青」同「輕」，「星」同「興」，都同音。尖團音之得名同清代滿漢對音有關，凡用尖頭的滿文字母對譯的叫尖音，凡用圓頭的滿文字母對譯的叫圓音或團音。 尖音　「團音」的對稱。詳「尖團音」。 團音　「尖音」的對稱。詳「尖團音」。（《大辭海・語言學卷》47 頁）

18	尖團音　尖音和團音的合稱。聲母〔ts〕、〔ts‘〕、〔s〕跟〔i〕、〔y〕或以〔i〕、〔y〕開頭的韻母相拼，叫尖音；聲母〔tɕ〕、〔tɕ‘〕、〔ɕ〕跟〔i〕、〔y〕或以〔i〕、〔y〕開頭的韻母相拼，叫團音。國語「精、青、星」和「經、輕、興」不分尖團，都讀團音。也有一些方言前者念尖音，後者念團音。 團音　尖音的對稱。聲母ㄗ ㄘ ㄙ跟ㄧㄩ或以ㄧㄩ開頭的韻母相拼合，叫尖音。聲母ㄐㄑㄒ跟ㄧㄩ或以ㄧㄩ開頭的韻母相拼合，叫團音。有的方言裏「精」念〔tsiŋ〕，「經」念〔tɕiŋ〕；「青」念〔ts‘iŋ〕，「輕」念〔tɕ‘iŋ〕；「星」念〔siŋ〕，「興」念〔ɕiŋ〕；各分尖團。國語不分尖團，「精經」「青輕」「星興」都讀團音。（《語言學辭典》135 頁、253 頁）
19	【尖音】音韻學術語。與圓音（團音）相對。指來自古精組的聲母 ts、ts‘、s 和 i、y 或 i、y 起頭的韻母拼合的音。現代北京音系中沒有尖音。 【圓音】音韻學術語。又叫團音。與尖音相對。指從古精組和見組中分化出來的聲母 tɕ、tɕ‘、ɕ 和 i、y 或 i、y 起頭的韻母拼合的音。（《中國語言文字學大辭典》313 頁、781 頁）
20	尖團音　jianyin vs. tuanyin 又稱「尖圓音」。尖音和團音的合稱。聲母屬古「精清從心邪」五母，韻母為細音的，稱為尖音；聲母屬古「見溪群曉匣」五母，韻母為細音的，稱為團音。方言中有分尖團音的，有不分的；普通話不分，都是〔tɕ〕〔tɕ‘〕〔ɕ〕。（《語言學名詞》151 頁）
21	【尖團】　也叫「尖團字」。音韻學名詞。尖字和團字的合稱。聲母齒音 z、c、s 同 i、ü 或以 i、ü 開頭的韻母相拼的字，叫做尖字；聲母（舌音）j、q、x 同 i、ü 或以 i、ü 開頭的韻母相拼的字，叫做團字。在京劇裏，根據*「中州韻」和其他語音因素，把許多同音字劃分為尖團兩類，如濟、笑、修等為尖字，記、孝、休等為團字。（《中國戲曲曲藝詞典》115 頁）

附錄三 「曲韻六部」「直喉」「展輔」「斂唇」「閉口」「穿鼻」「抵齶（顎）」對照表

序號	詞 目 釋 文
1	〔直喉〕毛先舒《聲音韻統論》，直喉者，收韻直如本音者也。歌麻二韻是也。 〔穿鼻〕音出喉間穿鼻而過也。毛先舒《聲音韻統論》，穿鼻者，口中得字之後，其音必更穿鼻而出，作收韻也。東、冬、江、陽、庚、青、蒸、七韻是也。 〔展輔〕發音時，兩頤輔展開也。毛先舒《聲音韻統論》，展輔者口之兩旁角為轉，凡字出口之後，比展開兩輔，如笑、狀、作收韻也。支微齊佳灰五韻是也。 〔閉口〕毛先舒《聲音韻統論》，閉口者，閉卻其口，作收韻也。侵、覃、鹽、咸四韻是也。 〔斂唇〕毛先舒《聲音韻統論》，三曰斂唇。斂唇者，半口啟半閉，聚斂其唇作收韻也。魚虞蕭肴尤六韻是也。（《文字學名詞詮釋》6、82、93、98、145 頁）
2	陽聲韻　音韻學術語。又叫「附聲韻」。以鼻音〔m〕、〔n〕、〔ŋ〕收尾的韻母，叫做「陽聲韻」。跟「陰聲韻」相對。也叫「附聲韻」。如現代普通話的「人」〔zən〕、「民」〔min〕、「英」〔iŋ〕、「雄」〔ɕiuŋ〕，廣東話的「堪」〔ham〕、「憾」〔ham〕都是陽聲韻字。上古三十韻部中「蒸、冬、東、陽、耕、寒（元）、真、文、侵、談」十部是陽聲韻。《廣韻》平聲五十七韻中，有三十五韻是陽聲韻。其中，「東、冬、鐘、江、陽、唐、庚、耕、清、青、蒸、登」十一韻收〔ŋ〕尾，收〔ŋ〕的陽聲韻又叫「穿鼻韻」，「真、諄、臻、文、欣、魂、痕、元、寒、桓、刪、山、先、仙」十四韻收〔n〕尾，收〔n〕尾的陽聲韻又叫「抵顎韻」；「侵、覃、談、鹽、添、咸、銜、嚴、凡」九韻收〔m〕尾，收〔m〕尾的陽聲韻又叫「閉口韻」（「閉口韻」本是舊戲曲家創設的名稱，為音韻學家所沿用）。（《古代漢語知識辭典》167 頁）

3	【抵顎】《度曲須知》等明清詞曲韻書用以指近代語音系統中的「真文」等韻類。它們以〔-n〕收尾。
	【閉口】《度曲須知》等明清詞曲韻書用以指近代語音系統中的「尋侵」等韻類。它們以〔-m〕作韻尾。
	【直喉】《詞林正韻》等清代詞曲韻書用以指近代語音系統裏沒有韻尾的各個韻類。
	【展輔】《詞林正韻》等清代詞曲韻書用以指近代語音系統裏以〔-i〕作韻尾的各個韻類。
	【斂唇】《詞林正韻》等清代詞曲韻書用以指近代語音系統裏以〔-u〕作韻尾的各個韻類。
	【穿鼻】《詞林正韻》等清代詞曲韻書用以指近代語音系統裏以〔-ŋ〕作韻尾的各個韻類。（《古漢語知識辭典》80、81 頁）
4	閉口　音韻學術語。①又稱閉口韻、閉口音。指收唇音尾的韻，陽聲韻收〔-m〕尾，入聲韻收〔-p〕尾，統稱閉口韻。此術語本為詞曲家分別韻類所用，等韻家常用此術語指深、咸兩攝陽聲韻。近代勞乃宣《等韻一得》稱為「唇音部」。②比況注音用法，也是指閉口韻說的。一個音節的收尾音雙唇合攏。《淮南子·俶真訓》：「牛蹄之涔，無尺之鯉。」東漢高誘注：「涔讀延祜葛問（此 4 字當有誤——編者），急氣閉口言也。」涔，正為收〔-m〕尾字。
	穿鼻　音韻學術語。指韻尾為〔-ŋ〕的一類韻。此術語本為詞曲家分別韻類所用，明清間等韻家常用此術語指通、江、宕、梗、曾諸攝陽聲韻。勞乃宣《等韻一得》稱此為「鼻音部」。
	抵顎　音韻學術語。指韻尾為-n 的一類韻。此術語本為詞曲家分別韻類所用，明清間等韻家常用此術語指臻、山兩攝陽聲韻，勞乃宣《等韻一得》稱此為「舌齒音部」。
	斂唇　音韻學術語。指韻尾為-u 的一類韻。此術語本為詞曲家分別韻類所用，等韻家常用以指遇、流、效諸攝陰聲韻。勞乃宣《等韻一得》之喉音三部及喉音一部下聲之合口、撮口合起來與之相當。
	展輔　音韻學術語。指韻尾為-i 的一類韻。此術語本為詞曲家分別韻類所用，等韻家常用以指止、蟹兩攝陰聲韻。勞乃宣《等韻一得》之喉音二部及喉音一部下聲之齊齒呼合起來與之相當。
	直喉　音韻學術語。指沒有韻尾的一類韻。此術語本為詞曲家分別韻類所用，等韻家常用以指果、假兩攝陰聲韻。勞乃宣《等韻一得》喉音一部之陰陽聲與此相當。（《傳統語言學辭典》7、32、68、241、562、579 頁）
5、6	【曲韻六部】曲韻韻尾分類的一種學說。清初毛先舒《韻學通指》把陰聲韻韻尾分為直喉、展輔、斂唇三部，陽聲韻韻尾分為閉口、抵齶、穿鼻三部。明末沈寵綏《度曲須知》已使用這類名稱，但該書只分韻尾為五類，名稱也與戈載所定不盡相同。
	【直喉】曲韻六部之一。指陰聲韻中無韻尾的韻母。
	【展輔】曲韻六部之一。指陰聲韻中以〔i〕為韻尾的韻母。
	【斂唇】曲韻六部之一。指陰聲韻中以〔u〕為韻尾的韻母。
	【抵齶】①曲韻六部之一。指陽聲韻中以〔n〕為韻尾的韻母。②指入聲韻中以〔t〕為韻尾的韻母。

	【穿鼻】①曲韻六部之一。指陽聲韻中以〔ŋ〕為韻尾的韻母。②也叫「礙喉」。入聲韻中以〔k〕為韻尾的韻母。 【閉口】①曲韻六部之一。指陽聲韻中以〔m〕為韻尾的韻母。②指入聲韻中以〔p〕為韻尾的韻母。（《中國語言學大辭典》86頁；《語言文字詞典》338～339頁）
7	陽聲韻　韻母類別之一。又叫「附聲韻」。韻尾是鼻音的韻母。陽聲韻可分為三種：一種是〔m〕尾，或稱「閉口韻」，《廣韻》中侵、覃、談、鹽、添、咸、銜、嚴、凡韻（舉平賅上去）屬之；一種是〔n〕尾，或稱「抵顎韻」，《廣韻》中真、諄、臻、文、欣、元、魂、痕、寒、桓、刪、山、先、仙韻（舉平以賅上去）屬之；一種是〔ŋ〕尾，或稱「穿鼻韻」，《廣韻》中東、冬、鐘、江、陽、唐、庚、耕、清、青、蒸、登韻（舉平以賅上去）屬之。（《古代漢語教學辭典》49頁）
8	閉口　音韻學術語。㊀又稱閉口韻、閉口音。指收唇音尾的韻，陽聲韻收〔-m〕尾，入聲韻收〔-p〕尾，統稱閉口韻。此術語本為詞曲家分別韻類所用，等韻家常用此術語指深、咸兩攝陽聲韻。近代勞乃宣《等韻一得》稱為「唇音部」。㊁比況注音用法，也是指閉口韻說的。一個音節的收尾音雙唇合攏。《淮南子·俶真》：「牛蹄之涔，無尺之鯉。」東漢高誘注：「涔讀延祜曷問（此4字當有誤——編者），急氣閉口言也。」涔，正為收〔-m〕尾字。 穿鼻　音韻學術語。指韻尾為〔-ŋ〕的一類韻。此術語本為詞曲家分別韻類所用，明清間等韻家常用此術語指通、江、宕、梗、曾諸攝陽聲韻。近代勞乃宣《等韻一得》稱此為「鼻音部」。 抵顎　音韻學術語。指韻尾為-n的一類韻。此術語本為詞曲家分別韻類所用，等韻家常用以指臻、山兩攝陽聲韻，近人勞乃宣《等韻一得》稱此為「舌齒音部」。 斂唇　音韻學術語。指韻尾為-u的一類韻。此術語本為詞曲家分別韻類所用，等韻家常用以指遇、流、效諸攝陰聲韻。近人勞乃宣《等韻一得》之喉音三部及喉音一部下聲之合口、撮口合起來與之相當。 展輔　音韻學術語。指韻尾為-i的一類韻。此術語本為詞曲家分別韻類所用。等韻學家常用以指止、蟹兩攝陰聲韻。近人勞乃宣《等韻一得》之喉音二部及喉音一部下聲之齊齒呼合起來與之相當。 直喉　音韻學術語。指沒有韻尾的一類韻。此術語本為詞曲家分別韻類所用。等韻家常用以指果、假兩攝陰聲韻。近人勞乃宣《等韻一得》喉音一部之陰聲韻與此相當。（《音韻學辭典》5、16、29、123、295、305頁）
9	閉口韻　漢語字音收〔-m〕、〔-p〕等唇音尾的韻母稱閉口韻。如中古音讀「三」〔ₔsam〕、「十」〔ẓiepₔ〕。《廣韻》下平卷「侵」韻至「凡」韻，入聲卷「緝」韻至「乏」韻，都屬此類。現代方言有的仍存閉口韻，如廣東話；多數方言及普通話都已消失此類韻讀。明代的多數韻書反映閉口韻都不再獨立存在，而與抵齶韻相混並。 抵齶韻　鼻音韻的一種。發音時，最後舌抵上齶，收音為〔-n〕。《廣韻》韻部的「真諄臻文欣魂痕」「元寒桓刪山先仙」屬此類。 穿鼻韻　鼻音韻的一種。發音時最後以後鼻音〔-ŋ〕收尾的韻類稱穿鼻韻。《廣韻》韻部的「東冬鐘」「江」「陽唐」「庚耕清青」「蒸登」屬此類。（《實用中國語言學辭典》218頁）

10	閉口　音韻學用語。對有〔-m〕韻尾的韻發音狀態的一種描寫。漢代經注家描寫字音時已使用這一概念。如《淮南子・俶真訓》「牛蹄之涔」，高誘注：「涔讀延祜曷問，急氣閉口言也。」清戈載《詞林正韻・發凡》說：「閉口之韻，侵、覃談鹽沾嚴咸銜凡二部是也，其字閉其口以作收韻，謂之閉口。」 抵齶　音韻學用語。對有〔-n〕韻尾的韻發音狀態的一種描寫。清戈載《詞林正韻・發凡》說：「抵齶之韻，真諄臻文欣魂痕，元寒桓刪山先仙二部是也，其字將終之際，以舌抵著上齶作收韻，謂之抵齶。」 直喉　音韻學用語。對開口低元音無韻尾的韻發音狀態的一種描寫。清戈載《詞林正韻・發凡》說：「直喉之韻，歌戈，佳半麻二部是也，其字直出本音以作收韻，謂之直喉。」 穿鼻　音韻學用語。對有〔-ŋ〕韻尾的韻發音狀態的一種描寫。清戈載《詞林正韻・發凡》說：「穿鼻之韻，東冬鐘，江陽唐，庚耕清青蒸登三部是也，其字必從喉間穿鼻而出作收韻，謂之穿鼻。」 展輔　音韻學用語。對高元音或有〔-i〕韻尾的韻發音狀態的一種描寫。清戈載《詞林正韻・發凡》：「展輔之韻，支脂之微，齊灰佳丰皆咍二部是也；其字出口之後，必展兩輔如笑狀作收韻，謂之展輔。」 斂唇　音韻學用語。對合口後元音或有〔-u〕韻尾的韻發音狀態的一種描寫。《詞林正韻・發凡》說：「斂唇之韻，魚虞模，蕭宵肴豪，尤侯幽三部是也；其字在口半啟半閉，斂其唇以作收韻，謂之斂唇。」（《語言學百科詞典》212、305、311、409、521、545頁）
11	閉口　音韻學術語。曲韻六部之一。本為詞曲家分別韻類所用，等韻家藉以指陽聲韻中韻尾為〔-m〕的韻母和入聲韻中韻尾為〔-p〕的韻母。 穿鼻　音韻學術語。曲韻六部之一。本為詞曲家分別韻類所用，等韻家藉以指陽聲韻中韻尾為〔-ŋ〕的韻母和入聲韻中韻尾為〔-k〕的韻母。指韻尾為〔-k〕的韻母時，亦稱「礙喉」。 抵顎　音韻學術語。曲韻六部之一。本為詞曲家分別韻類所用，等韻家藉以指陽聲韻中韻尾為〔-n〕的韻母和入聲韻中韻尾為〔-t〕的韻母。 斂唇　音韻學術語。曲韻六部之一。本為詞曲家分別韻類所用，等韻家藉以指陰聲韻中韻尾為〔-u〕的韻母。 展輔　音韻學術語。曲韻六部之一。本為詞曲家分別韻類所用，等韻家藉以指陰聲韻中韻尾為〔-i〕的韻母。 直喉　音韻學術語。曲韻六部之一。本為詞曲家分別韻類所用，等韻家藉以指陰聲韻中無韻尾的韻母。（《語文百科大典》27、59、86、257、602、616頁）
12	閉口　①曲韻六部之一，指以〔m〕收尾的韻部。清人戈載在《詞林正韻・發凡九》裏描述閉口類的發音特點是：「其字閉其口以作收韻」，所包括的韻部有：侵，覃談鹽沾嚴咸銜凡二部。②比況注音所用術語，指發音時雙唇關閉。如《淮南子・俶真》高誘注描寫「涔」字讀音為「急氣閉口言」（涔，古音收〔m〕尾）。 穿鼻　曲韻六部之一，指以〔ŋ〕收尾的韻部。清人戈載在《詞林正韻》發凡九里描述穿鼻類的發音特點是：「其字必從喉間穿鼻而出作收韻」，所包括的韻部有：東冬鐘，江陽唐，庚耕清青蒸登三部。 抵齶　曲韻六部之一，指以〔-n〕收尾的韻部。清人戈載在《詞林正韻》發凡九里描述抵齶類的發音特點是：「其字將終之際，以舌抵著上齶作收韻」，所包

	括的韻部有：「真諄臻文欣魂痕」和「元寒桓刪山先仙」二部。 **斂唇**　曲韻六部之一。指韻母以〔-u〕收尾的韻部。清人戈載在《詞林正韻》發凡九里描述斂唇類的發音特點是：「其字在口半啟半閉，斂其唇以作收韻」，所包括的韻部有：「魚虞模，蕭宵肴豪，尤侯幽」三部。 **曲韻六部**　詞曲家對韻部的一種分類。這六部是：穿鼻、展輔、斂唇、抵齶、直喉、閉口。 **展輔**　曲韻六部之一。指韻母以〔-i〕收尾的韻部。清人戈載在《詞林正韻》發凡裏描述展輔類的發音特點是：「其字出口之後，必展兩輔（按指輔車，上下頰）如笑狀作收韻」，所包括的韻部有：「支脂之微」「齊灰佳（半）皆咍」二部。 **直喉**　曲韻六部之一。指韻母屬開口又沒有韻尾的韻部。清人戈載在《詞林正韻》發凡九里描述直喉類的發音特點是：「其字直出本音以作收韻」，所包括的韻部有：歌戈、佳（半）麻二部。（《漢語知識詞典》18、60、103、325、401、680、690頁）
13	**穿鼻**　也稱「鼻音」。本為詞曲家析韻用語。指以舌根音〔ŋ〕收尾的韻。明沈寵綏《度曲須知》謂之「鼻音」。清戈載《詞林正韻》「發凡」九曰：「穿鼻之韻，東冬鐘，江陽唐，庚耕清青蒸登三部是也。其字必從喉間穿鼻而出作收韻，謂之穿鼻。」後為等韻學家所採用。指通、江、宕、梗、曾諸攝陽聲韻。清毛先舒《韻學通指》、勞乃宣《等韻一得》沿稱。 **展輔**　也稱「噫音」。本為詞曲家析韻用語。指〔i〕收尾的韻。明沈寵綏《度曲須知》謂之「噫音」。清戈載《詞林正韻》「發凡」卷九曰：「展輔之韻，支脂之微、齊灰佳（半）皆咍二部是也。其字出口之後，必展兩輔如笑狀作收韻，謂之展輔。」後為等韻學家所採用。指止、蟹兩攝陰聲韻。 **斂唇**　也稱「嗚音」。本為詞曲家析韻用語。指〔u〕收尾的韻。明沈寵綏《度曲須知》謂之「嗚音」。清戈載《詞林正韻》「發凡」九曰：「斂唇之韻，魚虞模、蕭宵肴豪、尤侯幽三部是也。其字在口半啟半開，斂其唇以作收韻，謂之斂唇。」後為等韻學家所採用。指遇、流、效諸攝陰聲韻。沿稱。 **抵顎**　本為詞曲家析韻用語。指舌尖鼻音〔n〕收尾的韻。係明沈寵綏《度曲須知》始創。清戈載《詞林正韻》「發凡」九曰：「抵顎之韻，真諄臻文欣魂痕、元寒桓刪山先仙二部是也。其字將終之際，以舌抵著上顎作收韻，謂之抵顎。」後為等韻學家所採用。指臻、山兩攝陽聲韻。 **直喉**　本為詞家析韻用語。指開口無尾的韻。清戈載《詞林正韻》「發凡」九曰：「直喉之韻，歌戈、佳半麻二部是也，其字直出本音以作收韻，謂之直喉。」明沈寵綏《度曲須知》未立此類。後為等韻學家所採用。指果、假兩攝陰聲韻。 **閉口**　也稱「閉口音」。本為詞曲家析韻用語。指雙唇鼻音〔m〕收尾的韻母。明沈寵綏《度曲須知》謂之「閉口音」。清戈載《詞林正韻》「發凡」九曰：「閉口之韻，侵、覃談鹽沾嚴咸銜凡二部是也。其字閉其口以作收韻，謂之閉口。」後為等韻學家所沿用。指深、咸兩攝陽聲韻。（《古漢語知識詳解辭典》346頁）
14	**【穿鼻】**音韻學術語。指韻尾為〔ŋ〕的韻部。清代戈載《詞林正韻・發凡》云：「穿鼻之韻，東冬鐘、江陽唐、庚耕清青蒸登三部是也。其字必從喉間反入，穿鼻而出作收韻，謂之穿鼻。」 **【展輔】**音韻學術語。指韻尾為〔i〕，以及沒有韻尾而韻腹為〔i〕的韻部。清戈載《詞林正韻・發凡》云：「展輔之韻，支脂之微齊灰、佳（半）皆咍二部是也。其字出口之後，必展兩輔如笑狀作收韻，謂之展輔。」

	【斂唇】音韻學術語。指韻尾為〔u〕，以及沒有韻尾而韻腹為〔u〕的韻部。清代戈載《詞林正韻‧發凡》云：「斂唇之韻，魚虞模、蕭宵爻豪、尤侯幽三部是也。其字在口，半啟半開，斂其唇以作收韻，謂之斂唇。」 【抵齶】音韻學術語。指韻尾為〔n〕的韻部。清代戈載《詞林正韻‧發凡》云：「抵齶之韻，真諄臻文欣魂痕、元寒桓刪山先仙二部是也。其字將終之際，以舌抵著上齶作收韻，謂之抵齶。」 【直喉】音韻學術語。指沒有韻尾、韻腹也不是〔i〕和〔u〕的韻部。清代戈載《詞林正韻‧發凡》云：「直喉之韻，歌戈、佳（半）麻二部是也，其字直出本音以作收韻，謂之直喉。」 【閉口】音韻學術語。指韻尾為〔m〕的韻部。清代戈載《詞林正韻‧發凡》云：「閉口之韻，侵、覃談鹽沾嚴咸銜凡二部是也。其字閉其口以作收韻，謂之閉口。」（《實用古漢語知識寶典》161～162頁）
15	展輔　音韻學術語。指韻尾為〔i〕，以及沒有韻尾而韻腹為〔i〕的韻部。清戈載《詞林正韻‧發凡》云：「展輔之韻，支脂之微齊灰、佳（半）皆咍二部是也。其字出口之後，必展兩輔如笑狀作收韻，謂之展輔。」輔，頰骨。 斂唇　音韻學術語。指韻尾為〔u〕，以及沒有韻尾而韻腹為〔u〕的韻部。清戈載《詞林正韻‧發凡》云：「斂唇之韻，魚虞模、蕭宵爻豪、尤侯幽三部是也。其字在口，半啟半開，斂其唇以作收韻，謂之斂唇。」 抵齶　音韻學術語。指韻尾為〔-n〕的韻部。清戈載《詞林正韻‧發凡》云：「抵齶之韻，真諄臻文欣魂痕、元寒桓刪山先仙二部是也。其字將終之際，以舌抵著上齶作收韻，謂之抵齶。」 穿鼻　音韻學術語。指韻尾為〔-ŋ〕的韻部。清戈載《詞林正韻‧發凡》云：「穿鼻之韻，東冬鐘、江陽唐、庚耕清青蒸登三部是也。其字必從喉間反入，穿鼻而出作收韻，謂之穿鼻。」 閉口　音韻學術語。指韻尾為〔-m〕的韻部。清戈載《詞林正韻‧發凡》云：「閉口之韻，侵、覃談鹽沾嚴咸銜凡二部是也。其字閉其口以作收韻，謂之閉口。」 直喉　音韻學術語。指沒有韻尾、韻腹也不是〔i〕和〔u〕的韻部。清戈載《詞林正韻‧發凡》云：「直喉之韻，歌戈、佳（半）麻二部是也，其字直出本音以作收韻，謂之直喉。」（《大辭海‧語言學卷》75、76頁）
16	【閉口】音韻學術語。曲韻六部之一。指陽聲韻中以〔-m〕為韻尾的韻母。 【穿鼻】音韻學術語。曲韻六部之一。指陽聲韻中以〔-ŋ〕為韻尾的韻母。 【抵齶】音韻學術語。曲韻六部之一。指陽聲韻中以〔-n〕為韻尾的韻母。 【斂唇】音韻學術語。曲韻六部之一。指陰聲韻中的〔u〕韻母和以〔u〕為韻尾的韻母。 【曲韻六部】曲韻韻尾分類的一種學說。明末沈寵綏《度曲須知》開始對曲韻韻尾進行分類，分鼻音、噫音、嗚音、於音、抵齶5類。清初毛先舒《韻學通指》把陰聲韻尾分為直喉、展輔、斂唇3部，陽聲韻尾分為閉口、抵齶、穿鼻3部。清戈載《詞林正韻》對上述6部收音狀況進行了精確的描述。 【展輔】音韻學術語。曲韻六部之一。指陰聲韻中以〔-i〕為韻尾的韻母和〔i〕韻母。 【直喉】音韻學術語。曲韻六部之一。指陰聲韻中無韻尾的韻母。（《中國語言文字學大辭典》29頁、82頁、122頁、383頁、492頁、796頁、805頁）

17	【閉口】戲曲名詞。古代有一部分字音，韻母后面收尾部分為 m 音。元周德清作《中原音韻》時，把這些字歸入「侵尋」「監咸」「廉纖」三韻，後來崑曲韻書大都沿用。但這種讀音在大多數方言中已消失，故在有些崑曲曲譜裏，常用「○」號注出，收音時口閉起，氣從鼻出，故稱為閉口。但這種唱法今已無人遵用。現在戲曲裏的閉口音，大都指語音中的「高元音」，即由舌頭抬到最高而構成的一類元音。發音時，開口度很小，舌位提到最高點，如 i、u、ü 等。 【抵齶】戲曲名詞。字音帶有 n 輔音韻尾的收音。即「真文」「干寒」「歡桓」「天田」各韻中字的字尾，也就是《漢語拼音方案》中的 an、en、ian、in、uan、uen、üan、ün 等韻母。這些字在收音時，舌抵上齶，氣從鼻出，故稱為「抵齶」。（《中國戲曲曲藝詞典》48 頁）

附錄四　「喻化」「齶化（顎化）」對照表

序號	詞　目　釋　文
1	齶化　由於語音環境的影響，發舌面音以外的輔音時，抬高舌位，舌面靠近硬齶，使發出的音成了舌面音或具有舌面音的色彩，這種作用叫齶化。現代漢語的 j、q、x，就是中古音〔k〕、〔kʻ〕、〔x〕受高元音〔i〕的影響，長期齶化形成的。日語的「は」行假名，前面的輔音本是喉擦音〔h〕，但是其中「い」段的「ひ」因受這個音節中元音〔i〕的影響，前面的輔音變成了〔ç〕，就是一種齶化作用。再如朝鮮語的「ス」〔ts〕、「ㅈ」〔tsʻ〕、「ㅅ」〔s〕，在同高元音「l」〔i〕相拼時，齶化為〔tɕ〕、〔tɕʻ〕、〔ç〕。在國際音標中齶化用「ʲ」符加在音標右下角表示。如〔t〕寫為〔ţ〕等。（《簡明語言學詞典》101 頁）
2	齶化　發某一輔音時，因舌面抬高接近硬齶而具有舌面音色彩，稱為齶化。也有輔音被後面舌位高的前元音所同化而形成的。如「基」「欺」「熙」的聲母在古漢語裏是 g〔k〕、k〔kʻ〕、h〔x〕，經過齶化，在現代漢語裏變成 j〔tɕ〕、q〔tɕʻ〕、x〔ç〕。（《辭海・語言學分冊》33 頁）
3	齶化　音變之一。發某一輔音時，因受高元音的影響，舌面抬高，接近硬齶，從而具有了舌面音色彩，稱為齶化。如漢語普通話基、欺、熙的聲母在中古以前為 g、k、h，經過齶化，現代漢語普通話中變為 j、q、x。（《簡明古漢語知識辭典》66 頁）
4	齶化　發輔音時，由於舌面抬高接近硬齶，而使具有舌面音色彩。也有因被後面舌位高的前元音同化而形成的。如：「基、欺、熙」的聲母在古漢語中為 g〔k〕、k〔kʻ〕、h〔x〕，經過齶化，在現代漢語中演變為 j〔tɕ〕、q〔tɕʻ〕、x〔ç〕。（《世界漢語教學百科辭典》158 頁）
5	【喻化】陸志韋、王靜如所提術語。相當於英文的 yodicization。指一個輔音（多為聲母）後面附有一個半元音〔j〕。古音學家多擬構中古喻母（即喻四）的音值為〔j〕，故把語音學上的「j」化譯稱為「喻化」。喻化介於顎化與不顎化之間，是不能持久的。一般來說在古音系統中如果承認有短〔i〕，就要有喻化產生。一說喻化就是顎化。（《中國語言學大辭典》82 頁）

6	喻化　語音學術語。又稱「顎化」，見該條。
	齶化　語音學術語。又稱「軟化」或「喻化」。是輔音發音時的附加動作。與普通輔音相比，齶化輔音在發音時舌頭略向前移，舌面抬向硬齶，接近發 i 音的部位。齶化聲母多出現在以輔音性的 j 為韻頭的韻母前面。齶化作用往往是聲母演化的重要因素，因此從法沙昂克以後，國外學者都用「齶化」來解釋《切韻》和等韻圖中一等和三等聲母的區別。例如： 　　　見母一等：古，*k-〉k- 　　　見母三等：居，*kj-〉tɕ- 齶化理論是構擬漢語中古音系的重要理論之一，這條理論曾在中國音韻學界引起過較大的爭議，但後來贊同齶化的一派逐漸佔了上風。(《音韻學辭典》275、35 頁)
7	齶化　①在發某一輔音的同時，舌面前部接近前硬齶，使那個輔音具有舌面音的色彩。如龍州壯話「魚」讀作〔pja〕，發〔p〕時，帶有舌面音色彩。②在語言的歷史發展過程中，本來不是舌面音的後來變為舌面音，這種變化也叫做「齶化」。如北京話中「家」「精」的聲母〔tɕ〕分別來自古漢語的〔k〕、〔ts〕，由舌根音、舌尖音齶化而變作舌面音。(《實用中國語言學詞典》54 頁)
8	齶化　又稱「軟化」。發輔音時舌面中部向硬齶抬高的補充發音動作。這種動作在舌位上接近於發舌前高元音〔i〕或舌中擦音〔j〕，使齶化的輔音具有較高的音色。除舌中輔音本身的基本發音動作就在於舌中抬高以外，其他發音部位的輔音都可以齶化。齶化是一種相當普遍的語音現象，尤其是在舌面前高元音〔i、y〕等前的輔音，都會有不同程度的齶化，如漢語「驢皮膠」lúpíjiao〔l□yp'□itɕiau〕中前兩個音節的聲母。(《語言學百科詞典》615 頁)
9	齶化　指輔音的舌面化。在漢語語音史上，最早是舌尖音的齶化，即舌頭音「端透定泥」分化為舌上音「知徹澄娘」。分化或者說舌面化的條件是韻頭〔i〕〔iu〕或主要元音〔i〕(另有少數是韻頭或主要元音〔e〕)的影響。由於〔i〕〔iu〕(〔y〕)是舌面元音，所以影響到前面的輔音，使之變為舌面輔音。知系字直到唐初(《經典釋文》時代)還是〔t〕〔t'〕〔d〕〔n〕，晚唐變為塞音〔ʈ〕〔ʈ'〕〔ɖ〕〔ɳ〕，到了宋代才變為〔tɕ〕〔tɕ'〕〔dʑ〕〔ɳ〕。另外，漢語近代精系〔ts〕〔ts'〕〔s〕和見系〔k〕〔k'〕〔x〕在〔i〕〔y〕的前面(齊齒和撮口兩呼字)變為〔tɕ〕〔tɕ'〕〔ɕ〕，也是一種齶化。(10・720、723；12・236；17・82)(《王力語言學辭典》162 頁)
10	齶化　發某一輔音時，因舌面抬高，接近硬齶，而具有舌面音色彩，稱為齶化。也有輔音被後面舌位高的前元音所同化而形成的。如基、漆、西的聲母在古漢語裏是 g、k、h，經齶化，在現代漢語裏變成 j、q、x。(《語文百科大典》102 頁)
11	齶化　又稱軟化。指舌面音以外的輔音發音時，舌位抬高，舌面靠近硬齶，使發出的音成為舌面音或具有舌面音色彩的現象。大部分齶化是因為非舌面輔音受高前元音〔iy〕或半元音〔jɥ〕的影響、受其同化而形成的。齶化既存在於語流音變中，如普通話的「低〔tji〕、梯〔tj'i〕、泥〔nji〕」，聲母在高元音〔i〕前，舌面有向硬齶靠近的附加動作，發出的音帶有舌面音色彩；齶化也存在於歷史音變中，如普通話的 3 個舌面音聲母〔tɕ tɕ' ɕ〕就是古漢語〔k k' x〕和〔ts ts' s〕兩套聲母受高元音〔i〕或〔j jw〕的影響而齶

化演變來的。齶化現象在任何語言中都不同程度地存在著。在普通話裏齶化
（主要指語流音變中的齶化）沒有辨義作用，但在某些語言裏，齶化音與非
齶化音有區別意義的作用，如：俄語的「блат〔brat〕（弟兄）」同「блатв
〔bratj〕（拿）」。國際音標表示齶化的方式是：（a）在音標右下角連寫一個符
號「ʲ」，如〔ɖ〕。（b）在音標後面加符號「j」，如〔kj tj〕。（c）在音標上面
加符號「‧」，如〔b̓〕。

喻化　陸志偉、王靜如等所用術語。本指輔音（多為聲母）後面附有一個半元
音〔j〕，因古音學家多把中古喻母（喻四）的音值構擬成〔j〕，所以把音韻學
上的「j 化」譯稱為「喻化」。喻化介於齶化與非齶化之間，不能維持長久。一
說「喻化」就是齶化。（《漢語知識詞典》129、667 頁）

12	顎化　語音學術語。輔音舌面化。聲母發音時帶有舌面化色彩。見「舌面化音」「喻化」。

喻化　也稱「顎化」。聲母〔j〕化。瑞典學者高本漢《中國音韻學研究》據
《廣韻》反切上字分聲母為兩類：一類是三等字的聲母，為〔j〕化；另一類
是一、二、四等字聲母，非〔j〕化的純粹聲母。並據以斷定《廣韻》中*重
紐的 A 類與 B 類是聲母的不同：B 類是〔j〕化聲母，A 類非〔j〕化聲母。
《燕京學報》1939 年第二十六期陸志韋《三四等與所謂「喻化」》指出，三、
四等的區別，不在於聲母輔音的顎化與否，尤其是唇音的三、四等字兩套反
切，本非顎化問題，且現代漢語任何一種方言裏皆不見〔j〕化聲母與非〔j〕
化聲母同時並存。其後《Harvard Journal of Asiatic Studies》1941 年第五期趙
元任《中古漢語裏的語音區別》、科學出版社 1956 年出版的李榮《切韻音系》
皆否定高氏〔j〕化說。王力《漢語語音史》卷下第六章指出：「顎化，指的
是輔音的舌面化。在漢語語音發展史上，最早的是舌尖音的舌面化，即舌頭
音端透定泥分化為舌上音知徹澄娘。」此外，中古音的見組（k、kʻ、x）、精
組（ts、tsʻ、s）到近代，齊齒、錯口字聲母變為〔tɕ〕、〔tɕʻ〕、〔ɕ〕，也是一種
顎化。（《古漢語知識詳解辭典》249、286 頁）

13	【喻化】陸志韋、王靜如所創術語。相當於英文的 yodicization。指一個輔音（多為聲母）後面附有一個半元音〔j〕。古音學家多擬構中古喻母（即喻四）的音值為〔j〕，故把語音學上的「j」化譯稱為「喻化」。喻化介於顎化與不顎化之間，是不能持久的。一般來說在古音系統中如果承認有短〔i〕，就要有喻化產生。一說喻化就是顎化。（《語言文字詞典》335 頁）
14	【齶化】發某個輔音時，因舌面抬高，接近硬齶，而具有舌面音色彩，稱為齶化。也有輔音被後面舌位高的前元音所同化而形成的。如：「基」「欺」「熙」的聲母在古漢語裏是 g〔k〕、k〔kʻ〕、h〔x〕，經過齶化，在現代漢語裏變成 j〔tɕ〕、q〔tɕʻ〕、x〔ɕ〕。（《多功能漢語拼音詞典》349 頁）
15	齶化（polatalization、polatalisation、palatalized）　音變現象之一，一般指輔音發音時，由於受臨近高元音或半元音的影響而抬高舌面、產生舌面音色彩的現象。如北京話 ni 中的〔n〕往往會齶化成〔ȵ〕，常陰沙話監／kiæ／中的〔k〕也齶化成了〔c〕。齶化還特指中古見組聲母〔k、kʻ、g、x、ɣ〕和精組聲母〔ts、tsʻ、dz、s、z〕，在今齊齒呼和撮口呼韻母前變成〔tɕ、tɕʻ、ɕ〕的歷史音變現象。（《語言文字學常用辭典》65 頁）

16	【齶化】音韻學術語。也叫「喻化」「j化」。指發某一輔音時，因舌面抬高，接近硬齶，而使該輔音具有舌面音的色彩。齶化現象中，舌面抬高的原因往往是由於受到鄰近元音或半元音的影響，如「基、欺、希」的聲母在古代漢語中是 g〔k〕、k〔kʻ〕、h〔x〕，由於韻母〔i〕的影響，現代漢語齶化為 j〔tɕ〕、q〔tɕʻ〕、x〔ɕ〕。 【喻化】同「齶化」。如今人陸志韋《古音說略》「卷首」云：「高氏的音有所謂『喻化』yodicization 一節，我以為史無足證，並且不近情理。」 【j化】同「齶化」。「j」音 yí。如今人楊劍橋《漢語現代音韻學》第二章云：「高本漢在整理《切韻》反切上字時，發現三等字的反切上字和一、二、四等字的反切上字不同，因而把它們分成兩類，認為三等字的聲母是 j 化（也寫作『喻化』）的，一、二、四等字的聲母是純粹的。」（《實用古漢語知識寶典》126、127、127 頁）
17	齶化　也稱「軟化」。指發某一輔音時，舌面中部向硬齶抬高接近硬齶的補充發音動作。這種補充發音動作使所發輔音舌位上抬具有較高較前的舌面音色彩。普通話的舌尖中音〔t〕、〔tʻ〕、〔n〕、〔l〕跟齊齒呼韻母相拼時往往齶化，如「你」〔nʲi〕、「低」〔tʲi〕等。「基」「欺」「希」的聲母在古漢語裏是 g〔k〕、k〔kʻ〕、h〔x〕，在現代漢語普通話裏變成 j〔tɕ〕、q〔tɕʻ〕、x〔ɕ〕，則是經過長期演變而產生的歷時性齶化現象。（《大辭海‧語言學卷》65 頁）
18	齶化作用　è huà　zuò yòng palatalization 元音或半元音對於鄰近輔音的一種同化作用。前元音〔i〕或半元音〔j〕是舌位較高、貼對硬齶中部的音，發音時是舌位往上齶靠近，並和上齶接觸的面積較廣，這樣便容易產生摩擦；當它與發音部位不同的輔音結合時，就容易把這些輔音的部位帶到硬齶的中部來，並影響它們發生摩擦或增加摩擦，結果導致輔音的軟化或齶化。輔音的齶化現象，差不多在任何語言中都存在，不過只是程度或性質的不同而已。比如說，現代漢語普通話裏的基〔tɕi〕、欺〔tɕʻi〕、熙〔ɕi〕、西〔ɕi〕就是由中古音〔ki-〕、〔kʻi-〕、〔xi-〕、〔si-〕變來的。（《語言學辭典》68 頁）
19	【喻化】　語音學術語。也叫「齶化」。由於語音環境的影響，發舌面音以外的輔音時，抬高舌位，舌面靠近硬齶，使發出的音成了舌面音或具有舌面音的色彩。這種作用叫齶化。現代漢語方言中的團音〔tɕ〕〔tɕʻ〕〔ɕ〕就是舌根音〔k〕〔kʻ〕〔x〕受高元音〔i〕的影響，長期齶化形成的。（《中國語言文字學大辭典》774 頁）
20	三等喻化　a hypo dissertation that initials of the third division　are palatalized 高本漢主張，根據《廣韻》同一聲母的反切上字分成兩類的現象，認為一二四等字的聲母是單純聲母，三等字的聲母受弱介音〔i〕的影響而齶化，即喻化（j化）聲母。（《語言學名詞》158 頁）

附錄五　6部辭典32條音韻學術語釋文對照表

（一）音韻學

1. 漢語音韻學　也叫聲韻學，在普通語言學裏叫歷史語音學，它是研究漢語史上語音情況和它的發展的學科。歷史語音學大致可以劃分成兩個方面。第一是研究一組歷史上的材料，推求它當時代表的音。比如研究《詩經》押韻音、《切韻》音等等。這有時候需要從現代方言材料倒著往上推求。第二是就某一個或一組音，把它從某個歷史時期的面貌變成現代某些音的歷史敘述清楚。這兩個方面經常是互相交叉，互相驗證，互相輔助的。……（《中國大百科全書‧語言文字卷》173頁）

2. 音韻學　即「漢語音韻學」。

漢語音韻學　①也叫「音韻學」「聲韻學」。研究清代以前（包括清代）的漢語語音的科學。研究內容包括：（1）音韻理論。（2）語音史（包括歷代共時音系和語音演變）。（3）音韻學史。（4）音韻學術語、研究方法和理論，主要受歷史語言學、語音學、音系學、類型學、漢語方言學和漢藏語比較語言學等學科成果的影響、指導。但由於漢語音韻學的發展已有一千餘年的歷史，因而已有自己的一套獨特研究傳統。可以說是一門既古老又年輕的學科。一說漢語音韻學的研究範圍包括古音、今音、等韻及現代音。②音韻學書。原名《中國音

韻學》。王力著。介紹了語音學常識、等韻學的名詞及發展，從《廣韻》研究入手，上推古音，下推今音。各章都附有豐富的參考資料，不少是難於查檢的。書中內容包括傳統音韻學的全部內容及現代漢語方言研究。是一部較早地運用現代語音學原理，系統闡述和探索漢語音韻學、音韻學史的著作。書中觀點，在作者後期著作中多有修訂。商務印書館 1936 年初版。中華書局 1956 年出版。③音韻學書。董同龢著。採用由今而古的講述方法，先介紹國語音系（現代普通話）、現代方音，次及早期官話、中古音系，最後討論上古音的韻部、聲母和聲調。定中古聲母為四十一個，現代各地方音為根據，擬其音值。討論韻部，先依據方音確定韻尾、開合和等的區別，再逐一討論各韻的音值。認為重紐字的區別在於主要元音的不同。列於三等的元音偏央，列於四等的與本韻的舌齒音同類。在此基礎上討論上古音，定古聲母為三十六，擬為〔p pʻ bʻm m̥ t tʻd dʻ n l ts tsʻ dzʻ s zʈ tʻ dʻ n̥ ȶ z c cʻ ɟ ȵ çj k kʻ gʻ ŋ x ɤ ʔ〕，主張濁聲母送氣，承認複輔音的存在。定古韻部為二十二，入聲不獨立，擬陰聲韻尾為〔b d g〕。系統性和科學性較強，是一種較好的音韻學教科書。臺北廣文書局 1968 年出版。（《中國語言學大辭典》73 頁）

　　3. 音韻學　一中國傳統語言學的一個分支，研究漢字聲、韻、調的類別及其古今演化軌跡，並辨析語音的發生過程。傳統音韻學又分成古音學、今音學和等韻學 3 個部分，分別以詩騷押韻諧聲、中古韻書和等韻圖等為研究對象。二音韻學著作。今人張世祿著。成書於 1931 年。此書凡五編，主要是運用近現代西方語言學原理將漢語音韻學材料加以剖析說明。……三音韻學著作。今人陳振寰著。書成於 1986 年。全書共分 9 章：（1）緒論，（2）語音基礎知識，（3）音韻學的基本概念，（4）上古音系，（5）隋唐音系，（6）等韻學說與五代宋音系，（7）詩韻、詞韻、曲韻和宋元音系，（8）明清語音概貌，（9）漢語音韻發展的若干結論。本書著重從斷代音系方面來介紹漢語音韻學。

　　聲韻學　學科名稱。見「音韻學」條。

　　漢語音韻學　一學科名稱。見「音韻學」條。二音韻學著作。今人王力著。……三音韻學著作。現代董同龢著……。四音韻學著作。今人李新魁撰。書成於 1986 年。……

　　音韻　一術語。指字音。舊以為「音」指「聲成文」，「韻」指「聲音相合」，今人亦多以「音」指聲母，以「韻」指韻母。二術語。有時用作音韻學的簡稱。

三音韻學著作。今人李新魁撰。書成於 1985 年。……（《音韻學辭典》268～
270、184、84、266 頁）

4. 音韻學　也叫「聲韻學」，簡稱「韻學」「音學」。研究古代漢語語音系統
的沿革，注重辨析漢字字音的聲、韻、調三種要素，考證其音類和音值，並研
究其在不同歷史時期的分合異同的一門學科。音韻學的歷史，從東漢末年反切
注音法的發明開始，至今已有一千多年。目前有四個分支學科：古音學、今音
學、等韻學和近音學。（《大辭海・語言學卷》68 頁）

5.【音韻學】　一即「漢語音韻學」。二即「音系學（Phonology）」。三音韻
學著作。陳振寰著。1986 年湖南人民出版社出版。全書 9 章：緒論。語音基礎
知識。音韻學的基本概念。上古音系。隋唐音系。等韻學說與五代宋音系。詩
韻、詞韻、曲韻和宋元音系。明清語音概貌。漢語音韻發展的若干結論。此書
較詳細地介紹了音韻學基本知識，分析和總結了語音史各個歷史時期的語音特
點及其發展規律，並就語音史研究中的一些問題提出了自己的見解。

【漢語音韻學】　（一）中國傳統語言學的一個分支。它是分析研究各個
歷史時期漢字字音的聲、韻、調系統及其歷史變化的一門科學。傳統音韻學分
成古音學、今音學和等韻學 3 個部分，20 世紀裏又逐漸建立了北音學。現在音
韻學實際包括上述 4 個部分。……

【聲韻學】　即「音韻學」（一）。（《中國語言文字學大辭典》715、265、
531 頁）

6. 音韻學　又稱「聲韻學」。研究漢語各個時期語音狀況及其發展的學科。
研究材料主要有韻書、等韻、反切、韻文、諧聲、異文、讀若和讀如、聲訓、
直音、對音、漢語方言和親屬語言等，研究內容包括漢語語音史、音韻學理論、
音韻學史等。（《語言學名詞》146 頁）

（二）音　韻

1.【音韻】　①也叫「聲韻」。漢字字音中聲、韻、調三要素的總稱。②也
叫「聲韻」。小學的一個部門。③指韻書。如《顏氏家訓・音辭篇》：「自茲厥
後，音韻鋒出。」（《中國語言學大辭典》75 頁）

2. 音韻　一術語。指字音。舊以為「音」指「聲成文」，「韻」指「聲音相
合」，今人亦多以「音」指聲母，以「韻」指韻母。二術語。有時用作音韻學的
簡稱。三音韻學著作。今人李思敬撰。書成於1985 年。介紹漢語音韻學的基本

概念、基本材料、基本方法和基本結論。全書分 4 章：（1）漢語音節概述，（2）《中原音韻》音系，（3）《切韻》音系，（4）《詩經》音系。本書著重講清各個斷代音系的音類有多少，它們是怎樣劃分出來的，它們的音讀是什麼樣子，是怎樣擬測出來的等等，希冀由此引導讀者步入音韻學之門。本書條理清楚，語言通俗易懂，是一本較好的入門書。（《音韻學辭典》266 頁）

3. 音韻　也叫「聲韻」。語言的語音和語音系統，特指漢語的語音和語音系統。（《大辭海・語言學卷》68 頁）

4.【音韻】　一又名「聲韻」。漢語語音聲母、韻母、聲調三要素的總稱。二音韻學的簡稱，又叫聲韻。三音韻學著作。李思敬著。……（《中國語言文字學大辭典》714 頁）

5. 音韻　又稱「聲韻」。漢語語音中聲母、韻母、聲調三個要素以及漢語各個時代語音系統的總稱。（《語言學名詞》146 頁）

（三）古音構擬

1.【擬測】　也叫「構擬」「擬構」「重建」。譯自英語的 reconstruction。歷史語言學研究的一種主要方法。在歷史語言學範圍內，主要是指根據歷史語言學的原理，利用音標符號對古代的讀音加以推測。擬測方法共分三種類型，即外部擬測、內部擬測和類型擬測。（《中國語言學大辭典》99 頁）

2. 擬測　音韻學術語。即「古音構擬」。

擬構　音韻學術語。即「古音構擬」。

擬音　「古音構擬」的省稱。

古音構擬　又稱「擬構」「擬測」「重建」等。指通過比較一組親屬語言的語音異同以考求古代共同母語音系的研究方法，19 世紀盛行於歐洲，20 世紀初被借用來研究漢語音韻學。古音構擬的實踐可以用高本漢的研究為代表。他的構擬分為兩步，第一步是研究分析漢語的 22 種現代方言和 4 種域外方言，將其納入《廣韻》和等韻圖的聲韻分類，得出中古漢語（《切韻》時代）的語音系統；第二步是通過歸納先秦韻文的韻腳和諧聲字得出上古漢語（《詩經》時代）的聲韻類別，再把這個結果和他擬出的中古音系相比較，最終求出上古漢語各音類的音值。至今音韻學界的古音構擬原則和方法都是高本漢的繼承和發展。（《音韻學辭典》144、61 頁）

3.【構擬】　構擬（reconstruction）又譯為「重建」「重構」，是指以留存語言成分的比較為基礎，推斷共同母語的原始形式的一種方法。具體做法是先列出現存的已確定有親屬關係的語言的相關詞的形式，然後通過確定對應關係，推測母語中這個詞的形式。……（《中國語言文字學大辭典》199頁）

4. 古音構擬　又稱「古音重建」。主要運用歷史語言學理論和方法推測古代某一時期的語音情況。（《語言學名詞》146頁）

（四）複輔音聲母

1.【複輔音聲母】　也叫「複聲母」，由複輔音組成的聲母。如麻窩羌語〔zdʲɤm〕（雲）中的〔zd〕，貢山獨龍語〔spla〕（黏住）中的〔spl〕；鼻音加部位同而發音方法不同的輔音的聲母也可認為是複輔音聲母，如拉卜楞藏語〔nda〕（箭）中的〔nd〕。塞擦音聲母一般不視為複輔音聲母。（《中國語言學大辭典》77頁）

2. 複聲母　音韻學術語。又稱複輔音聲母，指包含兩個以上輔音音位的聲母（但習慣上把塞擦音算作單聲母），如高本漢所擬上古音*klăk（格）mlvg（卯）中的kl、ml。（《音韻學辭典》43頁）

3. 複輔音聲母　簡稱「複聲母」「複輔音」。指上古漢語音節中有兩個或兩個以上的輔音聲母。參見「古有複輔音聲母說」。（《大辭海·語言學卷》71頁）

4.【複輔音】　也叫「複合輔音」，是指兩或三個輔音結合在一起與元音相拼的輔音結合體。這種結合體同處於一個音節，並且同處增強或減弱的緊張態勢中。常見的複輔音有以下幾種類型：（1）由一個閉塞音和一個邊音結合而成。如〔pl-〕〔ml-〕〔tl〕等。……（2）由個鼻音和一個塞音結合而成。如聖乍彝語〔mba〕（遮）、〔nda〕蕨菜。……（3）由一個鼻音和邊塞擦音結合而成。如苗語〔ndlau〕（樹葉）、〔mbla〕（滑）等……複輔音在一些語言中被稱為「輔音叢」或「輔音串」。（《中國語言文字學大辭典》183頁）

5. 複輔音聲母　又稱「複聲母」。一種觀點認為，上古漢語有兩個或兩個以上輔音結合成的聲母，稱為「複輔音聲母」。（《語言學名詞》147頁）

（五）韻　頭

1. 韻頭　韻母可以進一步分為韻頭、韻腹和韻尾3部分。韻頭和韻腹都是元音，韻尾也可以是輔音。韻腹是一個韻母不可缺少的成分，……（《中國大百

科全書・語言文字卷》184頁）

2.【韻頭】 也叫「介音」。某些韻母的組成部分。指介於聲母和韻腹之間的高元音 i〔i〕、u〔u〕、ü〔y〕。如交（jiao）、怪（gugài）、全（quán）中的 i〔i〕、u〔u〕、ü〔y〕。（《中國語言學大辭典》85頁）

3. 韻頭 音韻學術語。「中介元音」的又稱，如 diān、duān 中的 i、u。（《音韻學辭典》289頁）

4. 韻頭 音韻學術語。也叫「介音」，又稱「中介元音」。一部分韻母的組成部分，是介於聲母（包括零聲母）和韻腹之間的元音、半元音。（《大辭海・語言學卷》75頁）

5.【韻頭】 音韻學術語。也叫「介音」。指介於聲母和韻腹之間的高元音。普通話中的只能由〔i〕、〔u〕、〔y〕來充當。如家（jia）、瓜（gua）、圈（quan）中的 i、u、ü。（《中國語言文字學大辭典》788頁）

6. 韻頭 又稱「介音」。韻母中位於韻腹前的部分。（《語言學名詞》148頁）

（六）尖團音

1.【尖圓音】 也叫「尖團音」。「尖音」與「圓音」的合稱。（《中國語言學大辭典》82頁）

2.【尖音】 音韻學術語。與圓音（團音）相對。指來自古精組的聲母 ts、ts‘、s 和 i、y 或 i、y 起頭的韻母拼合的音。現代北京音系中沒有尖音。

【圓音】 音韻學術語。又叫團音。與尖音相對。指從古精組和見組中分化出來的聲母 tɕ、tɕ‘、ɕ 和 i、y 或 i、y 起頭的韻母拼合的音。（《中國語言文字學大辭典》313、781頁）

3. 尖團音 又稱「尖圓音」。尖音和團音的合稱。聲母屬古「精清從心邪」五母，韻母為細音的，稱為尖音；聲母屬古「見溪群曉匣」五母，韻母為細音的，稱為團音。方言中有分尖團音的，有不分的；普通話不分，都是〔tɕ〕〔tɕ‘〕〔ɕ〕。（《語言學名詞》151頁）

（七）押　韻

1. 押韻 「合轍」就是「押韻」。（《中國大百科全書・語言文字卷》350頁）

2. 押韻 也叫「協韻」「叶韻」「合轍」。指使詩行末尾音節的韻母相同或相近，以增強語言的韻律美和迴環美。（《中國語言學大辭典》143頁）

3. **押韻**　音韻學術語。安排韻腳，使韻母相同相近的音節間隔、有規律地反覆出現，以求聲音和諧、迴旋。漢語傳統的押韻方式有連句韻、隔句韻、換韻、交韻、抱韻等。(《大辭海・語言學卷》87頁)

4.【押韻】　指寫作韻文時，使句末音節的韻母相同或相近，以增強語言的韻律美和迴環美。又叫「協韻」「叶韻」「合轍」。例如杜甫《清明》二首之一……【叶】即押韻。(《中國語言文字學大辭典》685、660頁)

5. **押韻**　又稱「協韻」「叶韻」「壓韻」。韻文中一種使同韻字有規則地反覆出現的手法。(《語言學名詞》153頁)

(八)叶　音

1. **叶音**　也叫叶韻、叶句。「叶」也作「協」。南北朝以後的人讀周秦兩漢韻文感到不押韻，就臨時改變其中一個或幾個押韻字的讀音，使韻腳和諧。這是由於不懂古今語音不同所致。……(《中國大百科全書・語言文字卷》425頁)

2. **叶音**　即「叶韻①」。

叶韻　①也叫「取韻」「合韻」「叶句」「叶音」。「叶」也作「協」。古人以當時語音誦讀上古韻文，為求相諧，強行隨意臨時改讀韻腳的一種韻語方法。其錯誤在於不明古今音異。②即「押韻」。(《中國語言學大辭典》143頁)

3. **叶音**　音韻學術語。與「叶韻」「協句」「協韻」「取韻」義同。見「叶韻」條。(《音韻學辭典》243頁)

4. **叶音**　即「叶韻」。

叶韻　也叫「協句」「協韻」「叶音」。南北朝有些學者按當時語音讀《詩經》，感到好多詩句韻腳不和諧，便以為這些韻腳的字須臨時改讀某音，以求和諧，稱為叶韻。唐陸德明《經典釋文》注《詩・邶風・燕燕》在「南」字下引南朝沈重說：「沈云協句，宜乃林反。」意指「南」應改讀，以與「音、心」押韻。後人並以此應用於其他古代韻文，到宋代此說大勝。如朱熹注《詩・召南・行露》「女無家」之「家」：「叶音谷。」以與「角、屋、獄、足」押韻。明陳第始用語言演變的原理，認為所謂叶韻的音是古代本音，讀古音就能諧韻，不應隨意改讀。清代古音研究更趨精細，此說不再為人遵信。(《大辭海・語言學卷》87頁)

5.【協句】　音韻學術語。也叫「取韻」「協韻」「合韻」「叶音」。「協」也作「叶」。從先秦到南北朝，語音發生了較大變化。南北朝人按當時語音誦讀《詩

經》、《楚辭》等先秦詩歌韻文時，覺得押韻不和諧，為此臨時改讀韻腳的讀音，北周沈重把這種改讀古韻以求音諧的方法稱為「協句」。如《詩·邶風·燕燕》……

【叶韻】　一古人用當時語音誦讀上古韻文感到押韻不和諧時，即臨時改讀韻腳，以求和諧。……二即「押韻」。（《中國語言文字學大辭典》660頁）

6. 叶音　又稱「取韻」「叶句」「叶韻」。「叶」也寫作「協」。臨時改變某字的讀音使韻腳和諧。這是後人以時音誦讀先秦韻文感覺某字不押韻時而採取的做法。（《語言學名詞》153頁）

（九）合　轍

1. 合轍　「合轍」就是「押韻」。（《中國大百科全書·語言文字卷》350頁）

2. 合轍　即「押韻」。

3.【合轍】　即「押韻」。（《中國語言文字學大辭典》281頁）

4. 合轍　又稱「押韻」。特指按照十三轍的標準押韻。（《語言學名詞》153頁）

（十）小　韻

1. 小韻　各韻之內的字按同音關係分成小組。這種小組後來通稱小韻。（《中國大百科全書·語言文字卷》318頁）

2. 小韻　也叫「紐」「字紐」，在韻書的同一韻中，完全同音的一組字。小韻之間用小圓圈隔開。一韻之中小韻數量的多少不等，如《廣韻》的東韻有三十四個小韻，支韻有五十七個小韻，凡韻則只有兩個小韻。每一小韻內字數的多少也不等。如《廣韻》音韻中的「靈」小韻有八十七字，而點韻中「茁」小韻僅有一個「茁」字。②八病之一。（《中國語言學大辭典》150頁）

3. 小韻　音韻學術語。指韻書每韻中同音的一組字。小韻本為梁沈約規定的作詩禁忌四聲八病之一，指五言詩一聯之中有兩個同韻的字。音韻學借來指稱一韻之中同一個反切下的一組字，如《廣韻》一東韻中有徒紅切，共有同、童、銅等45個字，這45個字稱一個小韻。一個小韻也稱一紐。（《音韻學辭典》242頁）

4. 小韻　指韻書同一個韻部中完全同音的一組字。一般用這一組字中的第一個字作為小韻的名稱，各個小韻之間用圓圈隔開。如《廣韻》一東韻中，「中、衷、忠、衶」為一個小韻，稱為「中小韻」，「公、功、工、蚣、攻」等

13 個字為一個小韻，稱為「公小韻」。（《大辭海‧語言學卷》78 頁）

5.【紐】　音韻學術語。（1）即聲紐。如黃侃的古本聲 19 紐。（2）韻書中的一個小韻。（《中國語言文字學大辭典》450 頁）

6. 小韻　又稱「紐」。指韻書中聲、韻、調完全相同的同音字組。（《語言學名詞》154 頁）

（十一）重　紐

1. 重紐　指《切韻》音系中支、脂、祭、真、仙、宵、侵、鹽八韻系裏的喉、牙、唇音字有小韻對立重出，等韻圖分別置於三、四等。音韻界一般稱之為重紐三等和重紐四等。或重紐 B 類與重紐 A 類。至於各韻的舌齒音究竟同於本韻的重紐三等還是重紐四等，目前國內有三種說法：（1）董同龢說。認為舌齒音和韻圖置於四等的喉牙唇音為一類，韻圖排在三等的喉牙唇音單獨為另一類。（2）陸志韋說。認為舌齒音中的莊、知兩組字和來母字同重紐三等為一類，其餘的同重紐四等字為一類。而且這兩種分法不僅使用於支、脂等八韻系，而且適用於全部邵榮芬所命名的三 B 類韻；（3）邵榮芬說。認為舌齒音和韻圖置於三等的喉牙唇音單獨為一類，韻圖排在四等的喉牙唇單獨為一類。國外音韻學界對《切韻》重紐韻的舌齒音歸屬問題採用所謂「類相關」的理論。關於「重紐」的語音區別，也說法不一。從擬音上看，可歸納為五派：（1）重紐三、四等的區別是由於元音得區別，周法高、董同龢、Paul Nagel 等主之；（2）重紐三、四等的區別是由於沒有介音，有阪秀世、河野六郎、李榮、蒲立本、俞敏、邵榮芬等主之；（3）重紐三、四等的區別是由於聲母和介音，王靜如、陸志韋主之；（4）重紐三、四等確有語音上的差別，但無法說出區別在哪裏，陳澧、周祖謨等主之；（5）重紐並不代表語音上的區別，章炳麟、黃侃等主之。概括言之，此中（1）至（4）主張重紐三、四等有語音上的區別，（5）則反之。俞敏通過梵漢對音確認重紐三、四等是介音〔-r-〕與〔-j-〕的區別，此說對重紐擬測工作有重要意義。（見【重紐三等有 r 介音說】）（《語言文字詞典》379 頁）

2. 重紐　音韻學術語。《切韻》系統韻書的某些韻中存在喉、牙、唇音對立的反切，今稱這些對立的反切為重紐，也稱重出喉、牙、唇音。如《廣韻》支韻：犧，許羈切；詫，香支切。許、香同為曉紐，羈、支韻同類。等於在同一韻中出現讀音相同的反切。……（《音韻學辭典》13 頁）

3. 重紐　音韻學術語。《廣韻》支、脂、祭、真、仙、宵、侵、鹽八個三等韻的喉、牙、唇音字的反切，除了開合口的對立以外，它們的反切下字還可以分為兩類，中古韻圖據此把兩套喉、牙、唇音字分別列在三等和四等，這就是所謂「重紐」。一般稱列在三等的字為「重紐三等」或「重紐 B 類」，列在四等的字為「重紐四等」或「重紐 A 類」。如《廣韻》支韻的反切下字分為「支、宜、規、為」四類，其中「支、宜」和「規、為」是開合口的區別，而「支」和「宜」「規」和「為」則是重紐的區別，「支、規」屬重紐四等，「宜、為」屬重紐三等。重紐還存在於《玉篇》、《慧琳一切經音義》、《經典釋文》等的反切中，以及日語吳音、日語漢音、高麗譯音、安南譯音和現代方言廈門話、福州話之中。（《大辭海‧語言學卷》81 頁）

4.【重紐】　《切韻》系統的韻書支、脂、祭、真、仙、宵、侵、鹽八韻系中喉、牙、唇音字有小韻對立重出。如《廣韻》支韻：犧，許羈切；詑，香支切。許、香同屬曉母，羈、支韻同類。等於在同一韻中出現讀音相同的反切。這些對立的反切成為重紐，在等韻圖上分別列於三、四等。關於重紐的語音區別，有以下五種看法：（1）重紐三四等的區別表現在韻母的主元音上，持此看法的有董同龢、周法高、Paul Nagal。（2）重紐三、四等的區別表現在聲母和介音上。持此看法的有王靜如、陸志韋。（3）重紐三、四等的區別是由於介音的不同。持此看法的有李榮、俞敏、邵榮芬、蒲立本、有阪秀世、河野六郎。（4）重紐三、四等確有語音區別，但不清楚區別在哪裏。陳澧、周祖謨等持此議。（5）重紐並沒有語音上的區別。此外，在有重紐的韻中，非重出的舌齒音究竟同於本韻的重紐三等還是四等，目前也有三種說法：（1）董同龢認為，舌齒音與韻圖列於四等的喉牙唇音為一類，韻圖排在三等的喉牙唇音自為一類。（2）陸志韋認為，舌齒音中的莊、知兩組字和來母字同重紐三等字為一類，其餘的同重紐四等為一類。（3）邵榮芬認為，舌齒音與韻圖列於三等的喉牙唇音為一類，韻圖列於四等的喉牙唇音自為一類。（《中國語言文字學大辭典》79 頁）

5. 重紐　又稱「重出唇牙喉音」。指「支脂祭真仙宵侵鹽」等三等韻系裏的唇牙喉音聲母字成系列地重出小韻。例如，虧去為反，窺去隨反，反切上字同是「去」，溪母，反切下字都是支韻合口字。這兩類兩兩對立的重紐，在韻圖裏被分別置於三等和四等地位，分別被稱為重紐三等和重紐四等。（《語言學

名詞》154頁）

（十二）反　切

1. **反切**　用兩個漢字合起來為一個漢字注音，有時單稱反或切，是中國傳統的一種注音方法。……《中國大百科全書‧語言文字卷》72頁）

2. **反切**　也叫「反」「翻」「切」「反言」「反音」「反語」。用兩個漢字注出另一個漢字的讀音。是一種傳統的注音方法，也是中國古代對漢字字音結構的分析。如「當〔taŋ〕孤〔₌ku〕切都。這裡的「當」表示「都」的聲母〔t〕，「孤」表示「都」的韻母（包括聲調）〔₌u〕，聲母和韻母拼合，就切出「都」〔₌tu〕字音來。唐代以前的韻書有的用「某某反」，有的用「某某翻」，有的用「某某切」，宋代《廣韻》全用「某某切」，以後韻書沿用「某某切」，不用「反」或「翻」。（《中國語言學大辭典》146頁）

3. **切**　音韻學術語。是我國傳統的注音方法，用兩個字輾轉相拼為另一個字注音。反切又稱反語、反言、反音，或單稱反、翻、切。……用作反切的兩個字，前一個字叫反切上字，也簡稱切上字、上字；後一個字叫反切下字，也簡稱切下字，下字。被注音字叫被切字。所謂上下是就漢字直行書寫的款式而說的。還有一種說法是，上字為切，下字為韻。

反紐　音韻學術語。即「反切」。（《音韻學辭典》37頁）

4. **反切**　中國傳統的一種注音方法。也叫「反音」「反語」「翻語」「翻切」「切音」等。用兩個字拼合成另一個字的音，反切上字與被切之字聲母相同，反切下字與被切之字韻母和聲調相同。即上字取聲，下字取韻和調。……（《大辭海‧語言學卷》81頁）

5. **【反切】**　中國傳統音韻學中的一種注音方法。其基本形式是用兩個漢字為另一個漢字注音，用來注音的兩個字中，前一字叫做反切上字，也叫切上字，上字；後一字叫做反切下字，也叫切下字，下字；被注音的字叫做被切字。反切上字與反切下字相連，後邊加一個「切」字或「反」字，即構成反切。……（《中國語言文字學大辭典》162頁）

6. **反切**　又稱「反」「翻」「切」。用兩個漢字給一個漢字注音的方法。兩個字中上字取其聲，下字取韻與調，拼合出被注音字的讀音。（《語言學名詞》154頁）

（十三）倒　紐

1.《中國語言學大辭典》無該術語。

2. **到反**　音韻學術語。即倒紐。指原反切上下字顛倒後的反切。唐釋神珙《四聲五音九弄反紐圖》中特指以原反切的反切上字為被切字、原反切的被切字為反切上字的反切。參見《五音之圖》條。

到紐　音韻學術語。又作倒紐，與正紐相對。把某切語上下字本來的順序顛倒一下，又構成新的切語，叫到紐。到，即倒之借字。如：章，灼良切；良灼切則為到紐。參見「正紐」條。

倒紐　音韻學術語。即「到紐」。（《音韻學辭典》21頁、22頁）

3.【**倒紐**】　音韻學術語。與正紐一相對，指顛倒某切語上下字的順序而構成的新切語。如章，灼良切；良灼切即為到紐。語出《廣韻》附記之《雙聲疊韻法》。（《中國語言文字學大辭典》117頁）

4. **倒紐**　又稱「到紐」。以反切下字的聲母與反切上字的韻母、聲調拼出另一個被切字的讀音。（《語言學名詞》155頁）

（十四）韻　部

1. **韻部**　古韻學家把古代韻文押韻的字分成類，每類叫一個韻部。……清初古韻學興盛，個詞這也有人用來指《切韻》系統韻書的「韻」。（《中國大百科全書·語言文字卷》504頁）

2. **韻部**　也叫「部」「韻」。①古韻學家歸納古代韻文押韻的字而成的類。如對《詩經》和先秦其他韻文的用韻進行分析歸納後，將古韻或分為十三部，或分為十七部，或分為三十部。②指韻書中歸納同韻之字而成的類。如《廣韻》分韻為二〇六部，《中原音韻》為十九部。（《中國語言學大辭典》149頁）

3. **韻部**　韻腹和韻尾相同的字組成的音韻單位。又叫韻。①韻書彙集同韻字而成韻部。如《廣韻》分206個韻部，聲調不同的字不在同一韻部；《中原音韻》分19個韻部，1個韻部包括不同的聲調。②分析韻文的音韻系統時，將互相押韻的字歸納而成韻部。如清江永《古韻標準》歸納《詩經》韻字，分古韻為13部。（《音韻學辭典》279頁）

4. **韻部**　韻書中把同韻的字歸在一起成為一部。又稱「韻」。如《廣韻》分韻為206部，平水韻為106部，《中原音韻》為19部。（《大辭海·語言學卷》78頁）

5.【韻部】　音韻學術語，又叫部。指韻腹和韻尾相同的字組成的單位。它不區別聲調也不區別介音。一般在古音學和北音學中使用。(《中國語言文字學大辭典》758頁)

6. 韻部　①又稱「部」。在歸納韻文押韻字的基礎上經音韻分析而歸納出的部類。②韻書中的韻。如《廣韻》的二百零六韻也有人稱為二百零六韻部，《中原音韻》的十九韻也稱十九韻部。(《語言學名詞》156頁)

（十五）譬　況

1. 譬況　①古代漢字注音法之一。顏之推《顏氏家訓・音辭篇》云：「鄭玄注六經，高誘解《呂覽》、《淮南》，許慎造《說文》，劉熙制《釋名》，始有譬況、假借，以證音字耳。」譬況法以音同或音近字的讀音為被注字讀音作比擬，而以發音部位和發音方法的描寫為譬喻。主要術語有「急言」「緩言」「長言」「短言」「內言」「外言」等，如《淮南子・脩務訓》高誘注：「駤，讀似質，緩氣言之者，在舌頭乃得。」譬況法術語的真切含義在六朝時已不可曉，今人有謂急言，外言指含〔i〕介音的細音字，緩言、內言指不含〔i〕介音的洪音字，又有謂急言指平聲，緩言指仄聲，長言指舒聲調，短言指促聲調。但古語過於含混，目前無論從聲調、元音和介音等方面都還不能得出完全適當的解釋。②訓詁學術語。指用熟知的事物去比方不熟悉的事物的釋義方式。如《說文・豸部》：「豹，似虎。圜文。」用描寫或義界的方式表達詞義有困難時，多採用譬況的方式。(《中國語言學大辭典》145頁)

2. 譬況　音韻學術語，又稱比況。漢字最早的注音方法之一，用打比方和描寫發音部位、發音方法來說明字音。北齊顏之推《顏氏家訓・音辭》：「逮鄭玄注六經，高誘解《呂覽》，許慎造《說文》，劉熙制《釋名》，始有譬況假藉以證字音者耳。」……(《音韻學辭典》147頁)

3. 譬況　比方，描摹。音韻學術語。早期的漢字注音法，顏之推《顏氏家訓・音辭篇》云：「鄭玄注六經，高誘解《呂覽》、《淮南》，許慎造《說文》，劉熙制《釋名》，始有譬況、假借，以正字音耳。」譬況法以音同或音近字的讀音為被注字讀音的比擬，而以發音部位和發音方法的描寫為譬喻。……(《大辭海・語言學卷》77頁)

4.【譬況】　古代的一種注音方法。它用打比方、描寫發音部位、描寫發音方法等來說明漢字的讀音。這種方法，不能使人準確掌握被注漢字的讀音，不

是理想的注音方法。(《中國語言文字學大辭典》457 頁)

5. **譬況**　又稱「比況」。早期的漢字注音法的一種。以同音字或近音字比擬被注音字的讀音,或對其發音特徵加以描寫。包括長言、短言、急氣、緩氣、內言、外言等。(《語言學名詞》157 頁)

(十六)急　聲

1. **急聲**　也叫「急讀」。同「慢聲」相對。二音快讀,連為一音,為急聲;反之,一音慢讀,分為兩音,為慢聲。如「之於」和「之乎」是慢聲,「諸」是其急聲;「茨」是急聲,「蒺藜」是其慢聲,此類上古漢語多見,或謂即後世反切的萌芽。(《中國語言學大辭典》146 頁)

2. **急聲**　音韻學術語。與慢聲相對。古人有二字急讀成一音、慢讀仍為二音的說法前者稱急聲,後者稱慢聲。……(《音韻學辭典》100 頁)

3. **急聲**　古漢語有二音急讀而成一音者,叫做急聲。……(《大辭海·語言學卷》77 頁)

4. **急聲**　又稱「急讀」。與「慢聲」相對。古人有兩字急讀成一音(例如「之乎」急讀為「諸」),慢讀仍為二音的說法。前者稱「急聲」,後者稱「慢聲」。(《語言學名詞》157 頁)

(十七)越漢對音

1. **漢越語**　十世紀前後從中國華南地區傳入到越南語中的漢語借詞。越南語中的漢語借詞有好幾個歷史層次,其中最重要的一個層次就是漢越語。漢越語的材料對於漢語音韻學的研究有著十分重要的參考價值。王力《漢越語研究》對漢越語的語音系統作過精闢而詳盡的分析。

越南譯音　也叫「安南譯音」「越南漢字音」。即「漢越語」(包括古漢越語)。(《中國語言學大辭典》162 頁)

2. **越南譯音**　又稱「安南音」或「漢越音」。是越南語中漢語借詞的一套讀音。在公元 9～10 世紀傳入越南。這套讀音是學界據以構擬《切韻》音系的四種域外方言之一。它的梗攝陽聲字以 n̩ 收尾,入聲字以 t̠ 收尾,是一個比較少見的現象,日本的橋本萬太郎在他的《中古漢語音系學》(1978、1979)裏就曾據此把《切韻》的梗攝韻尾擬為舌上音。(《音韻學辭典》277 頁)

3. **漢越語**　也叫「安南譯音」「越南譯音」。指中國唐朝時候越南語從漢語

中借入的大量詞語和漢字的讀音系統。對研究古代漢語的語音系統有參考價值。(《大辭海・語言學卷》83 頁)

4. **越漢對音**　又稱「漢越語」。越南語中借入的漢語詞語的語音。(《語言學名詞》159 頁)

（十八）平聲陰

1. **陰平**　漢語調類之一。中古平聲分陰陽兩類，元代周德清《中原音韻》稱為平聲陰、平聲陽，又作下平聲、上平聲。後世多沿周德清之說，用陰平作為中古平聲清音聲母字調類的名稱，用陽平作為中古平聲濁音聲母字調類的名稱。(《中國語言學大辭典》90 頁)

2. **平聲陰**　即陰平。見「平聲」。(《語言學名詞》148 頁)

（十九）平聲陽

1. **陽平**　漢語調類之一。詳「陰平」。

陰平　漢語調類之一。中古平聲分陰陽兩類，元代周德清《中原音韻》稱為平聲陰、平聲陽，又作下平聲、上平聲。後世多沿周德清之說，用陰平作為中古平聲清音聲母字調類的名稱，用陽平作為中古平聲濁音聲母字調類的名稱。(《中國語言學大辭典》90 頁)

2. **平聲陽**　即陽平。見「平聲」。(《語言學名詞》148 頁)

（二十）平　聲

1. **四聲**　指漢語平上去入四個聲調。(《中國大百科全書・語言文字卷》370 頁)

2. **平聲**　中古漢語四聲之一。指平直而無升降的聲調。普通話平聲已分化為陰平和陽平。

四聲　①中古時代平、上、去、入四種聲調的總稱。四聲的發現和術語的提出是在南北朝。齊梁時，沈約、周顒等人以平、上、去、入作為各類的調名，總稱四聲，遂沿用下來。②普通話陰平、陽平、上聲、去聲四種聲調的總稱(《中國語言學大辭典》89 頁)

3. **平聲**　音韻學術語。見「四聲」條。

平　音韻學術語，聲調名，四聲之一，參見四聲。

四聲　音韻學術語。四種聲調的總稱。中古指平聲、上聲、去聲、入聲，

簡稱平、上、去、入，現代漢語普通話指陰平、陽平、上聲、去聲。……（《音韻學辭典》147～148頁、204頁）

4. 平聲　漢語聲調之一。參見「四聲」「聲調」。

四聲　古代漢語平、上、去、入四種聲調的總稱。……（《大辭海·語言學卷》76頁）

5.【平聲】　音韻學術語。中古漢語四聲之一。在現代漢語普通話裏，它已根據聲母條件的不同，分化成陰平、陽平兩類。（《中國語言文字學大辭典》462頁）

6. 平聲　簡稱「平」。四聲中的一類。近代以來多數方言裏，平聲以中古聲母的清濁為條件，分化為陰、陽兩類，中古清聲母的平聲字讀陰平，中古濁聲母的平聲字讀陽平。（《語言學名詞》148頁）

（二十一）上　聲

1. 上聲　中古漢語四聲之一。一般認為是個高調：高升或高降。又指現代漢語方言和普通話的一種調類，調值各不相同。普通話上聲是降陞調，如「好、友、寶」等。

四聲　①中古時代平、上、去、入四種聲調的總稱。四聲的發現和術語的提出是在南北朝。齊梁時，沈約、周顒等人以平、上、去、入作為各類的調名，總稱四聲，遂沿用下來。②普通話陰平、陽平、上聲、去聲四種聲調的總稱。（《中國語言學大辭典》89頁）

2. 上　音韻學術語。見「四聲」條。

四聲　音韻學術語。四種聲調的總稱。中古指平聲、上聲、去聲、入聲，簡稱平、上、去、入，現代漢語普通話指陰平、陽平、上聲、去聲。……（《音韻學辭典》173頁、204頁）

3.【上聲】　音韻學術語。一中古漢語四聲之一。二現代漢語普通話的四聲之一。（《中國語言文字學大辭典》515頁）

4. 上聲　簡稱「上」。四聲中的一類。見「四聲」。（《語言學名詞》148頁）

（二十二）去　聲

1. 去聲　中古漢語四聲之一。一般認為是個低調：低凹、降陞或低降。又指現代漢語方言和普通話的一種調類，調值各不相同。普通話去聲是高降調，

如：「上、下、快、慢」等。

　　四聲　①中古時代平、上、去、入四種聲調的總稱。四聲的發現和術語的提出是在南北朝。齊梁時，沈約、周顒等人以平、上、去、入作為各類的調名，總稱四聲，遂沿用下來。②普通話陰平、陽平、上聲、去聲四種聲調的總稱。（《中國語言學大辭典》89頁）

　　2.**去**　音韻學術語。見「四聲」條。

　　四聲　音韻學術語。四種聲調的總稱。中古指平聲、上聲、去聲、入聲，簡稱平、上、去、入，現代漢語普通話指陰平、陽平、上聲、去聲。……（《音韻學辭典》167、204頁）

　　3.【**去聲**】　音韻學術語。一中古漢語四聲之一。二現代漢語普通話四聲之一。（《中國語言文字學大辭典》493頁）

　　4.**去聲**　簡稱「去」。四聲中的一類。見「四聲」。（《語言學名詞》148頁）

（二十三）入　聲

　　1.**入聲**　中古漢語四聲之一。音長短促，有塞音韻尾〔p〕、〔t〕、〔k〕。又指現代漢語某些方言的一種調類，其調值與韻尾情況各不相同。如廣州話中「百」「八」「十」三個入聲字依然保存〔k〕、〔t〕、〔p〕韻尾，上海話已合併成為一個〔ʔ〕尾。

　　四聲　①中古時代平、上、去、入四種聲調的總稱。四聲的發現和術語的提出是在南北朝。齊梁時，沈約、周顒等人以平、上、去、入作為各類的調名，總稱四聲，遂沿用下來。②普通話陰平、陽平、上聲、去聲四種聲調的總稱。（《中國語言學大辭典》89頁）

　　2.**入聲**　音韻學術語。見「四聲」條。

　　入　音韻學術語。見「四聲」條。

　　四聲　音韻學術語。四種聲調的總稱。中古指平聲、上聲、去聲、入聲，簡稱平、上、去、入，現代漢語普通話指陰平、陽平、上聲、去聲。……（《音韻學辭典》169、204頁）

　　3.【**入聲**】音韻學術語。中古漢語四聲之一。音長短促是其特點。在現代漢語的一些方言裏，中古入聲有的只是單獨成為一個類別，並未保留其音長短促的特點。（《中國語言文字學大辭典》502頁）

　　4.**入聲**　簡稱「入」。四聲中的一類。見「四聲」。（《語言學名詞》148頁）

（二十四）照二組

1. 照系二等歸精系，照系三等歸知系。大意是說中古照系二等字在上古屬精系，照系三等字在上古屬知系（舌上音）。（《中國大百科全書・語言文字卷》98 頁）

2. **照二組** 相當於「莊組」。因莊組在韻圖中只列在二等，故名。清代鄒漢勳《五均論》有《論照穿床審當析為照穿神審崇初床所》的論題。後來陳澧《切韻考》把三十六字母中照、穿、床、審四母分化成莊類（照二）、初類（穿二）、鋤類（床二）、山類（審二）、之類（照三）、昌類（穿三）、神類（床三）、書類（審三）等八類，即莊、初、崇、生、章、昌、船、書八母。李榮《切韻音系》從上述八母中的崇母分出「俟、漦」兩小韻，獨立成俟母，認為俟與莊、初、崇、生同部位。

莊組 也叫「照二組」。指《廣韻》聲母中的莊、初、崇、生、俟五母。莊組五母和章組五母在三十六字母裏合為照、穿、床、審、禪五母。

照二 ①指照二組或照紐二等（照二紐）。②也叫「照等第二」。同「照一」相對。元代劉鑒《門法玉鑰匙》及清代陳澧《切韻考》所用術語。指照組的第二類。相當於照三組。（《中國語言學大辭典》81 頁）

3. **照二組** 音韻學術語。即「莊組」。見「莊組」條。

莊組 音韻學術語，又稱照二組。對中古聲母分類的名稱，屬知系。指中古正齒音二等聲母，即照二穿二床二審二禪二，現代趙元任重立代表字為莊、初、崇、生。當代學者都使用趙氏所定代表字。參見「系組」條。（《音韻學辭典》300 頁、323 頁）

4. **照二** 中古照組聲母還可以分成照二和照三聲母，照二指照二、穿二、床二、審二、禪二，即莊、初、崇、生、俟五母，照三指照三、穿三、床三、審三、禪三，即章、昌、船、書、禪五母。……

莊組 也叫「莊系」。指照二一組聲母，即莊、初、崇、生、俟五母。（《大辭海・語言學卷》73 頁）

5.【莊組聲母】 音韻學術語。中古聲母分類名稱之一。包括莊、出、崇、生 4 個聲母，即照組二等。（《中國語言文字學大辭典》839 頁）

6. **照二組** 簡稱「照二」。韻圖上列在二等的正齒音字。後人以「莊初崇生俟」（或「莊初床山俟」作為《切韻》音系中這組聲母的代表字，稱為莊組，有

的構擬作舌叶音〔tʃ〕〔tʃʻ〕〔dʒ〕〔ʃ〕〔ʒ〕，有的構擬為捲舌音〔tʂ〕〔tʂʻ〕〔dʐ〕〔ʂ〕。(《語言學名詞》150頁)

（二十五）照三組

1. **照三組**　也叫「照三」。相當於「章組」。因章組在韻圖中只列在三等，故名。詳「照二組」。

章組　也叫「照三組」。指《廣韻》聲母中的章、昌、船、書、禪（常）五母。章組五母和莊組五母在三十六字母中合為照、穿、床、審、禪五母。(《中國語言學大辭典》81、82頁)

2. **照三組**　音韻學術語。即「章組」。見「章組」條。

章組　音韻學術語，又稱照組、照三組。對中古聲母分類的名稱，屬知系。指中古正齒音三等聲母，即照三穿三床三審三禪三，現代趙元任重立代表字為章、昌、船、書、禪。當代學者多用趙氏所定代表字。參見「系組」條。(《音韻學辭典》301、299頁)

3. **照三**　指照三、穿三、床三、審三、禪三，即章、昌、船、書、禪五母。參見「照二」。

章組　也叫「章系」。指照三一組聲母，即章、昌、船、書、禪五母。(《大辭海·語言學卷》73頁)

4. **【章組聲母】**音韻學術語。中古聲母分類名稱之一。包括章、昌、船、書、禪5個聲母，即照組三等。(《中國語言文字學大辭典》798頁)

5. **照三組**　簡稱「照三」。韻圖上列在三等的正齒音字。後人以「章昌船書禪」作為《切韻》音系中這組聲母的代表字，稱為章組，一般構擬作舌面前塞擦音和擦音〔tɕ〕〔tɕʻ〕〔dʑ〕〔ɕ〕〔ʑ〕。(《語言學名詞》150頁)

（二十六）切韻圖

切韻圖　簡稱「韻圖」。唐宋金元時期稱顯示漢語音系結構的圖表。其內容包括以五音（七音）、清、濁等給聲母分類，以開合、四等、攝、轉等給韻母分類，聲韻縱橫相交體現音系結構。(《語言學名詞》152頁)

（二十七）等韻圖

1. **等韻圖**　……漢人學悉曇久了，就仿造出唐音表來了，這就是等韻圖。現存最早的韻圖是《韻鏡》，是宋代流傳到日本清末又從日本傳回來的。……

韻圖　在宋代時，中國受印度聲明學的影響，開始出現了韻圖一類的著作。韻圖按韻分圖，每圖分列聲母和聲調，語音系統可以一目了然。……（《中國大百科全書·語言文字卷》51、450頁）

2. 等韻圖　也叫「韻譜」「等韻」「等子」。簡稱「韻圖」。運用等韻理論和方法來排列漢語音節、分析漢語語音、表現漢語音系的圖表。基本形式是用聲母和韻母（一般包括聲調）分別為縱橫座標，把聲、韻互相拼切出來的音節用音節代表字列於縱橫相交之處，以表示該音節的音韻地位；若干音節代表字組成一個圖；開合口不同的字音一般分為不同的圖，而同一個圖中的字音一般依洪細分等；若干個圖組成一部等韻圖，一部等韻圖即表現一個音韻系統。……

韻譜　①即「等韻圖」。②指可用於押韻的字的分韻彙集排列。如《中原音韻》的前一部分即為韻譜。又指為研究古代語音而搜集古人韻文的押韻字，分韻彙集排列者，如清代王念孫有《毛詩群經楚辭古韻譜》。

等韻　①傳統音韻學審辨字音，闡述音理的主要方法和理論。運用等呼、字母、清濁、五音等概念來分析古代及近代漢語語音的聲類和韻類。②指等韻圖。③指等韻學。（《中國語言學大辭典》75、154頁）

3. 等韻圖　音韻學術語。亦稱「韻圖」。是等韻學上用來表現漢字字音的圖表。它是研究漢語語音的一種手段，又是等韻學分析語音的具體成果。……（《音韻學辭典》26頁）

4. 等韻圖　也叫「韻圖」。等韻學上用來拼切漢字字音的一種圖表。……（《大辭海·語言學卷》79頁）

5.【等韻圖】　又叫韻圖。表現漢語語音聲、韻、調結構系統的一種圖表。約產生於唐代中葉。……（《中國語言文字學大辭典》120頁）

6. 等韻圖　簡稱「韻圖」。明清時期稱顯示漢語音系結構的圖表。其內容包括以五音（七音）、清、濁等給聲母分類，以開合、四等、攝、轉等給韻母分類，聲韻縱橫相交體現音系結構。後也兼括明清以前的切韻圖。（《語言學名詞》152頁）

（二十八）反切上字

1. 反切上字　用作反切的兩個字，前一個字叫反切上字，簡稱切上字或上字，後一個字叫反切下字，簡稱切下字或下字。（《中國大百科全書·語言文字

卷》71頁）

2. 反切上字　也叫「切上字」。反切的兩個字中書寫在上的字（古代直行書寫）。反切上字與被切字聲母相同。如：呼東切烘。反切上字「呼」與被切字「烘」的聲母都是〔x〕。（《中國語言學大辭典》147頁）

3. 反切　音韻學術語。是我國傳統的注音方法，用兩個字輾轉相拼為另一個字注音。反切又稱反語、反言、反音，或單稱反、翻、切。……用作反切的兩個字，前一個字叫反切上字，也簡稱切上字、上字；後一個字叫反切下字，也簡稱切下字，下字。被注音字叫被切字。所謂上下是就漢字直行書寫的款式而說的。還有一種說法是，上字為切，下字為韻。《夢溪筆談》卷十五：「所謂切韻者，上字為切，下字為韻。」（《音韻學辭典》37頁）

4. 反切上字　見「反切」。

反切　中國傳統的一種注音方法。也叫「反音」「反語」「翻語」「翻切」「切音」等。用兩個字拼合成另一個字的音，反切上字與被切之字聲母相同，反切下字與被切之字韻母和聲調相同。即上字取聲，下字取韻和調。……。（《大辭海·語言學卷》78頁、77頁）

5.【反切上字】音韻學術語。又稱切上字、上字。與反切下字相對。指在反切這種注音方法中，用來注音的兩個字裏排在前面的那個字。因漢字直行書寫的款式，前面一字在上而得名。它與被切字同聲母。

【切】　（1）音韻學術語。用在反切上字和反切下字之後，表示這兩個字相拼。與「反」「翻」同義。如「東，德紅切」。（2）有人以「切」指稱反切上字。《四聲等子》「辨音和切字例」：「凡切字，以上者為切，下者為韻。」（《中國語言文字學大辭典》163頁、477頁）

6. 反切上字　簡稱「切上字」。反切注音法中用來注音的兩個漢字中的前一個漢字。表示被切字的聲母。古人直行書寫，前一個注音字在上面，所以稱為反切上字。宋元學者稱反切上字為「切」。（《語言學名詞》154頁）

（二十九）反切下字

1. 反切下字　用作反切的兩個字，前一個字叫反切上字，簡稱切上字或上字，後一個字叫反切下字，簡稱切下字或下字。（《中國大百科全書·語言文字卷》71頁）

2. **反切下字**　也叫「切下字」。反切的兩個字中書寫在下的字（古代直行書寫）。反切下字與被切字韻母和聲調相同，如：朗甸切練。反切下字「甸」與被切字「練」的韻母都是〔ian〕，聲調都是去聲。（《中國語言學大辭典》147頁）

3. **反切**　音韻學術語。是我國傳統的注音方法，用兩個字輾轉相拼為另一個字注音。反切又稱反語、反言、反音，或單稱反、翻、切。……用作反切的兩個字，前一個字叫反切上字，也簡稱切上字、上字；後一個字叫反切下字，也簡稱切下字，下字。被注音字叫被切字。所謂上下是就漢字直行書寫的款式而說的。還有一種說法是，上字為切，下字為韻。《夢溪筆談》卷十五：「所謂切韻者，上字為切，下字為韻。」（《音韻學辭典》37頁）

4. **反切下字**　見「反切」。

反切　中國傳統的一種注音方法。也叫「反音」「反語」「翻語」「翻切」「切音」等。用兩個字拼合成另一個字的音，反切上字與被切之字聲母相同，反切下字與被切之字韻母和聲調相同。即上字取聲，下字取韻和調。……。（《大辭海・語言學卷》78、77頁）

5.**【反切下字】**　音韻學術語。又稱切下字、下字。與反切上字相對。指在反切這種注音方法中，用來注音的兩個字裏排在後面的那個字。因漢字直行書寫的款式，後面一字在下而得名。它和被切字同韻母、同聲調。

【韻】音韻學術語。指元音和收尾音相同聲調也相同的字歸在一起的單位。如《切韻》分193韻……二指反切下字。《夢溪筆談》卷十五：「所謂切韻者，上字為切，下字為韻。」《中國語言文字學大辭典》163、785頁）

6. **反切下字**　簡稱「切下字」。反切注音法用來注音的兩個漢字中的後一個漢字。表示被切字的韻母和聲調。古人直行書寫，後一個注音字在下面，所以稱為反切下字。宋元學者稱切下字為「韻」。（《語言學名詞》154頁）

（三十）近代音

1. **近古音**　一般以元代周德清所編《中原音韻》的語音系統作為代表。（《中國大百科全書・語言文字卷》187頁）

2. **近代音**　也叫「北音」「近古音」「古官話音」「早期官話音」。指元、明、清（或可以包括南宋、金）時期的語音。狹義則指這一時期的漢語共同語及北方諸方言的語音，是現代普通話及北方方言語音的前身。一般以元代《中原音

韻》的音系為主要代表。(《中國語言學大辭典》76頁)

3. **近代音**　音韻學術語。是近代漢語語音的簡稱,其內容同於近古音一。參見「近古音一」條。

近古音　音韻學術語。一般音韻學者把漢語語音的歷史發展分成 4 個時期……。(《音韻學辭典》108頁)

4. **近代音**　音韻學術語。元明的漢語語音。一般以《中原音韻》的語音系統為代表。……(《大辭海・語言學卷》69頁)

5.【**近代音**】　漢語語音史的一個分期。也叫「近古音」。指從晚唐五代到明、清時期的漢語語音。……(《中國語言文字學大辭典》335頁)

6. **近代音**　近代漢語的語音。有人稱「近古音」。多以《中原音韻》音系為代表。(《語言學名詞》147頁)

(三十一) 韻　腹

1. **韻腹**　韻母可以進一步分為韻頭、韻腹和韻尾 3 部分。韻頭和韻腹都是元音,韻尾也可以是輔音。韻腹是一個韻母不可缺少的成分,……(《中國大百科全書・語言文字卷》184頁)

2. **韻腹**　韻母的主要元音。如關(guan)、棋(qí)、路(lù)、去(qù)中的 a〔a〕、i〔i〕、u〔u〕、ü〔y〕。韻腹是韻母的核心部分,一個韻母不一定具有韻頭和韻尾,但韻腹是必不可少的。(《中國語言學大辭典》86頁)

3. **韻腹**　音韻學術語。「主要元音」的又稱,如 dian、dun 中的 a、u。
(《音韻學辭典》281頁)

4. **韻腹**　音韻學術語。韻母的主要元音,發音時韻母中開口度最大、發音最響亮的部分。……(《大辭海・語言學卷》75頁)

5.【**韻腹**】　音韻學術語。指韻母中的主要元音,是韻母中必不可少的成分。……(《中國語言文字學大辭典》785頁)

6. **韻腹**　漢語韻母中必要的核心部分。通常稱「主(要)元音」。(《語言學名詞》148頁)

(三十二) 聲

1. **聲紐**　漢語聲母的別名,也稱紐或音紐。最初指韻書每韻中的小韻,一個小韻稱一紐。後來等韻興起,把一個字音分析成聲母、韻母兩部分,於是聲

母也就沿用了聲紐這一名稱。

聲類　聲類有時也指聲母。等韻學家稱聲母為字母。清代錢大昕、陳澧認為字母這個名稱是從梵文來的，用在漢字上不合適，所以改稱聲類。……（《中國大百科全書·語言文字卷》345 頁）

2. 紐　即聲類 1：

聲類 1　也叫「聲紐」「音紐」「紐」。古代漢語聲母的類別。清代錢大昕《十駕齋養新錄》、陳澧《切韻考》都認為舊時表示聲母的字母這一名稱是襲用梵文的，不適用於漢字，故陳氏改稱聲類。（《中國語言學大辭典》77 頁）

3. 聲　……三指聲母（紐）。四指韻母或韻類。邵氏所謂「聲」即一般韻書和韻圖所謂「韻」。……六指聲調。如平聲、上聲、去聲、入聲。……（《音韻學辭典》179 頁）

4. 聲母　音韻學術語。亦稱「聲紐」。指一個漢字音節開頭的輔音。

聲紐　音韻學術語。或單稱「紐」，也稱「音紐」。聲母的異稱。

音紐　音韻學術語。聲母的異稱。……（《大辭海·語言學卷》70 頁）

5. 紐　音韻學術語。（1）即聲紐。如黃侃的古本聲 19 紐。（2）韻書中的一個小韻。

聲　音韻學術語。一即聲母。二指韻、韻類或韻部。如宋邵雍《皇極經世·聲音唱和圖》分韻為 10 大類共 112 聲，清孔廣森《詩聲類》是專門研究《詩經》韻部的。三指聲調。如平聲、上聲、去聲、入聲。……（《中國語言文字學大辭典》450、526 頁）

6. 聲　①initial（of a Chinese syllable）；②initial category；③tone

①又稱「紐」。近代稱「聲母」。指由輔音（或零位）充任的音節的起首音。②指聲類。③近代稱「聲調」，指字音的高低升降模式。其聲學性質主要是音高，字音有塞音韻尾傳統上也被看作是一種聲調，稱為入聲。

聲母　initial　見「聲①」。

紐　①initial（of a Chinese syllable）；②to combine an initial and a final to form a syllable；③syllable

①稱「聲紐」。指聲母。②指聲韻拼合。③指聲韻拼合得出的字音，在韻書中即為「小韻」。（《語言學名詞》147 頁）